Claudia Thesenfitz

Sylt oder solo

Ein Glücksroman

Ullstein

Besuchen Sie uns im Internet:
www.ullstein-taschenbuch.de

Originalausgabe im Ullstein Taschenbuch
1. Auflage April 2018
2. Auflage 2018

Umschlaggestaltung: zero-media.net, München
Titelabbildung: Landschaft: Heinz Wohner/Getty Images,
Frau: FinePic®, München
Satz: Pinkuin Satz und Datentechnik, Berlin
Gesetzt aus der ITC Berkeley Oldstyle
Druck und Bindearbeiten: CPI books GmbH, Leck
ISBN 978-3-548-28958-8

Für Claudia

Some people feel the rain. Others just get wet.

(Bob Marley)

1

Ninas Frisur sah aus, als hätte man ihr einen Oktopus auf den Kopf gesetzt: Fingerdicke Strähnen hingen ihr wie Tentakel ins Gesicht und kräuselten sich auf ihrer Schulter. Wochenlang hatte sie ihre Haare weder gekämmt noch gewaschen, sondern alle drei Stunden mit Salzwasser übergossen und anschließend in tauartige Stränge gedreht. Auf diese Weise sollten sie verfilzen und zu lässigen Dreadlocks werden. Doch das, was sie da jetzt im Spiegel sah, war eindeutig zu wahr, um schön zu sein: Mit diesen Kraken-Armen auf dem Kopf sah sie alles andere als cool aus – ihre »Frisur« erinnerte eher an einen selten gereinigten Riesen-Wischmopp. Oder einen verwahrlosten Bobtail.

Das Experiment war klar danebengegangen – so viel stand fest! Der hippe Rasta-Look der Sylter Surferboys war einfach nicht ihrs. Entnervt stellte sie die Dusche an und beschloss, zum ersten Mal seit sechs Wochen wieder Shampoo zu benutzen.

Mit geschlossenen Augen ließ sie das warme Wasser über Gesicht und Körper laufen und wusch sich die Haare. Was für ein Duft! Was für ein Genuss! Der Schaum rann in Zeitlupe an ihrem Körper herunter und das weiche, federleichte Wasser fühlte sich an, als würde es sie sanft streicheln. Wie immer konnte sie beim Duschen komplett entspannen. Und sich wegträumen …

Zwei Jahre war es mittlerweile her, dass Nina zum ersten Mal ihren Fuß auf die Insel der »Reichen und Schönen« gesetzt hatte. Ein mickriges Zelt auf dem Campingplatz von Kampen war damals ihre Unterkunft gewesen. Im Wohnwagen neben ihr lebte die 83-jährige Dauer-Camperin Elli. Schnell und intensiv hatten sie sich angefreundet und einen herrlichen Sommer zusammen verbracht, zu dem auch Profi-Surfer Jan gehörte, in den Nina sich auf den ersten Blick verliebt hatte.

Tieftraurig, die Insel wieder verlassen zu müssen, war Nina am Ende ihres Urlaubs zurück nach Hamburg gefahren – um ein paar Monate später aus allen Wolken zu fallen, als sie nach Ellis Tod erfuhr, dass diese schwerreich gewesen war und Nina als Alleinerbin eingesetzt hatte. Elli hinterließ Nina nicht nur zwei renditestarke Mietshäuser in Bremen, sondern auch ein stattliches Barvermögen, sodass Nina ihren Graphikerinnen-Job bei einer Frauenzeitschrift kündigen konnte, um zu Jan nach Sylt zu ziehen und dort eine Surf-Schule mit ihm zu eröffnen.

Leben, wo andere Urlaub machen. Nina hatte zwar nicht »Goodbye Deutschland« gesagt, aber immerhin »Goodbye Festland« …

Sie stellte die Dusche aus, trocknete sich ab, zog sich an, brühte eine Kanne Tee auf, schenkte sich eine Tasse ein und setzte sich mit feuchten Haaren auf die Terrasse vor ihren silbernen Airstream-Wohnwagen.

Das Licht war milchig, die Luft noch kühl und der Tag noch nicht richtig wach. Es war Mitte September, die Saison neigte sich ihrem Ende zu, und das Jahr bot seine letzten Sommer-Tage auf.

Jan war schon vor einer Stunde zur Surf-Schule aufgebrochen, weil eine Kundin unbedingt noch vor ihrem Arbeitsbeginn Wellenreiten lernen wollte. Max, Ellis kleiner, weißer Wollknäuel-Hund, der zur Erbmasse gehört hatte, schlief zufrieden vor der Wohnwagen-Tür. Seine Rasse war undefinierbar. Er musste eine Mischung aus Malteser und Terrier sein, wie Nina gegoogelt hatte, und sah – je nach Nässe-, Verdreckungsgrad und Jahreszeit – wahlweise wie eine gigantische Schneeflocke, ein explodierter Feudel oder ein überdimensionierter Wattebausch aus.

Nina nahm einen Schluck Tee aus der dampfenden Tasse, lehnte sich zurück, legte die Füße auf den Tisch und dachte an die ersten Wochen nach der überraschenden Erbschaft, die wie ein unverhoffter Lotto-Gewinn für sie gewesen war. Trauer und Freude – die beiden Gefühle hatten in diesen Tagen ständig gewechselt. Tränen der Freude und Tränen des Schmerzes. Sie weinte über Ellis Tod – und freute sich über den Geldregen, den das Testament für sie bedeutete: Die beiden Acht-Parteien-Mietshäuser in Bremen, die nun ihr gehörten, generierten komfortable monatliche Einnahmen in Höhe von rund 15 000 Euro, und auf Ellis Sparkonto hatten sich damals zudem noch über 350 000 Euro befunden.

Drei Tage nach der Testamentseröffnung war Nina in ihrem alten Mercedes zu Jan nach Berlin gerast, der dort im Winterhalbjahr Medizin studierte, und hatte ihr Glück dabei kaum fassen können. Es war, als hätte das Leben plötzlich einen goldenen Scheinwerfer auf sie gerichtet und einen Sternenregen über ihr ausgeschüttet. Alles schien möglich: Die große Liebe, der große Traum, das große Geld!

Es folgten Wochen wie im Rausch: Leidenschaftliche Nächte wechselten mit Power-Shopping-Tagen und ausschweifenden Restaurantbesuchen. Es war die totale Befriedigung ihrer Sinne und Bedürfnisse. Geradezu unverschämt exzessive Einkaufs-Touren hatte sie damals mit Jan in den beiden Friedrichstraßen (in Berlin und Westerland) unternommen: Ein paar edle Anzüge für ihn, in denen er aussah wie Brad Pitt, teure Uhren, handgefertigte Schuhe, erlesener Schmuck. Tagelang waren sie im Konsum-Flash auf Beute-Tour, mit Tüten bepackt wie Lastesel. In Berlin aßen sie im »Grill Royal« die teuersten »Dry Age«-Steaks und übernachteten anschließend in einer Suite im »Hotel du Rome« mit kinoreifem Blick über die Dächer der Stadt.

Auf Sylt deckten sie sich bei Feinkost Meyer mit Hummer und Jahrgangs-Champagner ein und logierten wahlweise im Arosa (Norden) oder Budersand (Süden) Hotel.

Nina gab Ellis Geld mit vollen Händen aus, weil sie einmal im Leben so richtig aus dem Vollen schöpfen wollte. Einmal Millionärin sein – und sich auch so fühlen.

Natürlich hatte sie bei ihren Kaufexzessen auch immer wieder ein schlechtes Gewissen, Ellis vermutlich mühsam zusammengespartes Geld derart zu verprassen. Elli selbst war schließlich sehr bescheiden gewesen und hatte ganz andere Werte im Leben für wichtig gehalten als Konsum. »Geld macht nicht reich« war ihr Leitspruch gewesen. Aber Elli hätte gewollt, dass sie sich freut, tröstete sich Nina dann. Sie hätte ihr den Spaß gegönnt, den so ein Konsumrausch eindeutig schenkte – zumindest kurzfristig.

Für den Umzug nach Sylt kaufte Nina einen dieser runden, kultigen, amerikanischen Wohnwagen aus Alu, mit dem sie Ellis Dauer-Stellplatz übernahm. Gemeinsam mit Jan hatte sie immer wieder überlegt, sich auf Sylt eine Wohnung zu mieten. Aber da sie Wohnwägen beide urgemütlich fanden und Nina die Nutzung des geerbten Dauer-Stellplatzes zudem als Tribut an Elli empfand, entschlossen sie sich zu einem Zuhause auf Rädern. Wozu brauchten sie auch eine Wohnung – sie waren eh den ganzen Tag draußen am Strand! Und wenn die Nacht anbrach, wollten sie es drinnen kuschelig und gemütlich haben – genau diesen Anspruch erfüllte der silberne Wal perfekt.

In Beton-Wänden hatten sie lange genug gelebt, darin waren Jan und Nina sich sofort einig. Es ging ja gerade darum, ihrem Leben eine neue Richtung zu geben, und der Airstream-Wohnwagen bot in der »Special Edition« eh die Annehmlichkeiten einer Luxus-Wohnung: Auf sieben Metern Länge und 2,30 Metern Breite erstreckten sich zwei Schlafzimmer, ein loungiger Chill-Bereich mit coolen Ledersofas, ein großer Kleiderschrank und ein Badezimmer mit Duschkabine und WC – inklusive angenehmer Details wie beheizbare Handtuchhalter und beleuchtete Rasier- und Schminkspiegel.

Die Edelstahlküche mit einem Drei-Flammen-Herd plus Abzugshaube ließ bei Hobbyköchen keine Wünsche offen und verfügte sogar über einen großen Kühlschrank mit Gefrierfach und eine Mikrowelle.

Auch sonst war der Wohnwagen mit modernster Technik ausgestattet: Zentralheizung, Klimaanlage, Flachbild-TV und Satellitenanlage. Über ein LCD-Steuerpanel konnte man zudem die wichtigsten Funktionen wie z. B. den Pegelstand des Frischwasservorrats, den Batterieladezustand oder den Stromverbrauch kontrollieren.

Mit seinen ovalen Bullaugen-Fenstern und der 50er-Jahre-Optik war der silberne Wohnwagen Kult und wurde im Sommer massenhaft von Neugierigen umzingelt und bestaunt. Das Teil war einfach lässig!

Über der hölzernen Terrasse spendete eine orange Markise Schatten, und es gab sogar eine Außendusche für die erste Salz- und Sand-Entfernung nach den Tagen am Meer. Kurz: Nina und Jan fehlte es an nichts!

Der Wohnwagen hatte so viel wie ein Eigenheim gekostet, dennoch galten Nina und Jan auf Sylt nicht als reich, denn hier herrschte die »15-5-5«-Regel: Die Kampener Multi-Milliardäre kauften eine 15 Millionen-Villa mit Watt-Blick, renovierten sie für 5 Millionen, um sie 5 Tage im Jahr zu bewohnen. Dagegen waren sie kleine Fische.

»Guten Morgen, Nina! Wie war die Nacht?« Die fröhliche Stimme von Frau Zemke riss Nina aus ihren Tagträumen. Margit Zemke gehörte zu Ninas Hamburger »Mitbringseln«. Die 61-Jährige war Sekretärin in der Frauenzeitschriftenredaktion gewesen, in der Nina gearbeitet hatte. Als Nina von ihrem ersten Sylt-Urlaub traurig in die Redaktion zurückgekehrt war, hatte sie sich mit ihr angefreundet und sie schließlich auf die Insel importiert, wo sie nun im Surfschulen-Bistro arbeitete.

Unerwartet zügig hatte Margit sich in Campingplatzwart Sörensen verliebt und war nach nur zwei Wochen in dessen kleines Platzwart-Häuschen eingezogen.

Ihre biedere Senioren-Dutt-Frisur wandelte sich daraufhin in einen strubbeligen Kurzhaarschnitt à la Gitte oder Rod Stewart, der sie sofort zehn Jahre jünger aussehen ließ. Aber vielleicht machte das auch ihre Liebe zu Sörensen, dachte Nina. Die beiden waren unverschämt glücklich. Immer noch schossen Blitze hin und her, wenn sie sich debil grinsend ansahen – und das taten sie ziemlich oft!

Margit hatte durchgehend gute Laune. So wie heute. »Das wird ein herrlicher Tag«, zwitscherte sie, während sie Richtung Platzwarthaus tänzelte und dabei eine Brötchentüte schwenkte.

Grinsend schluckte Nina den letzten Rest Tee aus der Tasse, räumte das Geschirr in die Spüle und machte sich auf den Weg zur Surfschule. Die Arbeit rief.

2

Links und rechts neben dem schmalen Weg durch die Dünen zum Strand blühten rosafarbene Heckenrosen und verströmten einen betörenden Duft: wild und süß zugleich. Die Sonne hatte den Seenebel aufgelöst, und vom Meer wehte eine leichte, salzige Brise herüber. Obwohl sie nun schon seit fast zwei Jahren auf der Insel lebte, war Nina noch immer von dem besonderen Flair der unglaublichen Sylter Natur fasziniert. Beschwingt spazierte sie Richtung Strand zur Surfschule. Unfassbar, dass sie es tatsächlich geschafft hatte! Dass sie ihrem grauen Leben in Hamburg den Rücken hatte kehren können, um im Paradies neu anzufangen. Denn paradiesisch kam ihr Sylt immer noch vor.

Max sprang wie ein überdimensionierter Staubfussel um sie herum, während Nina tagträumend vor sich hin schritt. Der Pfad mündete an einer hölzernen Treppe, die vom Kliff hinab zum Strand führte. Nina schaute auf das Meer, das sie so liebte. Die Brandung war wild und grün mit weißen Schaumkronen – es würde ein guter Surf-Tag werden.

Das Blechdach von »Ellis Roller Coaster Ridings« glitzerte in der Sonne. Die Surfschule war eine kleine, auf Pfählen stehende Holzhütte mit Sonnenterrasse und zwei Lagerräumen – einen für die Surf-Ausrüstungen und einen für die Küche. Gerade kämpfte sich der Gastro-Jeep durch den Sand, der die Lebensmittel für die Tagesgerichte anlieferte.

Laute Salsamusik drang in Ninas Ohr, während sie die Treppe zur Surfschule hinabstieg. Der Duft von gebratenem Lammfleisch und Curry ließ ihr das Wasser im Mund zusammenlaufen. Louis bereitete offenbar schon die Tagesgerichte vor – und tanzte dazu wie immer in Salsaschritten vor dem Herd herum. *»Olá, mulher bonita!«*, begrüßte er sie strahlend (Hallo, schöne Frau) und küsste sie links und rechts auf die Wange.

Es hatte nicht viel Überredungskunst bedurft, Louis als Küchenchef für das Bistro der Schule zu gewinnen. Nina hatte den portugiesischen Koch während ihres ersten Sylturlaubs im Wonnemeyer kennengelernt und sich mit ihm angefreundet. Als ERCR-(Abkürzung für Ellis Roller Coaster Ridings) Küchenchef bereitete er nun täglich drei Gerichte zu, die so kreativ und exquisit waren, dass sich die Surfschule über Gästemangel nicht beklagen konnte. Louis und die stets gut gelaunte Frau Zemke im Service bildeten ein perfektes Team.

»Willst du mal probieren, Doce?«, fragte Louis und hielt Nina einen köstlich duftenden Löffel vor die Nase. »Zum Niederknien, Louis«, lobte Nina mit vollem Mund und gratulierte sich heimlich wieder mal für ihre Idee, ihn von Anfang an am Umsatz beteiligt zu haben – eine Win-win-Situation für beide: Die Surfschule hatte eine gute Küche – und Louis gute Laune, weil er dank seiner Qualitäten am Herd und dem daraus resultierenden Gästeansturm schnell so gut verdiente, dass er eine große Wohnung mieten und endlich seine Familie auf die Insel holen konnte.

Nina schloss die Tür zum kleinen Büro auf. Es gab viel zu tun: Die Boards mussten für den Tag gewachst, die Neopren-Anzüge zum Trocknen aufgehängt, die Bar aufgefüllt und die aktuellen Tagesgerichte an die Tafeln geschrieben werden. Heute würde es Ninas Lieblingsgericht geben: Louis' ganz spezielles, unbeschreiblich köstliches Lamm-Curry mit geschmorten Gurken. Außerdem gebackenen Ziegenkäse mit Dattel-Oliven-Tapenade und koreanischen Reis mit Schwarzbohnen und gegrillter Ananas. Perfekt! Die hungrigen Gourmets würden ihnen bestimmt wieder die Tür einrennen. Das kleine Surfschulen-Bistro mit der phantasievollen Multikulti-Küche war schon lange zum kulinarischen Geheimtipp der Insel mutiert.

Während Nina die Neopren-Anzüge an die Wäscheleine klemmte, fuhr der blaue Defender der Kampener Kurverwaltung vor, von dessen Ladefläche Mike und Lars, die beiden blonden Aushilfs-Surflehrer, sonnenverbrannte Sport-Studenten aus Kiel, sprangen. Lässig hüpften sie die Treppe zur Surfschule hoch, um mit Nina die Buchungen des Tages zu besprechen. Jetzt, in der Nachsaison, war nicht mehr viel los. Die Schule war überwiegend mit Brettverleih beschäftigt, weniger mit Kursen. Dennoch hatten Lars und Mike einige Buchungen, die sie kurz mit Nina abklärten, bevor sie sich ihre Surf-Boards unter den Arm klemmten, um vor den Unterrichts-Einheiten noch ein paar Wellen abzureiten.

Nachdem sie ihre tägliche To-do-Liste abgearbeitet hatte, holte Nina sich bei Louis einen Galao und legte eine kurze Pause auf der Terrasse ein. Draußen auf dem Meer sah sie Jan mit Mike und Lars durch die Wellen paddeln, bäuchlings auf dem Brett liegend.

Jan – ihr Traumprinz, ihre ganz große Liebe. Der Surfer mit den sonnengebleichten Dreadlocks und dem tiefbraunen Traumkörper, in den sie sich auf den ersten Blick verguckt hatte.

Er sah aus wie Tarzan, nur mit Tätowierungen und Bermudashorts statt mit Lendenschurz. Er hatte diese Zahnlücke zwischen den Schneidezähnen, die Nina so unerhört erotisch fand, und seine meeresgrünen Augen schielten mit einem leichten Silberblick.

Meine Güte, was hatte sie sich damals in ihn verknallt! Die ersten Monate waren wie ein Traum: Nach den Shopping-Exzessen hatten sie die Surfschule saniert und renoviert und waren dann über Winter für acht Wochen zum Wellenreiten nach Fuerteventura geflogen. Eine herrliche Zeit! Sie machten Liebe bei Sonnenuntergang mit Blick aufs Meer, ließen sich tagsüber tiefbraun braten, genossen herrliches Essen und flüsterten sich nachts heisere Versprechen ins Ohr. Es war wie Flitterwochen.

Das Leben war leicht, frei und fühlte sich wie eine gigantische Daunendecke an. Es gab für Nina nichts Wichtigeres mehr als Jans erotisch-tiefe Stimme, die sich mit dem sexiesten Lachen der Welt abwechselte. Jan schien sie nach ein paar Wochen besser zu kennen als zahlreiche ihrer vorherigen Freunde nach vielen Jahren. Nina fühlte sich zum ersten Mal wahrgenommen. Erkannt. Gemeint. Sie, wirklich sie – und nicht nur ihre äußere Hülle oder ihre seelischen Verkleidungsmanöver.

Sie stellte die Tasse auf den Tisch und lächelte bei der Erinnerung in sich hinein. Auch als die Surfschule im Frühjahr letzten Jahres für die erste Saison eröffnete, war Nina noch vollkommen verstrahlt. Dauerhigh. Sie sang unter der Dusche, grinste jeden an, der ihr über den Weg lief, und befand sich durchgehend in dem emotionalen Ausnahmezustand, den man als »rettungslos verknallt« bezeichnete.

Jan war acht Jahre jünger als sie. Anfangs hatte sie das noch gestört, aber ziemlich schnell fand sie es ziemlich normal. Außerdem lag es ja auch im Trend: Jennifer Lopez vernaschte schließlich einen Toyboy nach dem anderen, Heidi Klum war 13 Jahre älter als ihr Ex-Lover Vito Schnabel, Simone Thomalla war mit dem 19 Jahre jüngeren Handballer Silvio liiert und Natascha Ochsenknecht trennte 20 Jahre Altersunterschied von ihrem Umut.

»Ich bin älter geworden, aber meine Lover hatten immer das gleiche Alter: Mitte 30«, soll die 70-jährige Susan Sarandon angeblich mal gesagt haben, die bis vor Kurzem noch mit dem 38-jährigen Jonathan Bricklin liiert war. Alle diese Frauen hatten eine weitere Gemeinsamkeit: Sie sahen phantastisch aus! Junge Männer hielten offensichtlich jung!

Das beste Beispiel von allen war natürlich der französische Präsident Emmanuel Macron mit seiner 24 Jahre älteren Ehefrau Brigitte. Dagegen waren die 8 Jahre, die Jan und sie trennten, ja geradezu lächerlich! Sie könnte theoretisch also in aller Ruhe 63 werden und immer noch einen knackigen, 39-jährigen Spitzenpolitiker ehelichen. Bei dem Gedanken grinste sie zufrieden.

Immer mehr Frauen gönnten sich junge, knackige Kerle – warum also nicht auch sie?

Jan sprintete nass, mit zum Zopf gebändigten Rasta-Dreads über den Strand zu ihr auf die Terrasse und gab ihr einen Kuss. »Hi, Schatz«, strahlte er sie an. »Ich muss jetzt einen SUP-Kurs geben!« Sprach's, klemmte sich ein Longboard unter den Arm und rannte zurück zum Wasser.

Diese strahlend weißen Zähne! Immer wenn Jan lachte und sein blendend weißes Gebiss zur Schau stellte, machte Ninas Herz vor Entzücken einen kleinen Hüpfer. Konnte man sich wegen Zähnen in jemand verlieben? Offenbar.

Nina biss in den Ziegenkäse-Toast, den Louis ihr gebracht hatte. Aber was war das für eine blöde, nervige Unzufriedenheit, die in letzter Zeit immer öfter in ihr zwickte? »Nichts ist schwerer zu ertragen als eine Folge von glücklichen Tagen«, hatte der große Goethe einst gesagt. War das ihr Problem? War sie gelangweilt vom vielen Glücklichsein? War sie einfach unbegabt für Dauer-Honeymoon?

Seit der Erbschaft lebte sie ohne finanzielle Sorgen, und eigentlich war alles toll – nur hatten Jan und sie immer weniger Zeit füreinander, denn die Surfschule machte wesentlich mehr Arbeit als gedacht: Surf-Kurse planen und bewerben, neue Coaches anlernen und einstellen, Bretter reparieren, Ausrüstung optimieren, Sponsoren akquirieren, die Website aktualisieren, Online-Buchungen koordinieren – ganz abgesehen vom Bistro-Betrieb. Der war zwar fest in der Hand von Louis und Frau Zemke, bedurfte aber ebenfalls jeder Menge Konzentration. Oft saß Nina bis tief in die

Nacht über den Geschäftsbüchern. So hatte sie sich ihr neues Leben auf Sylt eigentlich nicht vorgestellt …

Und dieser schnelle Kuss von Jan eben auf ihre Wange … Wann hatte er sie eigentlich zum letzten Mal so richtig enthusiastisch auf den Mund geküsst? Wann hatten sie zuletzt leidenschaftlich geknutscht? Nina konnte sich gerade nicht erinnern. Grübelnd kaute sie an ihrem Toast.

Schon oft hatte sie sich gefragt, wie es in Filmen nach dem Happy End weiterging. Wie lief das Leben der ach so verliebten Filmstars, wenn der Vorhang fiel und der Alltag anstand? Wie viele von den rosa Wolken, dem Weichzeichner und der Geigenuntermalung blieben noch, wenn Bürojobs, vollgekotzte Kleinkinder und kranke Schwiegermütter die Tage dominierten? Würde Twilight-Vampir Edward seiner Bella wirklich tausend Jahre lang treu bleiben – oder nicht doch irgendwann die wilden Blutsauger-Orgien vermissen? Die ganzen Paare aus »Tatsächlich Liebe« – würden sie tatsächlich bis in alle Ewigkeit dauerselig im Glück baden? Selbst bei Shrek und seiner Fiona stand im vierten Teil eine fette Liebeskrise im Skript: Der grüne Oger war zum trägen Familienvater mutiert, haderte mit seinem öden Leben und verließ Frau und Kinder, um sich endlich wieder wie ein »richtiger Mann« zu fühlen.

Auch Old Shatterhand hatte Winnetou sicherlich mal an den Kopf geknallt, dass er dessen Zopf-Frisur im Grunde total tuntig und damit scheiße fand.

Bei dem Gedanken, wie sich die zwei Karl-May-Helden auf ihrem Ritt durch die Prärie wie ein altes Ehepaar anzickten, musste Nina grinsen. Ihr persönliches

Happy End war jetzt zwei Jahre her – und ja, wenn sie ehrlich war, begann auch bei ihr die Colorierung des Farbfilms »endlose Liebe und unfassbares Glück« langsam etwas auszubleichen …

Jan war zwar nicht ihre längste, aber auf jeden Fall ihre intensivste Beziehung. Die vergangenen zwei Jahre hatten sie fast ununterbrochen zusammen verbracht – 24 Stunden am Tag, 7 Tage die Woche. Das war so viel gemeinsame Zeit, wie man zusammengerechnet innerhalb von zehn Jahren in einer Beziehung verbrachte – und das auch noch reduziert auf 20 qm Wohnwagenfläche.

Gewöhnung ist der natürliche Feind der Lust, sagte man, und Symbiose das Antidot zu sexueller Anziehung bzw. Ausziehung. Ja, sie fand Jan immer noch sehr sexy – aber nein, sie musste nicht alle zwei Stunden mit ihm ins Bett gehen. Nicht mehr! Am Anfang konnte sie ihr Begehren kaum beherrschen, da reichte ein Blick, eine Berührung, ein Lächeln, und sie stand in Flammen. Aber jetzt irgendwie nicht mehr …

Das war ihr bislang in jeder Beziehung passiert: Die Leidenschaft ebbte ab, genau wie das Meer sich nach der Tide zurückzog. Die Lust schwand, das Wasser ging zurück und hinterließ Wellen aus Sand, die an die Gischt, das wilde Tosen und die prickelnde Brandung nur noch erinnerten. Bis sie schließlich trockneten und im Wind ihre Form verloren …

Nichts ist tödlicher für Leidenschaft als Alltag und Harmonie. Wie sollte man auch über jemanden, dem man täglich beim Duschen und Kacken zusah, plötzlich so ausgehungert herfallen, als wäre er ein Fremder? Ging Symbiose nicht immer in die Hose?

Im Grunde war der Moment, in dem die Liebe wieder ging, genauso mysteriös wie der Moment, in dem sie kam, dachte Nina.

Mit Jan war zwar die Liebe nicht gegangen – aber dieser erste Zauber, die Geigen-Untermalung, wenn sie ihn ansah, der Weichzeichner – das alles hatte sich schon ein paar Mal verflüchtigt. Nina befürchtete, dass sich diese Momente häuften und das Farbbild sich nach und nach in Grautöne wandeln würde, die nichts mit »Fifty Shades of Grey« zu tun hätten.

Nur ein Jahr hält das »Frisch verliebt«-Gefühl an, dann geht es in Beziehungs-Routine über, hatte sie gelesen. In Jan war sie in der ersten Zeit so verliebt gewesen wie noch niemals in einen anderen Mann zuvor. Doch der Artikel hatte recht: Mit der Zeit schlichen sich kleine Dissonanzen in den Weichzeichner. Piksige Sandkörner, kleine, unbequeme Stiche. In den letzten Wochen hatten sich Ninas innere Temperaturstürze, in denen ihr Liebes-Pegel dramatisch absank, deutlich gehäuft …

Beschämt registrierte Nina, dass sie bereits anfing, sich über die kleinen Dissonanzen ihres Beziehungsalltags zu ärgern: Es war zwar nicht der Klassiker mit der offenen Zahnpastatube, aber dass Jan zum Beispiel grundsätzlich mit sandigen Füßen in den Wohnwagen latschte, auch wenn sie gerade sauber gemacht hatte (was sie hasste), wurmte sie sehr. Er verstand das Prinzip »sandige Füße = sandiger Fußboden« einfach nicht und fand Schuhe ausziehen oder Füße abputzen »spießig«. In der Folge waren auch das Bettlaken, die Couch und sogar die Duschwanne dauerpaniert.

Seine schreckliche Angewohnheit, das benutzte

Geschirr erst mal im Waschbecken »einweichen« zu lassen, sodass Nina es mit spitzen Fingern aus dem inzwischen kalten, fettigen Wasser wieder rausfischen musste, um es in den Geschirrspüler zu sortieren.

Oder, dass er Max mit allem fütterte, was ihm in die Finger kam, sodass der anfing zu betteln. Und dass er ihn morgens, wenn er vor ihr aufstand, einfach rausließ und er irgendwo auf dem Campingplatz Häufchen machte, die Nina später ewig suchen musste.

Nina liebte es außerdem, kalt und bei offenem Fenster zu schlafen. Jan dagegen nächtigte bevorzugt in Bio-Sauna-Temperatur mit aufgedrehter Heizung, ohne jeden Luftzug.

Und, und, und …

Die Liste ließ sich noch endlos fortsetzen, aber Nina schlug sich im Geiste auf die Finger und rappelte sich hoch. »Schluss jetzt mit den negativen Gedanken!«, befahl sie sich. Der Tag musste beginnen! Die Bistro-Tische mussten eingedeckt und das Sonnensegel ausgefahren werden. Gleich würden die ersten Gäste auf der Matte stehen.

3

Swusch, swusch, swusch – fasziniert beobachtete Nina, wie elegant Jan mit seinem Board auf den Wellen ritt und seine Bewegungen mit denen des Wassers verschmolzen. Wie ein guter Jockey, der eins wird mit dem Rhythmus seines Pferdes. Oder ein Skifahrer, dessen Knie wie perfekte Stoßdämpfer über die Hügel federten.

Jan war gut, sehr gut sogar, denn Surfen auf Sylt war alles andere als einfach: Die Wellen waren kurz, kamen meist arhythmisch und waren dadurch unberechenbar. Die Brandung war heftig und hatte eine starke Unterströmung. Der Schwierigkeitsgrad wurde unter Profis – je nach Windstärke – auf hoch bis sehr hoch geschätzt, und dazu musste man noch höllisch auf die Buhnen-Reste aufpassen, die die gesamte Westküste entlang spitz und scharfkantig aus dem Wasser ragten. »Wer auf Sylt surfen kann, kann es überall«, hieß es. Wer hier das Wellenreiten lernte, war für jede Brandung der Welt gewappnet. Beweis für diese These war der Erfolg der gebürtigen Sylter SUP-Legende Sonni Hönscheid, die aktuell weltweit Preise einsammelte.

Wipeout, Brechungslinie, drop, Weißwasser, duck dive, take off, kook – die hippen Surf-Vokabeln, die

Nina regelmäßig von Jan und seinen Surf-Buddys, die sich gegenseitig »Dude« nannten, um die Ohren flogen, musste sie lernen wie eine neue Fremdsprache. »Hot dog surfing« nannte man zum Beispiel die schnellen, exakten Manöver, die Jan gerade auf den kleinen Wellen vollführte.

Aber auch nachdem Nina die Fachbegriffe endlich einordnen konnte, war sie noch lange kein Profi. Während ihres Fuerteventura-Urlaubs hatte sie zwar ein Intensiv-Training von Jan bekommen, dennoch gelang ihr selten der »take off«, um in den »drop« zu kommen – der Moment, von dem man aus der paddelnden Bauchlage in den Stand kam und dann aufrecht stehend die Welle absurfte bzw. »ritt«.

Die meiste Zeit planschte Nina bäuchlings auf dem Brett durch die Brandung oder wartete hinter der Brechungslinie, wo das Wasser wieder ruhiger war, auf die »perfekte Welle«.

Den lässigen Surf-Lifestyle jedoch mochte sie sehr. Ein Gespür für die Wellen und ihren Rhythmus zu entwickeln, mit dem Meer zu verschmelzen, sich eins mit der Natur zu fühlen und den ganzen Tag draußen auf dem Wasser zu sein, hatte etwas sehr Meditatives. Für viele »Dudes« war Surfen deshalb eine spirituelle Erfahrung, wurde zu einer Religion, die ihr Leben veränderte.

Und nach den Stunden in Wasser und Sonne die Muskeln zu spüren, abends am Lagerfeuer Bier zu trinken, zu chillen und zu grillen und dazu relaxte Musik der Surf-Junkies Jack Johnson oder Donovan Frankenreiter zu hören, war einfach herrlich.

Abgesehen davon sah es unglaublich cool aus, sich

ein Board unter den Arm zu klemmen und zum Wasser zu rennen …

Ein Extra-Bonus war für Nina, dass sie nun endlich wusste, wozu und warum ihre geliebten UGG-Boots erfunden worden waren: Australische Surfer hatten die lammfellgefütterten Stiefel kreiert, damit ihre Füße nach dem Tag im kalten Wasser wieder warm wurden.

Unermüdlich paddelte Jan sich durch die Brandung, tauchte auf dem Board liegend unter den Wellen durch, um hinter die Brechungslinie zu kommen. Surfen war wirklich seine Leidenschaft, die ihm scheinbar niemals langweilig wurde. Würde sein Körper ihm nicht irgendwann Bedürfnisse wie Hunger, Durst oder Müdigkeit signalisieren, käme er vermutlich gar nicht mehr aus dem Wasser. 71 Prozent der Erdoberfläche waren von Wasser bedeckt, hatte Nina gelesen – da würden Jan die Surf-Möglichkeiten wohl nicht so schnell ausgehen …

Sie pfiff nach Max, der gerade mal wieder eines seiner unzähligen Meerbäder nahm. Manchmal nahm Jan ihn auch mit aufs Brett, wo er dann stolz auf dem hinteren Ende saß, während Jan sie über die Wellen bugsierte. Nina war immer wieder verzückt, wenn ihre beiden Männer gemeinsam übers Meer ritten.

Wie ein nasser Feudel mit Stummelbeinen kam der klitschnasse Max über den Strand gesprintet. Sein wolliges Fell triefte derart vor Salzwasser, das Nina kurz überlegte, ihn auszuwringen oder in den Neopren-Anzug-Trockner zu stecken. Max kam diesen drastischen Maßnahmen zuvor, indem er sich direkt vor ihren Beinen schüttelte, was eine kreisrunde Fontäne zur Folge hatte, die sogar einen kleinen Regenbogen warf.

Die nassgespritzte Nina wischte sich seufzend das Wasser aus dem Gesicht und jagte Max die lange Treppe zum Kliff hoch. Sie musste dringend einkaufen – der Wohnwagen-Kühlschrank war restlos leer und auch der nasse Feudel brauchte neues Futter.

Früher war sie mit Jan bei Sonnenuntergang oft Hand in Hand zum Grande Plage oder zum Wonnemeyer geschlendert, um den Tag bei einem Absacker mit dem Personal ausklingen zu lassen. Oder sie waren ins Kino gegangen, hatten in Gretas Open-Air-Bar einen Late-Night-Drink genommen oder waren in die Sansibar gedüst. Aber dieses Jahr war die Saison so anstrengend, dass sie fast gar nicht mehr ausgingen. Jan kam oft erst spät vom Strand, weil er entweder noch surfte, Abendkurse gab oder das Equipment aufräumte. Und dann wollte er nur noch duschen, fernsehen oder auf dem iPad daddeln.

Um sich nicht zu langweilen und ihre Kreativität gänzlich verkümmern zu lassen, hatte Nina sich aufs Kochen verlegt – bevorzugt thailändisch, vietnamesisch und indisch, denn diese Küchen gab es kaum auf der Insel. Nina liebte es, in den dicken, bunten Kochbüchern zu blättern, die sie sich hatte liefern lassen. Heute würde es grünes Curry mit Rinderfiletstreifen, Bohnen und grünem Pfeffer geben. Die Zutaten dafür kaufte sie im Bioladen oder bei Feinkost Meyer, wo es immer frischen Koriander gab – auch in der Nebensaison.

Aber erst musste Max versorgt werden. Nina hatte bei den Mädels im Wenningstedter Hundeladen »Promenadenmischung« eine Ernährungsberatung für ihn gemacht und sich einen ausgeklügelten BARF-Speiseplan erstellen lassen. BARF bedeutete Fütterung mit Frischfleisch und Gemüse – speziell auf Max abgestimmt. Teuer und aufwendig – aber Nina fühlte sich Elli gegenüber verpflichtet, es dem geerbten Hund so gut wie möglich gehen zu lassen. Während Vivien das Fleisch aus dem Lager holte, strich Ninas Blick über das »Leckerli«-Angebot: In kleinen Bastkörbchen lagen Kabeljau-Taler, Elch-Burger, getrocknete Lammohren (mit oder ohne Fell) und selbstgemachte Wellness-Frikadellen. Nina entschied sich für zwei Fischplätzchen als Belohnung für Max, weil er die Strecke von Kampen nach Wenningstedt neben ihrem Fahrrad zu Fuß gelaufen war.

»Hier, Schätzchen!« Vivien wuchtete einen prall gefüllten Plastiksack neben den Kassentresen. »Das müsste für den lütten Hasen bis Montag reichen!« Nina kaufte sein Fleisch in Wochenrationen, die sie in einer kleinen Kühltruhe lagerte und Max täglich seine Tagesportion auftaute.

Hunde in Max' Größe verkamen auf Sylt oft zum strassbehängten Status-Accessoire, das man in der LV-Tasche mit sich herumtrug. Oder in die sauteure Pelzkragen-Pulli-Kollektion steckte, die ein Luxus-Hundeausstatter in Westerland anbot. Dort gab es sogar Hunde-Champagner und -Parfum. Nina fand das abstoßend dekadent und war wild entschlossen, Max auf keinen Fall zu verzärteln. Auch auf dem Rückweg ließ sie ihn deshalb mit hängender Zunge neben dem Fahrrad herlaufen.

Wieder zu Hause, servierte Nina Max sein Abendessen, stellte das Radio an und schenkte sich ein Glas Sauvignon Blanc ein. Sie liebte es zu kochen, dabei

Musik zu hören und sich einen leichten Dusel anzutrinken. Der Wohnwagen-Herd war zwar klein, aber sehr funktional und außerdem gasbetrieben, sodass sie die Hitze exakt regulieren konnte.

Wenn ihre Mutter früher gekocht hatte, hatte sie zuerst alle Herdplatten voll aufgedreht, und erst als in den Töpfen das Öl bereits qualmte und das Wasser brodelte, angefangen, die Zutaten zu schnippeln und hektisch in die dadurch aufzischenden, spritzenden Pfannen zu werfen. Auf vier Herdplatten musste zeitgleich der Super-GAU verhindert werden, und natürlich brannte deshalb immer irgendwann irgendetwas an, woraufhin ihre Mutter schweißüberströmt »Ich hasse kochen!« schrie und schließlich wütend das verkohlte Essen auf den Tisch knallte.

Ihre Mutter war Lehrerin, und oft aßen sie nach Unterrichtsschluss Mittagstisch beim Chinesen oder Italiener, um die ungeliebte Arbeit am Herd zu umgehen. Nina mochte Bratreis, aber ihr schmeckten auch die Paprika-Hack-Spaghetti ihrer Mutter, und sie bedauerte oft, dass die erstens selten und zweitens nur unter höchsten Dramen entstanden.

Kochen musste wirklich etwas ganz Schreckliches sein, manifestierte sich in Ninas Hirn, und sie beschloss, es so lange wie möglich zu umgehen. In ihrer beruflichen Anfangszeit ernährte sie sich deshalb ausschließlich von Tiefkühlkost, der Verlagskantine oder dem Pizza-Service.

Und nun kochte sie doch – aber ganz anders als ihre Mutter früher: In aller Ruhe säuberte, schälte und zerkleinerte sie zuerst alle Zutaten und hielt sie auf Tellern oder in Schüsseln bereit. Auch die nötigen Gewürze, Öle, Saucen oder Pasten suchte sie vorher raus und platzierte sie griffbereit neben dem Herd. Erst dann warf sie die Gasflammen an. Ihre Kochsessions verliefen dementsprechend alles andere als hektisch.

Vor sich hin summend rührte Nina Currypaste in die brodelnde Kokosmilch und briet das Fleisch darin an. Ein köstlicher Duft erfüllte den Raum. Zufrieden tanzte sie zu den Klängen von »Superstition« vor der Arbeitsplatte herum, schnippelte Bohnen, rieb Ingwer und hackte Koriander und Kaffir-Limetten-Blätter. Handwerkliche Tätigkeiten, bei denen man nicht viel nachdenken musste, waren für sie zutiefst entspannend, fast meditativ, und sie war immer wieder aufs Neue fasziniert, wie aus ein paar Gemüsesorten, Kräutern und Fleisch, die man in einen Topf warf, eine köstliche Mahlzeit entstand. Das Erfinden neuer Gerichte, interessanter Geschmacks-Kompositionen und das Gefühl für Gewürze und deren richtige Menge waren für Nina ein kreativer und vor allem äußerst sinnlicher Prozess. »Widme dich der Liebe und dem Kochen mit wagemutiger Sorglosigkeit«, riet ja schließlich auch der Dalai Lama.

Es gab so viele Zutaten, die Variationsmöglichkeiten waren schier unendlich. Nicht umsonst servierte man plötzlich mit Dry-Aged-Beef umwickeltes Sushi – oder sogar süßes Sushi. Nina kombinierte besonders gerne asiatische und traditionelle Komponenten. Und sie liebte es, zu experimentieren. Wären die Ingredienzien Musiknoten, wäre jedes von ihr erfundene Rezept ein neuer Song.

Den Kochsendungsboom, der die Fernsehlandschaft seit ein paar Jahren überschwemmte, konnte

Nina gut verstehen. Manchmal sah auch sie sich morgens in der Mediathek die »Küchenschlacht« an, um sich für das Abendessen inspirieren zu lassen.

4

»Hey Schatz, was gibt's heute zu essen?« Jan stürmte zur offenen Tür herein, gab Nina einen Kuss auf die Wange und riss, ohne ihre Antwort abzuwarten, die Kühlschranktür auf.

»Oh, du hast eingekauft! Toll!« Begeistert zerrte er Wurst- und Käse-Packungen auf und stopfte sich die Scheiben im Stehen in den Mund. »Iff hab einen Bärenhunger«, erklärte er kauend.

»Aber es gibt doch gleich Essen!«, protestierte Nina genervt. Sie hasste es, wenn er den Aufschnitt direkt aus dem Kühlschrank aß. »Wenn du jetzt so viel isst, hast du gleich keinen Appetit mehr!«

»Ich will doch nur probieren«, sagte Jan und biss von einem Brötchen ab, das er aus einer Tüte gefischt hatte. Mit dem Fuß stieß er die Kühlschranktür wieder zu, kam kauend zu Nina an den Herd und hob den Topfdeckel von der Pfanne.

»Hmmm, was ist das?«

»Rindfleisch-Curry!«

»Schon wieder asiatisch?«, maulte Jan enttäuscht und biss noch ein Stück Brötchen ab.

Leider lagen sie beim Essen nicht auf einer Wellenlänge: Auch wenn er seine eigentlichen kulinarischen Vorlieben zunächst verborgen hatte, mochte Jan am liebsten Steaks oder Hausmannskost wie Wiener Schnitzel, Rouladen oder Tafelspitz – und er ging leidenschaftlich gern zu McDonald's. Nina dagegen liebte die Aromenvielfalt und Kalorien-Armut der exotischen Küchen. Sie hatten sich deshalb auf einen wechselnden Speiseplan geeinigt – und heute war Nina dran.

»Was ist eigentlich mit deinen Haaren?«, fragte Jan. »Die sind ja wieder ganz glatt! Ich dachte, du wolltest dir Dreads machen?«

Lässig lehnte er am Kühlschrank und stopfte sich mit der einen Hand eine Scheibe Käse und mit der anderen den Rest des Brötchens in den Mund.

»Das klappt mit meinen Haaren nicht«, sagte Nina. »Und außerdem sah es bescheuert aus!«

»Echt? Fand ich nicht …« Jan klang enttäuscht. Er fischte sich eine Flasche Bier aus dem Kühlschrank und öffnete sie, indem er die Krone an der stählernen Arbeitsplatte aufhebelte. Auch das hasste Nina, weil die Platte davon Kratzer bekam.

»Und wann machst du das mit den Zähnen?«, fragte Jan, nachdem er sich einen großen Schluck Bier in den Hals gegossen hatte.

»Hä?« Nina rührte hektisch im Curry, das gerade anzubrennen drohte, und verstand nur Bahnhof.

»Na, du wolltest doch deine Zähne bleachen. Ich frag' nur, weil das bei der Jessi echt super geworden ist!«

»Welche Jessi?«, fragte Nina irritiert, während sie die Gasflamme ausstellte.

»Die eine Surfschülerin heute!« Jan trank das Bier aus und stellte die leere Flasche auf den Tresen. »Ich find' so weiße Zähne ja echt sexy …«

Nina fühlte sich etwas beklommen. »Du findest also Jessi sexy?«

»Nee, bestimmt nicht«, lachte Jan. »Aber bei dir fänd' ich es mega!«

Wie sollte sie das verstehen? Hieß das dann im Umkehrschluss, dass er ihre Zähne in ihrem jetzigen Zustand unsexy fand?

»Ich spring' noch kurz unter die Dusche«, verkündete Jan, ließ Shorts und T-Shirt fallen und verschwand im Bad.

Nina starrte auf die offenen Aufschnittpackungen und die leere Bierflasche, die Jan einfach auf dem Tresen liegen gelassen hatte – und auf seine rumliegenden Klamotten. Immer musste sie hinter ihm herräumen. Ihre gute Laune verflog. Missgestimmt deckte sie den Tisch auf der Terrasse. Dass Jan sich einfach nicht kontrollieren konnte und jedem Impuls nachgab, ärgerte sie zunehmend. Man konnte ein Hungergefühl ja wohl auch noch mal fünf Minuten bezwingen, wenn das Essen bereits fast fertig war, oder? Jan war schließlich kein Kleinkind, das seinen Gelüsten hilflos ausgeliefert war! Und wenn er schon unbedingt noch etwas verzehren musste, warum dann nicht ordentlich, indem er sich einen Teller nahm, ein Brot schmierte und sich an den Tisch setzte, statt gehetzt alles im Stehen in sich reinzustopfen? Seine mangelnde Impulskontrolle empfand sie mehr und mehr als Rücksichtslosigkeit. Denn wie sie sich dabei fühlte, war ihm offensichtlich scheißegal.

Mit nassen Haaren und einem Handtuch um die Hüften kam Jan aus der Dusche, setzte sich an den Tisch und legte sein iPhone neben den Teller. Seine

Haut dampfte genau wie die Töpfe, die vor ihm standen.

Während Nina Reis und Curry auf die Teller füllte und frische Korianderblätter darüber streute, wischte Jan über den Bildschirm seines iPhones. Auch während des Essens schaute er kaum hoch, schlang seine Portion schweigend in sich hinein und war voll auf den Live-Stream von irgendeinem Football-Spiel konzentriert.

Nina forderte absichtlich keine Kommunikation von ihm ein, denn in letzter Zeit redete er sowieso nur über Technik, neue Geräte, Blue Tooth oder Autos. Schon lange hatte er sie nicht mehr gefragt, wie ihr Tag war oder wie es ihr ging. Es schien so, als wenn er sich wesentlich mehr für surfen und streamen interessierte als für Ninas Seelen-Lage.

Männer reden halt nicht gerne über Gefühle oder Befindlichkeiten, tröstete sich Nina und versuchte trotzdem, ihr Essen zu genießen. Es war ein herrlicher Abend, die Luft war lau, man hörte das rhythmische Branden der Wellen und der Duft der Heckenrosen, gepaart mit der Feuchtigkeit des Abendtaus, zog durch die Luft.

Zack! Schon wieder hatte Jan Mäxchen, der auf seinen Hinterbeinen vor dem Tisch saß und hechelnd auf ihre Teller starrte, einen Rindfleischstreifen zugeworfen – ohne von seinem Handy-Display hochzugucken. In Nina kochte ein Wutanfall hoch. Der Hund sollte nichts vom Tisch essen, er fing sowieso schon an zu betteln. Und wenn Nina etwas hasste, dann waren es gierig hechelnde Tölen, die einen flehentlich sabbernd anstarrten, sobald man etwas Essbares in den

Händen hielt. So sollte Max auf keinen Fall werden – und außerdem war die Curry-Sauce viel zu scharf für ihn. Wozu kaufte sie ihm schließlich den teuren BARF-Kram?

»Ich hab' dir schon tausend Mal gesagt, dass du Max nichts geben sollst«, fuhr Nina Jan an.

Der guckte verblüfft von seinem Bildschirm hoch. »Jetzt chill mal, Süße! Entspann dich, sonst kriegst du noch Zicken-Falten im Gesicht!«

Nina hätte ihm eine knallen können. Tickte er noch ganz richtig? Oder, wie Margit zu sagen pflegte: Hatte er noch alle Nadeln an der Tanne?

Bevor sie etwas erwidern konnte, stand Jan auf, legte Löffel und Gabel auf seinen leeren Teller, trug ihn hinein und kam kurz darauf in Jeans und T-Shirt und einer neuen Bierflasche in der Hand wieder raus.

Verärgert, weil er mit dem Abdecken noch nicht mal wartete, bis sie aufgegessen hatte, widmete sich Nina wieder ihrem Curry.

Jan setzte sich und schaute weiter Football. Er lebte, als wäre sie gar nicht da. Von Zweisamkeit keine Spur. Er agierte in seinem eigenen Universum – und merkte es offenbar noch nicht mal.

Nachdem sie aufgegessen hatte, deckte Nina die Töpfe und das restliche Geschirr ab. Sie hatte es ja geahnt: Jan hatte seinen Teller wieder mal einfach nur ins Waschbecken gestellt und Wasser drüberlaufen lassen, um ihn »einzuweichen«. Nun schwammen Besteck und Teller in einer plörrigen Sauce mit grünen Fettaugen. Ninas Adrenalinpegel stieg.

Erfahrungsgemäß scheiterten Beziehungen nicht an den großen Problemen – sondern an den kleinen

Alltagsdingen, die die Liebe wie Bakterien Millimeter für Millimeter zersetzten. »Every little thing hurts and every little hurt counts«, hieß es doch.

Wutentbrannt stürmte Nina nach draußen. »Mann, Jan, was soll denn der ewige Scheiß mit dem Geschirr im Waschbecken? Warum stellst du deinen Teller nicht einfach direkt in den Geschirrspüler? Denkst du, der fliegt da von selbst rein?« Ihre Stimme überschlug sich.

»Was ist denn heute mit dir los, Hase?« Erstaunt guckte Jan von seinem Bildschirm hoch und nahm einen Schluck Bier. »Du bist ja komplett verkrampft! Kriegst du deine Tage?«

Das war ja wohl die Höhe. Wortlos stürmte Nina zurück in den Wohnwagen und stolperte dabei über das Handtuch, das auf dem Boden lag. Es war so sinnlos. Er würde es nie lernen. Auch nicht ihr zuliebe. Resigniert fischte sie mit spitzen Fingern den Teller aus der grünen, fettigen Plörre und sortierte ihn in die Maschine.

Nachdem sie die Küche gemacht hatte, warf sie einen Blick ins Bad, wo erwartungsgemäß zwei weitere nasse Handtücher auf dem Boden lagen. Auch das war eine Angewohnheit, die sie ihm nicht austreiben konnte. Er ließ einfach alles genau da fallen, wo er gerade stand – und vergaß es dann. Er duschte jeden Morgen und manchmal auch noch abends und nahm sich dafür jedes Mal neue Handtücher, ohne sie jemals selbst zu waschen. Zuerst hatte Nina den Waschdienst gerne und wortlos übernommen, aber mittlerweile ging ihr sein Paschaverhalten, das selbstverständlich voraussetzte, dass sie ihm den Haushalt schmiss, gewaltig auf die Nerven. Er machte sie zur Hausfrau – kein Wunder, dass sie dadurch in seinen Augen zur Unperson wurde.

»Kannst du deine Handtücher nicht mal selbst wieder aufheben, Jan?«, zeterte sie durch die offene Tür.

»Hast du was gesagt, Schatz?« Er nahm sich die Kopfhörer aus den Ohren und schaute sie fragend an.

Nina winkte stumm ab. Jan pfriemelte die Ear-Ins wieder ein, legte die Füße auf ihren Stuhl und setzte seine iPhone-Football-Session fort.

Sie fand sich selber doof, wenn sie so zickig wurde. Und ihr war vollkommen klar, dass es ihm genauso ging. Aber was sollte sie dagegen tun, wenn die Wut nun mal unstoppbar in ihr hochbrodelte?

Mit einem Glas Sauvignon Blanc setzte sie sich wieder zu Jan an den Tisch. Die Sonne ging gerade knallrot unter, und sie wäre gerne noch romantisch mit ihm am Strand spazieren gegangen. Hand in Hand – so wie früher. Stattdessen leerte sie ihr Glas, schaute zu, wie das letzte Stückchen des glühenden Sonnen-Kreises am Horizont verschwand, und ging dann rein. Allein.

Nina liebte es, abends im Wohnwagen-Bett fernzusehen und sich dabei an ihren Liebsten zu kuscheln. Jan surfte derweil normalerweise durchs Netz oder schlief neben ihr ein. Gerade lief irgendein Krimi, aber Nina konnte sich nicht konzentrieren. Zu unbefriedigend war der Abend verlaufen.

Nachdem sie etwa eine Stunde durch die Programme gezappt war, kletterte Jan zu ihr ins Bett und gab ihr einen Kuss. »Bin hundemüde, Schatz.« Sagte es, drehte sich zur Seite und war drei Sekunden später eingeschlafen. Überall und jederzeit schlafen zu können, war eine der Gaben, um die Nina ihn am meisten beneidete.

Erleichtert vernahm sie seine tiefen Atemzüge und war froh, dass er keine Ansätze gemacht hatte, mit ihr schlafen zu wollen. In letzter Zeit hatte sie nämlich überhaupt keine Lust mehr auf Sex, denn Jan war beim Liebe-Machen nicht mehr zärtlich, liebevoll und kreativ wie früher, sondern unangenehm direkt und zielstrebig. In ihrer Anfangszeit hatte er ihr das Gefühl gegeben, ihr Körper wäre ein Tempel, von dem er jeden einzelnen Quadratmillimeter betörend fand. Hals, Fußsohlen, Kniebeugen, Rücken – Nina hatte gar nicht gewusst, dass sie derart viele erogene Zonen hatte. Selten zuvor hatte sie sich so begehrt und gewollt gefühlt.

Doch mittlerweile fiel das Vorspiel komplett aus. Jan griff ihr erst an den Busen, dann in den Schritt und erwartete offenbar, dass es genügte, die Hauptknöpfe zu drücken, um sie anzuheizen.

Es schien, als hätte er keine Lust mehr, sich auf sie zu konzentrieren, sich Zeit für sie zu nehmen. Er fühlte sich nicht mehr in sie ein, achtete nicht mehr auf ihre Reaktionen, spürte sie nicht mehr. Wenn er sie manuell stimulierte, lag er um den entscheidenden Millimeter daneben oder hörte genau dann auf, wenn sie fast kam. Manchmal hustete er auch im falschen Moment – oder stellte plötzlich eine Frage zum nächsten Arbeitstag. Dann war Nina raus, dann ging nichts mehr. Ihre Lust versiegte so schlagartig, als hätte man einen Wasserhahn abgedreht.

Jan erwartete aber, dass alles so funktionierte, wie er

es gewohnt war. Kürzlich sprang er mittendrin auf und brüllte sie wütend an: »Au Scheiße, wann kommst du endlich? Warum schaffe ich das nicht mehr?«

Kam sie nicht, war sie seiner Meinung nach zu verkopft, zu unentspannt, konnte nicht loslassen. Seine Schuld war das jedenfalls nicht.

Nina, die nicht in Worte fassen konnte, was ihr fehlte, sah sich genötigt, ihm durch ihren Orgasmus zu beweisen, dass sie ihn noch begehrte und er ein toller Liebhaber war – und kam endgültig gar nicht mehr.

Es schien, als sei für Jan als Sportler das Ziel das Ziel – und nicht der Weg dorthin. Für Nina war es umgekehrt. Ihr Orgasmus war ihr beim Sex wirklich nicht das Wichtigste. Es war schön, wenn sie einen hatte – es war aber auch genauso schön, Jan einfach nah zu sein, ihn zu spüren, zu fühlen, zu riechen und zu küssen. Die ungeduldige Treibjagd auf ihren Höhepunkt, die er betrieb, war für sie das Gegenteil von sinnlichem, erotischem »Liebemachen«. Sie fühlte sich dabei total gehetzt und versuchte krampfhaft zu kommen, damit er erlöst war – was natürlich nicht funktionierte, denn niemand konnte zeitgleich verkrampfen und loslassen.

Resigniert spielte sie ihm immer öfter ihre Ekstase nur vor – und das war bekanntlich der Anfang vom Ende bzw. das Ende von gutem Sex.

Ihr Liebesleben verkam mehr und mehr zu einer absurden Mischung aus Orgasmus-Terror und Schauspielkunst. Weil sie deshalb immer seltener mit ihm schlafen wollte, beklagte Jan sich zunehmend über ihre Lustlosigkeit. Die Schuld bei sich bzw. seinen Lover-Qualitäten zu suchen, kam ihm nicht in den

Sinn. Warum auch, wenn Nina ihm regelmäßig kreischende Ekstase vorspielte?

Nina musste an den Song von Lilly Allen denken, in dem die sich über die sexuelle Unfähigkeit ihres Lovers beschwert:

It's not fair and I think you're really mean.
You're supposed to care, but you never make me scream.

Eine verzweifelte Situation, denn es lag nicht an einer falschen Technik oder etwas anderem, worüber man hätte kommunizieren können. Es ging ja um sein nicht mehr vorhandenes Einfühlungsvermögen und Fingerspitzengefühl (im wahrsten Sinne des Wortes). »Sei doch mal wieder ein bisschen zärtlicher«, »Geh doch mal wieder mehr auf mich ein« – was sollten solche Forderungen bringen, wenn er zum Gefühlslegastheniker mutierte und keine Lust mehr hatte, sie umzusetzen?

Der Sex mit Jan war anstrengend geworden – und frustrierte sie. Der Fakt, dass Paare im Durchschnitt spätestens nach 18 Monaten von der Sex- in die Kuschelphase rutschten, war Nina deshalb gar nicht mal so unrecht.

5

Rummms!! Wie ein gefällter Baum ließ Jan sich nach seinem Toilettengang wieder ins Bett plumpsen – sodass Nina auf ihrer Matratzenseite wie auf einem Trampolin hochgeschleudert wurde.

Na prima – jetzt war sie wach und könnte erst mal nicht wieder einschlafen, weil sie sich so darüber ärgerte.

Warum war Jan bloß so viel weniger achtsam als sie? Wenn sie sich im Bett umdrehte, tat sie das äußerst vorsichtig und in Zeitlupe, um ihn nicht zu wecken.

Wenn sie den Arm um ihn legte, achtete sie darauf, dass ihr Arm nicht zu schwer wurde oder ihn beim Atmen störte, und hob ihn deshalb leicht an.

Wenn sie noch las und er neben ihr schon schlief, blätterte sie das Papier so langsam um, als würde es sonst unter ihren Fingern zerfallen, damit es bloß nicht raschelte. Studierte Jan dagegen noch irgendein Surf-Magazin, peitschte er die Seiten um, als würde er einen Tennisball schlagen, knallte die Zeitung zwischendurch immer wieder auf die Matratze, rief dabei irgendwas aus – und pfefferte sie zum Schluss lautstark auf den Fußboden. Wie konnte man nur so geräuschintensiv lesen? Ich lärme, also bin ich? Vielleicht sollte sie zum besseren Verständnis dieser seltsamen Verhaltensweisen mal einen Psychologen befragen …

Sie war jedenfalls total anders: Wenn sie nachts auf Toilette musste, schlich sie auf Zehenspitzen durch den Wohnwagen, betätigte extra die Spülung nicht, damit das Gerausche und Gegurgel Jan nicht weckte, und kroch danach lautlos wieder ins Bett.

Und um nicht zu schnarchen, schlief sie nie auf dem Rücken.

Wenn sie Blähungen hatte und spürte, dass ein Windchen nach draußen drängte, drehte sie sich auf die Seite und hob eine Pobacke an, sodass die Luft lautlos entweichen konnte.

Jan hingegen furzte hemmungslos knatternd vor sich hin, schnarchte wie ein Sägewerk, warf sich wie ein springender Wal von einer Seite auf die andere und strampelte sich die Nacht über einmal quer durchs Bett. Nicht nur einmal knallte er ihr dabei sein Knie in den Oberschenkel, seinen Ellenbogen in den Rücken oder seine Hand auf ihren Kopf. Rücksichtnahme kam in seinem Schlaf-Universum nicht vor. »Königshaltung« nannte man die sorglose Rückenlage, in der er bevorzugt lag. Sie zeichnete besonders selbstbewusste Schläfer aus, da man in dieser Position in der Neandertalerzeit am angreifbarsten war. Jan aber schien keine Angst zu haben, nachts von einem Löwen angesprungen oder einem Rivalen gewürgt zu werden. Er sägte mit ausgebreiteten Armen seelenruhig vor sich hin.

Manchmal wünschte Nina sich, genauso simpel strukturiert zu sein wie er. Wie herrlich musste es sein, sich nach dem Pinkeln einfach wieder ins Bett zu werfen, ohne darüber nachzudenken, ob jemand anders dadurch auf der anderen Seite von der Matratze katapultiert wurde. Oder laut zu pupsen, ohne sich dafür zu schämen? Konnte Jan etwas dafür, dass er mit seiner Art besser durchs Leben kam als sie? Oder zumindest mit mehr Schlaf?

Wenigstens hatten sie zwei Bettdecken und Nina musste nachts nicht auch noch um ein Stückchen Decke mit ihm kämpfen. Zu den Mysterien moderner Partnerschaften, die Nina noch nie verstanden hatte, gehörte der Zwang, gemeinsam unter einer(!) Decke schlafen zu müssen. Wollte man das nicht, galt man sofort als Liebes-Autist oder Nähe-gestört. Auch Jan hätte nichts gegen eine gemeinsame Decke gehabt, doch Nina hatte auf einer eigenen bestanden, um zumindest nachts mal kurz nicht »wir« sondern »ich« sein zu können.

Während sie wach lag und Jan neben ihr vor sich hin schnorchelte, ließ Nina ihren Gedanken freien Lauf. Das Zusammenleben auf so engem Raum war nicht einfach. Aber hatte Jans Bedürfnis nach Unordnung nicht eigentlich die gleiche Berechtigung wie ihr Bedürfnis nach Ordnung? Es war doch keine Lebensweise richtiger als die andere! Ratlos darüber, was sie ändern könnte, damit die Leichtigkeit zurückkehrte und sie in Bezug auf ihn wieder entspannter wurde, schlief sie schließlich ein.

6

Poch! Poch! Poch!

Hartnäckiges Klopfen riss Nina aus einem Traum, in dem sie kopfüber von einem Felsen ins türkisblaue Meer sprang. Was für ein Flug – großartig! Schon immer hatte sie die kurze Schwerelosigkeit während eines Sprunges geliebt …

»Nina!! Bist du noch da drin?«

Die Stimme von Frau Zemke vertrieb die letzten Traum-Sequenzen. Die Umrisse des Wohnwagens nahmen an Schärfe zu. Nina schwamm nicht im Mittelmeer – sondern lag in ihrem Bett. Verschlafen versuchte sie, das Zifferblatt ihrer Uhr zu erkennen. Halb zehn?? Meine Güte, sie hatte ja total verpennt!

»Einen Moment, Margit«, rief sie. »Ich komme gleich!« Benebelt schälte sie sich aus der Decke, taumelte zur Außentür, öffnete sie – und war geblendet: In einem grell orangefarbenen Jogginganzug hampelte Margit auf der Terrasse herum und strahlte sie dabei euphorisch an.

»Was ist denn mit dir los?« Die Frage riefen sie gleichzeitig, waren darüber gleichzeitig verblüfft – und mussten gleichzeitig lachen.

»Du bist ja noch gar nicht wach! In deinen Augen sind noch die Vorhänge zu«, rief Margit glucksend.

»Ich habe offenbar verpennt«, grinste Nina.

»Und ich habe angefangen zu joggen«, sagte Margit und hampelte zur Demonstration mit Armen und Beinen. »Das mache ich jetzt jeden Morgen!« Mäxchen sprang unablässig an ihr hoch. Dachte der, sie wäre eine riesige dänische Hotdog-Wurst?

»Das sind Lockerungsübungen«, erklärte Margit atemlos und beantwortete damit Ninas irritierten Blick.

»Toll«, murmelte Nina und wunderte sich über das täglich steigende Energielevel der 61-Jährigen. So viel Lebensfreude war ja kaum auszuhalten!

»Willst du einen Kaffee?«

»Gern«, nickte Margit. »Aber nur einen schnellen! Klaus wartet an der Surfschule auf mich. Wir wollen noch kurz schwimmen gehen. Kommst du mit runter?«

»Ja, klar«, sagte Nina und warf die Kaffeemaschine an.

Jan war schon früh zur »Dawn Patrol«, um vor seinen Kursen selbst noch ein bisschen zu surfen. »Dawn Patrol« nannte man im kalifornischen Surfer-Slang die Morgenstunden, wenn Strand und Meer noch leer waren. Nina wollte eigentlich mit ihm aufstehen, war dann aber doch noch mal eingeschlafen.

Mit zwei dampfenden Tassen kam sie zurück auf die Terrasse.

»Ich dachte, du trinkst morgens nur Tee«, wunderte sich Margit und sog schlürfend einen ersten Schluck der heißen Flüssigkeit ein.

»Stimmt. Aber heute brauche ich was zum Wachwerden.« Auch Nina nippte an ihrer Tasse. »Findest du nicht auch, dass der gute alte Filterkaffee im Grunde am besten schmeckt, Margit?«

»Das fragst du mich?«, lachte die. »Du weißt doch, wie altmodisch ich in manchen Dingen bin!«

»Das ganze Nespresso-, Tassimo-, Flavored-Frozen-Latte-Macchiato-mit-Sojamilch-Gedöns kann mir echt gestohlen bleiben«, bekräftigte Nina. Margit nickte bestätigend.

»Wartest du noch kurz? Ich zieh' mich nur schnell an.«

»Klar«, lächelte Margit und leerte ihre Tasse.

»Warum hast du denn verschlafen«, fragte sie Nina wenig später, als sie auf dem Weg zur Surfschule durch die Dünen gingen.

»Ach, ist alles gerade nicht so einfach …« Nina schaute auf den Sandweg. »Ist wahrscheinlich das Saisonende. Wir sind ja alle etwas mit der Bereifung runter …«

»Ich nicht«, strahlte Margit.

»Ich weiß«, lächelte Nina.

»Wo ist denn eigentlich Jan?«

»Der ist schon ganz früh los zur ›Dawn Patrol‹!«

»Zur was?« Fast wäre Margit über eine hervorstehende Holzplanke der Treppe gestolpert.

»So nennt man in Amerika morgendliche Surf-Sessions, mit denen die Wellenreiter die Massen umgehen«, erklärte Nina.

»Welche Massen?«, rief Margit. »Es ist Saisonende!«

Wo sie recht hat, hat sie recht, dachte Nina.

Sie nahmen die letzten Treppenstufen und betraten kurz darauf die Surf-Schule, wo Louis bereits in der Küche werkelte. Nina öffnete die Terrassentüren.

Ein weiterer Surfschul-Tag begann, Mike und Lars waren bereits auf dem Wasser und gaben den ersten Schülern ihre Stunden.

Flankiert von zwei prallen Blondinen, denen der Busen aus den Mini-kinis quoll, stieg Jan wie der Adonis aus der Davidoff-Werbung aus dem Wasser. Er sonnte sich mal wieder in der Aufmerksamkeit der jungen Surf-Schülerinnen. Die himmelten ihn an und fanden ihn unfassbar toll. Er sich auch.

Ninas Eifersucht auf die knackigen, durchtrainierten 20-Jährigen, die bei Jan Surf-Kurse nahmen und ihn dabei hemmungslos anschmachteten, zwickte in ihrem Bauch. Wütend funkelte sie die Surf-Groupies an. Es war klar, dass jede von ihnen sofort mit ihm schlafen würde. Schlampen!

Im lockeren Sprint lief Jan zur Surf-Schule und gab Nina einen Kuss auf die Wange. Schon wieder nur Wange, dachte Nina. »Du könntest auch mal wieder aufs Brett, Süße« sagte Jan und kniff ihr in ihre »Love Handles«, eine liebevolle Umschreibung für Hüftspeck. Nina war empört.

»Ich brauche zwei Longboards«, rief Jan und verschwand im Lagerraum.

»Willst du nicht deine Augenbrauen zupfen?«, »Schmink dich doch mal wieder, das steht dir so gut!«, »Wann bleichst du deine Zähne?« – schon ein paar Mal hatte er in letzter Zeit Bemerkungen zu ihrem Äußeren gemacht, die ihr zunehmend auf den Geist gingen. Und ihre grauen Chelsea-Stiefeletten mit der Echsen-Prägung hatte er neulich »Elefantentreter« genannt, weil sie seiner Meinung nach unförmig und riesig aussahen.

Schon zwei Mal hatte er sie morgens im Bett auf ihren Haarwuchs an Kinn und Oberlippe aufmerksam gemacht und seinen Hinweis mit den Worten »Du wirst alt, Schatz! Zupf das mal lieber, bevor du einen Vollbart hast« kommentiert.

Er hatte schon recht. Früher hatte sie sich optisch mehr Mühe gegeben. Hatte sich tatsächlich oft geschminkt und ihre Haare saßen immer perfekt. Aber seit sie ihn »im Sack« und mit der Surf-Schule außerdem so viel zu tun hatte, fühlte sie sich vernachlässigt. Warum sollte sie auch voll geschminkt und perfekt onduliert an den Strand gehen, wo der Wind ihre Haare sofort zerzauste und das Meerwasser ihr Make-up zerlaufen ließ? Und sich zu Hause vor dem Herd zum Kochen aufzuhübschen machte auch nicht besonders viel Sinn.

Jan bekam Nina pur – und sie war eigentlich davon ausgegangen, dass ihm das reichte. Er schminkte sich ja schließlich auch nicht.

Inzwischen hatte sie allerdings mehr und mehr den Verdacht, dass seine Optimierungsvorschläge darauf hinwiesen, dass er sie so, wie sie war, nicht mehr attraktiv fand.

Seine Bemerkung zu ihrem Gewicht war objektiv berechtigt: Sie hatte tatsächlich deutlich zugelegt. Rund fünf Kilo mehr als noch vor einem Jahr brachte sie auf die Waage – und das sah man auch.

Obwohl Jan ihr ständig versicherte, jedes Gramm an ihr zu lieben, nagten ihre Speckröllchen an ihrem Selbstbewusstsein. Jan behauptete zwar, ihre neue Prallheit süß zu finden, trotzdem kriegte sie ein merkwürdiges Beklemmungsgefühl, wenn sie ihn im Gespräch mit den dürren Twens sah, die ihn ungeniert anflirteten. Ein paar dieser Modell-Frauen hatten sogar Sixpacks.

Obwohl Toyboys gerade im Trend lagen, begann der Altersunterschied zwischen ihnen Nina zunehmend Sorgen zu machen. Jan war jetzt 35, in der Blüte seiner Jahre, sozusagen »voll im Saft« – und sie war 43 und knitterte langsam, aber stetig vor sich hin. So kam es ihr jedenfalls vor.

Nicht nur ihr Sexleben – auch ihr Bindegewebe hatte deutlich an Spannung verloren. Das Alter begann, gnadenlos an ihren Gliedmaßen zu zerren: Ihre Augenlider fingen an zu hängen (Schlupflider), genau wie ihre Wangen (Merkel-mäßig), ihr Busen, ihre Pobacken, das Winkfleisch an ihren Armen und – ja – sogar ihre Mundwinkel, wie sie neulich entsetzt festgestellt hatte. Sie war früher deutlich knackiger gewesen, und es war schwer für sie, mit anzusehen, wie ihr Körper den Kampf gegen die Schwerkraft verlor. Irgendwie hatte sie das Gefühl, dass es ihre persönliche Schuld war, alt zu werden – während alle anderen ewig jung blieben.

Der Besuch von Jans Eltern im letzten Jahr hatte ihr, was das betraf, den Rest gegeben: Das vermögende Ehepaar residierte damals für eine Woche im Hotel Budersand und der Abend, an dem Nina ihnen in der Sansibar vorgestellt wurde, hatte sich ihr für immer ins Gedächtnis gebrannt: Zu verletzend war der abschätzende Blick der vollkommen verhärmten Mutter, die sich für ihren Sohn offensichtlich eine jüngere Freundin vorgestellt hatte. Und Jans Vater, ein feister Geschäftsmann, dem das Testosteron aus dem offenen

Hemd quoll, hatte sofort alle verfügbaren Kellnerinnen beflirtet und Nina vollkommen ignoriert.

»Na, die Kinderfrage ist damit wohl erledigt«, war Jans Mutter, die einen Champagner nach dem anderen in sich hineinschüttete, irgendwann rausgerutscht. »Schade, wir hätten so gerne Enkel gehabt! Nicht wahr, Horst?«

Aber Horst hatte gar nicht zugehört, weil er gerade schon wieder Simone, so hieß die Blondine, die an diesem Abend für ihren Tisch zuständig war, bebalzte.

»Ach, die sind eben so«, hatte Jan sie später getröstet. »Vergiss sie doch einfach.«

Aber genau das hatte Nina bis heute nicht gekonnt. Nicht nur wegen des unausgesprochenen Vorwurfs, dass sie zu alt für Jan wäre – nein, vor allem, weil man in der Regel irgendwann ein Spiegelbild seiner Eltern wurde. Und wenn Jan in 30 Jahren so sein würde wie Horst – ein Alptraum!

»Komm doch mit aufs Wasser!«, rief Jan, der mit zwei Longboards aus dem Lagerraum kam, ihr zu.

Doch Nina schüttelte den Kopf. »Später vielleicht, hab' noch zu tun!«

Ganz bestimmt würde sie sich jetzt nicht auch noch damit lächerlich machen, dass sie wie eine gestrandete Robbe auf dem Board klebte und wieder mal nicht an »Deck« kam, so nannte man die Oberseite der Bretter, auf denen man beim Wellenreiten stand.

Sie hatte absolut keine Lust, vor Jan und seinen »Next Supermodels« Salzwasser zu schlucken. Um so gut surfen zu können wie er, würde sie noch Jahre brauchen.

Betrübt schaute sie auf ihr »Hüftgold«. Sie wusste natürlich um den eigentlichen Grund ihres Hungers: Sie aß mehr, weil sie von ihm nicht mehr genug bekam! Nicht nur, wenn sie »Liebe« machten, fühlte sie sich von ihm nicht mehr wirklich »geliebt«, auch sonst wurde sie in letzter Zeit nicht »satt«. Ihr Selbstbewusstsein schmolz wie Eis in der Sonne.

Das Gejauchze und Gekreische der nackten Frau Zemke riss sie aus ihren düsteren Gedanken. Arm in Arm mit Sörensen rannte sie lachend zum Meer. Nachdem sie kürzlich ihre Leidenschaft fürs Nacktbaden entdeckt hatte, war Margit aus dem Wasser praktisch kaum noch rauszukriegen und nutzte jede freie Minute, um sich »frei zu machen«. Wie zum Beispiel jetzt, eine halbe Stunde vor ihrem Arbeitsbeginn.

Händchenhaltend schritt sie mit dem deutlich übergewichtigen Platzwart durch die Brandung ins Meer – und kam auch händchenhaltend wieder raus. Was sie an dem 60-Jährigen fand, war Nina absolut schleierhaft. Aber seine Qualitäten mussten bestechend sein, denn seit sie ihn kannte, tänzelte Margit mit verhangenem Grinsen durch den Tag. Nina hatte keine Ahnung, was Sörensen mit ihr machte – aber es musste gut sein.

Und auf jeden Fall besser als das, was Jan mit ihr machte!

Mürrisch schlurfte Nina ins Büro, um eine Schreibtisch-Einheit einzulegen.

Sie wusste, dass sie an sich arbeiten musste. Ihr Sexleben war eine Katastrophe, und wenn sie sich nun auch noch äußerlich gehen ließ, würde er sie bald gar nicht mehr attraktiv finden. Und auch von sich aus nicht mehr mit ihr schlafen wollen. Und wenn sie keinen Sex mehr hatten, würde sie Jan irgendwann an eins der prallen Surf-Groupies verlieren. Es musste also etwas passieren. Aber was bloß?

In Nina glomm plötzlich eine Idee auf: Was, wenn sie heute Abend mal wieder zusammen ausgehen würden? Auf ein paar Drinks in Gretas Open-Air-Bar? Und sie sich dafür mal wieder so richtig aufbrezeln würde? Sie würde sich mit den grässlichen Haarwachsstreifen foltern und sowohl Bikini-Zone als auch Gesichtsbehaarung in Form bringen. Danach würde sie eine ausgiebige Creme-Dusche nehmen und anschließend mit einer Bodylotion für samtweiche Haut sorgen. Sie würde sich schminken, Parfum auftragen und einen BH anziehen, der ihre prallen Brüste – der einzige Vorteil ihrer Gewichtszunahme – aufreizend zur Geltung brächte. Jawohl! Sie würde ihn mit umwerfender Optik überraschen. Und künftig wieder etwas mehr auf ihr Äußeres achten.

Beschwingt darüber, einen Plan erdacht zu haben, erledigte Nina gut gelaunt die Arbeiten des Tages und machte sich schon früh am Nachmittag mit Mäxchen auf den Weg zurück zum Wohnwagen.

7

Während die tiefgefrorenen Scampi im Waschbecken auftauten, stand Nina inspirationslos vor ihrem prall gefüllten Kleiderschrank – und starrte ins Volle. So viele Sachen und nichts anzuziehen! All die teuren Teile, die sie sich damals im Erbschafts-Shoppingrausch gekauft hatte, machten sie schon lange nicht mehr glücklich. »The best things in life – aren't things« sagte man doch. Ihr Kleiderschrank bewies es. Die meisten Klamotten brauchte sie gar nicht. Die armen Teile langweilten sich im Schrank, hingen ab, wurden nie ausgeführt und führten deshalb ein beklagenswert tristes Dasein.

Nina stellte einige Kombinationen aus dem Schrank zusammen und probierte sie aus. Die T-Shirts spannten, ihre Arme sahen aus wie aufgepumpt, und über den Bund ihres Minirocks schwappte deutlich ein Fettring. So ging es schon mal gar nicht! Was war denn los mit ihr? Früher hatte sie sich einfach ein T-Shirt und eine Jeans geschnappt – und sah super aus. Und jetzt? Warum zog man sich bloß so bescheuert an, wenn man verunsichert war? So würde sie ihn bestimmt nicht halten …

Erschöpft zerrte sie eine dunkelblaue Skinny-Jeans aus dem Schrank – und wählte eine schwarze Hemd-

Bluse dazu. Overdressed wollte sie auch nicht sein, da würde Jan sich nur wundern. Die Bluse würde sie großzügig aufknöpfen, damit ihr Dekolleté zur Geltung kam – und die Jeans würde ihren ansehnlichen Hintern betonen.

Optimistisch zwängte sie sich in die Hose. Wie war das noch: »Betrunkene, Kinder und Skinny-Jeans sagen immer die Wahrheit«? Der Spruch war erschreckend wahr. In der Jeans sahen Ninas Beine aus wie blaue Leberwürste, die unten jemand angespitzt hatte. Enttäuscht pellte Nina sich wieder aus dem elastischen Stoff und pfefferte das entlarvende Teil in die Ecke. »Body-Shaming« nannte man das, was sie sich gerade antat: sich des eigenen Körpers schämen. Über 91 % aller deutschen Frauen waren laut neuesten Statistiken mit ihrer Figur unzufrieden und geißelten sich im Optimierungswahn. Jede zweite Frau fand sich übergewichtig, Diäten boomten wie nie. Auch Nina hatte schon Diverses ausprobiert – von Steinzeit-Diät über Trennkost bis zur Protein-Kur –, aber es fiel ihr viel zu schwer, sich zu kasteien, um die harten Ernährungsfoltern konsequent durchzuhalten. Sie bevorzugte in Bezug auf Abnehmen und Traumfigur nun eher die Taktik, auf ein Wunder zu warten – und währenddessen normal weiterzuessen. Ärgerlich nur, dass das Wunder bislang nicht eingetreten war …

Zum Glück waren Handtaschen, Schaltücher und Schuhe figurunabhängig zu tragen – schuhverlässig!

Wenigstens die Bluse passte, wenn sie auch im Bauchbereich deutlich spannte. Und als Hose musste es eben eine »Boyfriend«-Jeans sein, die etwas lockerer saß. Nina schminkte sich mit Wimperntusche und Kajal verführerische »Smokey Eyes«, trug Lippenstift auf und tupfte zum Schluss ihr Lieblingsparfum an Hals, Handgelenke und Dekolleté.

»Was finde ich schön an mir?«, lautete die Frage, die man sich statt »Was kann noch besser werden?« stellen sollte, um ernsthafte Ess-Störungen zu vermeiden. Die Frau, die Nina im Spiegel entgegenblickte, war hübsch. Ausgesprochen hübsch sogar: grüne Augen, schmale Nase, volle Lippen, gebräunter Teint, schwarze Haare. Ja, natürlich hatte sie schon die eine oder andere Falte – aber im Großen und Ganzen sah sie noch sehr gut aus, fand sie. Und auf jeden Fall jünger. Selbstkritik war doch im Grunde vollkommen überbewertet, beschloss sie und packte zufrieden ihre Schminkutensilien wieder ein.

Vielleicht öffnete ihr Anblick Jan ja wieder die Augen. Vielleicht würden sie beim Essen dann endlich mal wieder so intensiv und lange miteinander reden wie am Anfang ihrer Beziehung. Und danach Hand in Hand zu Greta schlendern, bei ein paar Drinks immer intensiver flirten und endlich mal wieder lange und ausgiebig knutschen. Und später, im Wohnwagen oder in den Dünen, zärtlich und achtsam miteinander schlafen – so wie früher. Nina grinste in sich hinein. Man würde ja wohl noch träumen dürfen! Die Hoffnung starb bekanntlich zuletzt.

Wie war das noch? Es gab keine Probleme – nur Lösungen! Stolz über ihre pragmatische Pfiffigkeit, begann sie, die Garnelen von ihren Schalen zu befreien. Es würde Chili-Knoblauch-Spaghetti mit Scampi geben – eines von Jans Lieblingsessen. Die Schärfe der

Schoten und das Protein der Garnelen würden ihn erfrischen und fit machen für die Nacht.

Zu den Klängen von Nora Jones deckte sie den Tisch im Wohnwagen. Draußen war es ziemlich frisch geworden, und der Wind würde die Kerzen sofort ausblasen, die sie drinnen anzünden wollte, sobald sie Jan an der Tür hörte.

Zufrieden betrachtete sie ihr Arrangement. Es war nach 20 Uhr, und die Sonne stand schon tief. Jan müsste jeden Moment kommen.

Um halb neun schenkte Nina sich ein Glas Riesling ein – und um Viertel vor das zweite.

Was war denn da los?, fragte sie sich beschwipst. Auf ihre SMS kam keine Antwortet – aber am Strand war ja auch kein Empfang. Kam ihr Einsatz zu spät? War es schon so weit? Wälzte er sich bereits mit Weißzahn-Jessi in den Dünen?

Das dritte Glas schaffte sie nur halb, rollte sich mit einer Fleecedecke auf dem Küchensofa zusammen und wartete …

8

Nina war gerade weggedöst, als es draußen auf der Terrasse polterte und die Tür aufgerissen wurde. Jan stolperte herein. Offenbar komplett betrunken. Es war kurz vor elf.

»Ich muss dir was sagen, Nini«, lallte er.

Nina rutschte das Blut in die Beine. Vermutlich wurde sie leichenblass. Was kam nun? Wollte er gestehen, dass er eine Affäre mit Weißzahn-Jessi hatte?

»Du bist ja ganz blass, Süße!« Jan lachte.

»Und du bist betrunken«, konterte sie.

»Quatsch!« Jan schwankte an den Tisch. »Ich hab' mit Klemmi nur ein paar Bierchen gekippt.«

»Klemmi?«

»Ja! Klemens Schröder, der Sportarzt aus Westerland, bei dem ich im Juli wegen der Zerrung war! Er hatte heute bei mir eine Stunde gebucht.«

»Und?«

»Er hat mir für die Famulatur ein Praktikum in seiner Praxis angeboten.«

Famulatur?? Nina verstand nur Bahnhof.

»... und nach meiner Approbation könnte ich bei ihm eine Hospitation machen«, fuhr Jan fort und trank Ninas halbvolles Riesling-Glas in einem Zug aus.

»Hospitation?« Nina kam sich vor wie ein Echo und starrte Jan verständnislos an. Sie kapierte gar nichts.

»Genau!« Jan taumelte zum Kühlschrank, griff sich die Weinflasche und schenkte sich nach. »Alle!«, stellte er fest, stellte die leere Flasche auf den Tresen, nahm eine neue aus dem Kühlschrank und schraubte sie auf. Mit Glas und Flasche in der Hand taumelte er zum Lounge-Sofa und ließ sich krachend darauf fallen. Das Glas schwappte dabei über.

»Ich möchte mein Medizin-Studium wieder aufnehmen, Nina!«

Zack! Die Mitteilung saß.

»Echt?«, stammelte Nina, komplett verblüfft. »Wieso das denn?«

»Ich weiß doch nicht, ob ich ewig surfen kann, Süße«, erklärte er mit schwerer Zunge. »Ich brauche einen Plan B.« Er nahm noch einen Schluck Wein. »Mann, ist der sauer! Dass du so was trinken kannst!« Jan schüttelte sich.

Nina schaute ihn fragend an.

»Außerdem wäre es schade, das Studium einfach abzubrechen. Ich war schließlich schon kurz vor dem zweiten Staatsexamen«, fuhr Jan fort. »Wenn ich das Studium schaffe, kann ich Sportarzt hier auf Sylt werden, das wäre doch toll, oder?«

Er strahlte sie an. Mit leichtem Silberblick.

»Und für den zweiten Teil der Famulatur könnte Klemmi mich in die Asklepios Klinik in Westerland vermitteln. Ist das nicht prima?«

Nina sah sich außerstande, Beifall zu klatschen. »Und wie stellst du dir das praktisch vor?«

»Ich werde anfangen zu lernen – und im Wintersemester ein paar Klausuren schreiben, damit ich endlich mein zweites Staatsexamen abschließen kann.«

»Musst du dafür nach Berlin?« Auch Nina brauchte jetzt Alkohol und nahm einen Schluck aus Jans Glas.

»Ja, aber immer nur kurz.« Jan schenkte ihnen nach und vergoss dabei nicht unerhebliche Mengen auf den Holzboden.

»Ich muss sowieso erst mal schauen, ob ich nach den zwei Jahren Auszeit überhaupt noch wieder reinkomme. Wahrscheinlich habe ich das meiste schon vergessen.«

»Heißt?« Nina quetschte sich neben ihn.

»Dass ich die nächsten Wochen über den Büchern büffeln werde!«

»Aber die Schule ist doch noch auf ...«, stammelte Nina.

»Jaja, ich weiß.« Scheinbar erschöpft, lehnte Jan sich zurück und schloss die Augen. »Ich lerne erst mal abends und, sobald die Saison zu Ende ist, auch tagsüber!«

»Mhm«, machte Nina und dachte darüber nach.

»Und warum?«, fragte sie nach einer kurzen Pause. »Reicht dir das hier nicht? Geld ist ja nun nicht gerade unsere größte Sorge ...«

»Ich möchte finanziell nicht ewig von dir abhängig sein, Süße«, sagte Jan und griff nach ihrer Hand. »Mitte Oktober beginnen die ersten Vorlesungen.«

Nina fror plötzlich. Ihr wurde von innen seltsam kalt. War es das schon? Der Anfang vom Ende ihrer Beziehung? Er plante etwas alleine, nicht gemeinsam – und das fühlte sich nicht gut an.

»Nächste Woche kommt übrigens Chris«, sagte Jan

und schaute sie mit glasigen, roten Augen an. »Der kann doch ein paar Tage bei uns pennen, oder?«

»Waaas?« Die Frage hatte Nina fast gekreischt. Jan hatte die schreckliche Angewohnheit, ständig irgendwelche mittellosen Surf-Kumpels aus Berlin einzuquartieren, denn Sylt in der Hauptsaison war teuer. Anfangs fand Nina das noch lustig, inzwischen war sie vollkommen genervt von den »Dudes«, die alles voll Sand machten und bis tief in die Nacht kiffend auf der Terrasse saßen.

»Ach nö, Jan«, nörgelte sie deshalb. »Das passt mir jetzt echt überhaupt nicht!«

»Süße!«, murmelte er und kuschelte sein Gesicht an ihre Schulter. »Komm schon! Wir wollen noch ein bisschen Night-Surfen, bevor es zu kalt dafür ist …«

»Kann der sich kein Zelt mitbringen? Ich habe gerade echt keinen Bock auf Besuch!« Nina richtete sich auf, sodass Jans Kopf von ihrer Schulter rutschte.

»Du bist aber wirklich schwierig gerade!« Auch Jan rappelte sich nun hoch. »Was ist denn los mit dir?«

Nina fühlte Tränen in sich aufsteigen und spürte schon diesen typischen Krampf in den Wangen. Kapierte er denn gar nichts? Waren ihm ihre Bedürfnisse so egal? Wo war seine Feinfühligkeit geblieben? Es schien ihr fast, als legte er überhaupt keinen Wert mehr darauf, mit ihr allein zu sein. Und auch seine Zukunftspläne machte er offenbar ohne sie …

»Okay, ich ruf ihn mal an!« Jan nahm sich sein Glas und verschwand auf die Terrasse. Sie hörte ihn reden und lachen. Er schien blendende Laune zu haben.

»Geht klar, Chris bringt sein Zelt mit«, sagte Jan triumphierend, als er wieder reinkam. Er warf sein

Handy aufs Bett, fläzte sich daneben und fixierte Nina interessiert. »Warum bist du eigentlich so aufgebrezelt? Du hast dich ja sogar geschminkt!«

»Ich wollte mal wieder mit dir ausgehen, so wie früher – auf ein paar Drinks bei Greta«, sagte Nina und wischte sich die Tränen aus den Augen.

»Echt?«, fragte Jan und streckte sich lang aus. »Och nö! Ich bin so müde. Ich möchte am liebsten schlafen. Geh du doch alleine, Schatz!«

Nina war fassungslos. Nichts tat er mehr für sie. Seine eigene Bequemlichkeit und Befindlichkeit war ihm wichtiger. Das war auch mal anders gewesen …

Gerade als sie eine Auseinandersetzung beginnen wollte, merkte sie, dass er eingeschlafen war.

Vielleicht sollte sie für den Winter noch mal Urlaub auf den Kanaren buchen? Das war damals ihre schönste Phase gewesen. Dort würden seine Gefühle sicher wieder auffrischen. Nina nahm sich vor, beim Frühstück mit Jan darüber zu reden.

9

Der Regen trommelte so laut aufs Dach, als würden zwanzig Kinder durch Klopfen mit ihren Plastiklöffeln ungeduldig Nahrung einfordern. Sie waren beide verkatert und hatten Kopfschmerzen, als sie gegen acht Uhr aufwachten. Benommen rappelte Jan sich hoch, stellte die Kaffeemaschine an, setzte Teewasser auf und verschwand in der Toilette. Als der Kaffee erlösend in der Maschine dampfte, schenkte er sich einen Becher ein und schlurfte damit auf die Terrasse. Auch Nina schälte sich aus dem Bett, brühte ihren Tee auf und folgte ihm anschließend, mit Kanne und Tasse in der Hand.

»Lass uns noch mal über gestern reden«, setzte Nina an, nachdem sie beide zwei Tassen bzw. Becher Koffein und Tein intus hatten.

Jan schaute von seinem Becher hoch. »Ich merke, dass ich unzufrieden werde, Nina.«

Er redete sie mit ihrem Vornamen an – das war höchste Alarmstufe. Wenn sie von »Süße« zu Nina wurde, war Gefahr im Verzug.

»Wir müssen einfach eine Alternative haben zu dem hier«, fuhr er fort. »Eine Vision, einen Zukunftsplan! Wir können doch nicht ewig auf junge Surf-Lehrer machen. Oder willst du noch mit 60 hier im Wohnwagen sitzen? Und jeden Tag rauf aufs Meer müssen, mit Schülern, die 40 Jahre jünger sind? Was ist, wenn ich mir einen Arm breche? Ich bin jetzt 35 und will wissen, wohin die Reise geht!«

Nina hielt die Luft an. Ihr war überhaupt nicht klar gewesen, dass Jan so viel Planungssicherheit brauchte. Sie hatte immer angenommen, er lebe einfach so in den Tag hinein.

»Das hier ist dein Leben, nicht meins«, sagte Jan.

»Was??« Jetzt wurde Nina wütend. »Aber DU wolltest doch immer eine Surfschule haben! Nicht ich!«

»Ja, das meinte ich auch nicht«, sagte Jan beschwichtigend. »Ich meine unser Leben hier im Wohnwagen.«

Nina fehlten die Worte. ER wollte doch unbedingt lässig leben und hatte sogar eigenhändig die Holzterrasse gebaut.

»Elli wohnte doch mit 83 noch im Wohnwagen«, stammelte sie.

»Elli, Elli«, rief Jan echauffiert. »Das war eine alte Dame – aber wir sind wir! Was ist mit Kindern? Familie? Festen Jobs – oder wenigstens einer Wohnung oder einem Haus? Mit einem Garten und einer coolen Karre?«

Nina schluckte. Das waren alles Horror-Vorstellungen für sie.

Jan würde sie garantiert verlassen, wenn sie einen dicken Schwangerschaftsbauch hatte und übellaunig war – und später dann augenberingt und vollgekotzt …

Allerdings würde er sie vielleicht auch verlassen, wenn sie keine Kinder bekam – um Kinder mit einer anderen zu bekommen.

»Die Entscheidung für Kinder ist endgültig«, stammelte sie.

»Die gegen Kinder auch«, entgegnete er.

»Kinder sind der Beziehungskiller No. 1«, konterte Nina.

»Aber du noch mal in klein und ich noch mal in klein – zusammen in einem neuen, winzigen Mensch! Wäre das nicht süß?« Plötzlich wurden seine Züge ganz weich. Er lächelte sie verzückt an.

»Ich bin 43, Jan! Ich weiß gar nicht, ob ich überhaupt noch schwanger werden kann!«

»Aber wir könnten es doch wenigstens mal versuchen!«

»Mir war bis eben gerade nicht klar, dass du so gerne Kinder haben möchtest«, sagte Nina. »Dieses ganze Zukunftsgeplane ist vollkommen neu für mich. Gib mir bitte mal etwas Zeit!«

»Klar«, sagte Jan und ging in die Küche, um sich noch einen Kaffee zu holen. »Aber dann lass mich doch wenigstens das Studium zu Ende bringen, damit ich im Falle des Falles auch ein Vater mit Geld bin«, rief er von drinnen.

Beziehungen funktionieren nur, wenn man die gleichen Ziele und Träume hat, wusste Nina. Er wollte Kinder, ein Haus mit Garten – und einen Doktortitel. Wenn sie ihn behalten wollte, würde sie da – zumindest teilweise – mitziehen müssen.

»Wenn du das mit dem Medizinstudium wirklich durchziehen willst, dann helfe ich dir«, versprach sie, als Jan sich wieder an den Tisch setzte.

»Echt, Schatz?« Erfreut nahm er ihre Hand.

»Ja«, sagte sie entschlossen. »Ich werde den Haushalt schmeißen und die Surfschule winterfest machen – und du kannst lernen!«

»Nee, du sollst nicht alles machen! Wie wäre es, wenn ich das Einkaufen und Kochen übernehme?«

»Gut!«

Sie küssten sich, und Nina fühlte sich ihm plötzlich wieder sehr nah. Sich gegenseitig bei der Verwirklichung der Träume zu helfen, war offenbar ein guter Weg.

»Wie wäre es, wenn wir im Winter für ein paar Wochen auf die Kanaren fahren, wie vor zwei Jahren?«, schlug sie vor, um der rosa Wolke, die sie am Horizont verschwommen erkennen konnte, ein bisschen auf die Sprünge zu helfen.

»Echt?« Jan strahlte. »Cool! Dann sag ich Chris und Malte Bescheid. Wir könnten uns zu viert ein Haus mieten. Wird billiger, Süße!«

10

Die letzten Tage der Saison flogen dahin, und plötzlich war er da, der 1. Oktober, der Tag, an dem die Surfschule für die Winterpause schloss. Die Regentage nahmen zu, die Temperatur ab – der Herbst stand vor der Tür.

Wie vereinbart begann Nina mit Louis und Margit die Surfschule winterfest zu machen, damit Jan in Ruhe für sein Studium büffeln konnte. Er wollte dafür die Einkäufe erledigen, den Haushalt schmeißen und kochen.

Um die kleine Holzhütte vor den Stürmen und Fluten der kommenden Monate zu schützen, gab es viel zu tun: Der Raum mit den Boards, der Ausstattung und den Wet-Suits musste geräumt und ins Winterlager nach Morsum transportiert werden. Die Küche musste gründlich gereinigt, sämtliches Geschirr und Küchen-Equipment sorgfältig verpackt, die Geräte abgekabelt und versiegelt und Terrasse und Treppe abmontiert werden. Das bedeutete ein dauerndes Hin- und Herfahren zwischen dem Wenningstedter Strand und Morsum, wo eine beheizte Garage als Lagerraum diente.

Ganz zum Schluss würden die Fenster und Türen der Hütte mit Spanholzplatten vernagelt und das Gebäude winter- und sturmfest verzurrt werden.

Nina, Louis und Margit waren den ganzen Tag im

Einsatz. Die ungewohnte körperliche Arbeit, das Geschleppe, Geschrubbe und Geputze, erschöpfte Nina total. Oft musste sie schweißgebadet pausieren, um ihren Puls wieder in den Griff zu kriegen. Fast eine Woche waren sie nun schon zugange und noch nicht mal halb fertig.

»Ich mach' Schluss für heute«, verkündete sie am Nachmittag des sechsten Tages und warf ihren Putzlappen in den Eimer. »Ist gut, Nina«, lächelte Margit, die mit ihrem Kopftuch so tüchtig aussah wie eine Trümmerfrau nach dem Krieg. Und sie war es ja auch.

»Algum descanso, doce«, (»Ruh dich aus, Süße«) rief Louis und warf ihr eine Kusshand zu. »Amanhã!« (Bis morgen)

»Macht nicht mehr so lange«, empfahl Nina und griff nach ihrer Daunenjacke.

Mit schmerzenden Muskeln und total verspanntem Rücken rentnerte sie sich im Regensturm die Treppe hoch und fühlte sich dabei wie 87. Mindestens. Hoffentlich hatte Jan was Leckeres auf dem Herd. Als sie sich kennenlernten, hatte er wie ein Profi Lamm in Rotweinsauce mit Feigen und Koriander für sie gekocht – und sie damit total verzaubert. Irgendwann hatte sie rausbekommen, dass das das einzige Gericht war, das er beherrschte. Sein kulinarischer »Puppenfänger«, wie er irgendwann mal zugab. »Frauen stehen eben auf Männer, die kochen können«, erklärte er. Die letzten Tage hatten Tiefkühlpizza und Miracoli auf dem Speiseplan gestanden. Nina hatte deshalb gestern verlangt, dass er heute mal etwas »Richtiges« kochen solle. Dementsprechend gespannt war sie nun, was er für sie kreiert hatte.

Der Wohnwagen war gemütlich erleuchtet, als Nina den Dünenpfad hinter sich ließ und durch den strömenden Regen zu ihrem Stellplatz marschierte. Sie kam sich vor wie ein Trapper, der nach einem Tag in der Pampa endlich in die wohlige Wärme seiner Blockhütte zurückkehrt. Nur leider war ihre »Blockhütte« weit weniger gemütlich als erhofft: Schon draußen ärgerte sich Nina über die nassen Pizzakartons, die der Wind in die Ecken der Terrasse gefegt hatte, und die überquellenden, aufgeplatzten Mülltüten, die Jan offenbar immer noch nicht entsorgt hatte. Aber vielleicht hatte er ja wenigstens eine warme Mahlzeit zustande gebracht – die konnte sie jetzt dringend brauchen!

Hoffnungsvoll wischte sie sich den Regen aus dem Gesicht, öffnete die Wohnwagentür – und hätte sie am liebsten sofort wieder geschlossen: Die Arbeitsplatte quoll über vor Fast-Food-Verpackungen, leeren Flaschen und Coffee-to-go-Bechern. In der Spüle stapelten sich Gläser und Teller. Eingeweicht. Jan saß konzentriert daddelnd vor seinem Laptop, aus dem Computerspiel-Geräusche tönten. Max biss auf einer Hühnerkeule herum. Es roch nach Gras und war seltsam nebelig.

»Oh, Schatz, bist du schon da?« Mit roten Augen schaute Jan von seinem Bildschirm hoch. »Ist es schon so spät?« Offenbar hatte er wieder gekifft.

Nina spürte einen Wutanfall in sich aufsteigen – und gleichzeitig Tränen, weil sie so erschöpft war.

»Mann, Jan!«, ihre Stimme brach. »Wir hatten doch eine Abmachung!! Ich hab' so einen Hunger! Was soll ich denn jetzt essen?«

»Hier!« Jan hielt ihr grinsend einen angebissenen

Burger hin, aus dem der Ketchup tropfte. Nina schossen die Tränen in die Augen.

»Hast du wenigstens den Hund gefüttert?«

»Siehste doch«, sagte Jan und zeigte auf den Hühnerknochen.

»Warst du mit ihm Gassi?«

»Wann denn, Nina? Du siehst doch, dass ich lerne!« Mit roten Bernhardiner-Triefaugen schaute Jan sie treuherzig an. Der Welpentrick. Auf den fiel sie heute bestimmt nicht rein. Er konnte sich gehackt legen.

Wortlos drehte sie sich um, klemmte Max unter ihren Arm, setzte sich in den alten Mercedes und brauste Richtung Grande Plage davon.

Dieser rücksichtslose Egoist, schimpfte sie vor sich hin. Noch nicht mal die Mindest-Abmachungen hält er ein.

Dank ihres Gastro-Passes konnte Nina den kleinen Schotterweg, der von der Kampener Hauptstraße abging und durch die Dünen direkt bis zum Grande Plage führte, hochfahren. Sie parkte im nassen Sand, schob sich die Kapuze über den Kopf und sprintete durch den strömenden Regen zum Eingang. Max federte wie ein Albino-Flummi hinter ihr her.

»Heute ab 18 Uhr geschlossen«, stand auf einem DIN-A4-Zettel, der an der gläsernen Eingangstür klebte. Es war kurz vor sechs. Oh nein, nicht auch das noch!

Nina wollte sich gerade wieder umdrehen und zurück zum Wagen rennen, als die Tür aufgerissen wurde. »Nina, was machst du denn hier?« Manu, eine der wenigen »echten«, also auf der Insel geborenen, Sylterinnen, die im »Grande Plage« als Kellnerin jobbte und mit der sie sich im letzten Sommer angefreundet hatte, schaute sie verblüfft an.

»Und wie siehst du überhaupt aus? Du bist ja nasser als dein Hund! Kommt erst mal rein und setzt euch!« Sprach's und schob Nina in den Gastro-Raum. Mäxchen hechelte tropfend hinterher.

»Aber ihr schließt doch gleich«, protestierte Nina.

»Quatsch! Wir machen nur früher zu, weil heute Personal-Wellness ist«, beschwichtigte Manu und nahm Nina die klitschnasse Daunenjacke ab.

»Personal-was??«

Manu antwortete nicht und dirigierte Nina an einen Tisch des schon fast leeren Restaurants.

»Ich brauch' dringend was zu essen«, sagte sie.

»Kriegste!«

»Habt ihr denn überhaupt noch was? Ist die Küche noch auf?«

»Klaro«, lachte Manu, verschwand in der Küche und kam mit einem dampfenden Teller Gemüsequiche mit geschmolzenem Schafskäse und Pinienkernen zurück.

»Hier! Ist echt lecker, hab' ich heute auch schon gegessen.« Sie reichte Nina Besteck, Serviette und Brotkorb. »Möchtest du ein Glas Grauburgunder dazu? Oder lieber was Heißes? Einen Pfefferminztee vielleicht?«

»Gerne«, lächelte Nina gerührt, fühlte sich herrlich gerettet und schlang die ersten Bissen Quiche runter.

Manu brachte den Tee, der aus frischen Blättern gebrüht war, und setzte sich mit einem Glas Bier zu ihr. »So, Feierabend«, strahlte sie und knotete sich die Schürze los. »Jetzt geht's ab in die Sauna!«

Mit vollem Mund guckte Nina sie fragend an.

»Wir haben heute unseren Personal-Wellness-Tag«, erklärte Manu. »Komm doch mit!«

Dem Grande Plage war eine Strandsauna angeschlossen, die normalerweise um 18 Uhr schloss. Doch heute hatte sie für das Personal bis 22 Uhr geöffnet.

»Super Idee«, fand Nina. »Vielleicht werde ich dann endlich wieder warm.«

»Musst aber noch ein bisschen warten«, empfahl Manu. »So direkt nach dem Essen ist das nicht gesund.«

20 Minuten später fand Nina sich im Bademantel auf einer der Liegen im Ruheraum wieder und ließ sich von dem Panorama, das sich ihr durch die große Glasfront bot, hypnotisieren: Die schäumend weiße Gischt und die wilden grünen Wellen vor dem dunkelgrauen Horizont, gepeitscht vom Wind und gesprenkelt vom Regen, der an der Glasfront herunterlief.

Die Wärme der Sauna, in die sie sich wenig später legte und die ebenfalls ein Fenster zum Meer hatte, war wie eine sanfte Massage für ihre überanstrengten Muskeln. Ihre Laune stieg.

Manus und Ninas nackte Körper dampften, als sie später zusammen über den Strand zum Wasser liefen und sich laut kreischend in die Brandung warfen. Mäxchen schaute besorgt zu, tapste mit den Pfoten ins Wasser und floh vor den Gischt-Zungen, die auf dem Sand immer wieder nach ihm leckten, vor und zurück.

Es regnete immer noch in Strömen, dennoch war das Bad in der prickelnden Brandung ein unglaublicher Genuss für Nina. Und nasser werden als nass ging ja nicht.

Nach der Sauna trank sie noch ein Absacker-Bier mit Manu und Mario, dem Koch, und fühlte sich komplett entspannt.

»Du hast mich heute echt gerettet, Süße«, sagte sie zu Manu, legte ihr einen Arm um die Schultern und gab ihr einen zarten Kuss auf die Wange. »Danke!«

Zum Glück war der Schotterweg durch kleine Wegleuchten erhellt, als sie durch den Sturm zurück zum Campingplatz fuhr. Kampen war wie ausgestorben. Kein Mensch auf der Straße. Typisch Nachsaison.

Nina fuhr auf das Campingplatz-Gelände, parkte vor dem silbernen Wohnwagen, stieg aus – und traute ihren Augen kaum: Keine Müllsäcke und Pizzakartons mehr auf der Terrasse, alles ordentlich. Erstaunt öffnete sie die Eingangstür: Auch drinnen war alles aufgeräumt, Arbeitsplatte und Spüle glänzten blitzblank und der Geschirrspüler lief.

»Wow«, murmelte Nina leise und erfreut. »Geht doch.«

Jan schlief schon. Leise zog sie sich aus, kroch nackt zu ihm unter die Decke und kuschelte sich an ihn.

»Hallo Schatz«, murmelte er. »Tut mir leid.« Er drehte sich zu ihr, nahm ihr Gesicht in die Hände und schaute ihr in die Augen. »Ab morgen wird es besser«, versprach er und gab ihr einen erstaunlich zärtlichen Kuss.

11

Besser wurde es nur sehr kurz: Als Nina drei Tage später abends erschöpft nach Hause kam, stand ein übergekochter Topf auf dem Herd. Rings um die Gasflamme schmorte schwarz verkohlte Flüssigkeit, der Topf selbst war mit Tomatensauce paniert und der Wohnwagen roch wie geräuchert.

Auf dem Tisch, auf der Arbeitsplatte, auf dem Sofa, auf dem Bett: Überall lagen aufgeschlagene Bücher und vollgeschriebene DIN-A4-Papiere herum. »Bin bei Klaus«, stand auf einem Zettel, der neben dem aufgeklappten Laptop auf dem Tisch lag. »Essen steht auf dem Herd.«

Essen? Nina hob den Deckel vom Topf: Das waren wohl ursprünglich mal Ravioli, die jetzt zu einer gallertartigen Puddingmasse verkocht waren. Angeekelt ließ sie den Deckel wieder auf den Topf fallen.

In der Spüle schwammen zwei leere Raviolidosen und jede Menge Teller, Gläser und Tassen in einer orangefarbenen Brühe. Etwa hundert Fettaugen starrten sie emotionslos daraus an.

Als Ninas Blick auf ihr neues Bambus-Schneidebrett fiel, schrie sie entsetzt auf: Jan hatte offenbar einen kochend heißen Topf darauf gestellt, sodass sich ein kreisrunder schwarzer Abdruck eingebrannt hatte.

Der würde nie wieder rausgehen. Während sie das Brett zum Fenster trug, um den Schaden besser begutachten zu können, stolperte sie über zwei Hundefutterdosen, die anschließend auf dem Boden herumrollten und dabei klebrige Flüssigkeit verloren. Dosenfutter für Max – Nina fasste es nicht! Jan hatte es offenbar nicht für nötig befunden, Max seine BARF-Ration aufzutauen. Oder es war ihm zu umständlich gewesen. Beides gleich schlimm!

Auf dem Boden lagen Klamotten, zwei nasse Handtücher waren in die Ecke der Dusche gepfeffert. Und überall standen vollgeaschte Untertassen – oder Asche ohne Untertassen.

Sie versuchte, Jan auf dem Handy zu erreichen. Natürlich nahm er nicht ab. Als sie in etwas Matschiges trat, war das Maß voll: Mäxchen hatte auf den Boden gekackt, und Jan hatte es offenbar noch nicht mal gemerkt. Wie auch, bei dem Räuchergeruch, der durch den Wohnwagen waberte.

Wutentbrannt riss Nina die Fenster auf, sortierte Jans Klamotten in die Waschmaschine und räumte die Küche auf. Sie orderte eine Pizza »Inferno« beim Lieferdienst und versuchte, ihren Zorn mit einer heißen Dusche in den Griff zu kriegen. Was war denn bloß los mit ihm? War ihm jetzt alles egal? Hatte er eine Depression? Eine Midlife-Crisis? War er im Grunde ein verkappter Messi und hatte das bislang bloß gut verborgen? So kannte sie ihn gar nicht …

Die letzten Tage hatte er sich haushaltstechnisch zwar Mühe gegeben, war dafür aber durchgehend übellaunig und muffelig. Bis morgens um vier saß er vor dem Computer, sodass Nina nicht schlafen konnte. Ihre Augenringe reichten mittlerweile bis zu den Knien.

Sie versuchte, sich mit ihrem Lieblingsfilm »Tatsächlich Liebe« zu beruhigen, den sie bestimmt schon 20-mal gesehen hatte. Mitten in der Szene, in der Colin Firth der portugiesischen Kellnerin im Restaurant vor allen Gästen stotternd seine Liebe gesteht, kam Jan nach Hause. Es war kurz vor Mitternacht.

Er warf einen Blick auf den Fernseher und nahm die Antwort der Kellnerin vorweg: »Ja, das wäre sehr schön«, sagte er mit heller Frauenstimme in brüchigem Englisch mit starkem portugiesischen Akzent. Auch Jan hatte den Film schon ein paar Mal mitsehen müssen und lachte Nina nun Beifall heischend an.

Doch statt zu klatschen, setzte Nina sich im Bett auf. »So geht es nicht weiter, Jan!«

»Hä?«

»Als ich heute nach Hause kam, sah der Wohnwagen aus wie ein Saustall. Und Max hat auf den Boden gemacht!«

»Scheiße«, sagte Jan.

»Ja, exakt«, erwiderte Nina.

Er setzte sich zu ihr aufs Bett. Seine Jacke roch nach Rauch und er selbst nach Alkohol.

»Und dann hast du Max auch noch Dosenfutter gegeben!«

»Na hör mal, wenn ich Dosen esse, kann der Hund das doch wohl auch, oder?«

»Du weißt genau, dass ich das für Elli mache, Jan! Der ganze Gefrierschrank ist voller BARF-Fleisch. Warum hast du ihm nicht einfach etwas aufgetaut?«

»Ach, ich weiß auch nicht!« Traurig guckte Jan ihr

in die Augen. »Ich bin total frustriert, weil ich den ganzen Stoff einfach nicht in den Kopf bekomme!«

Er nestelte am Reißverschluss seiner Jacke herum.

»Und wenn ich das Studium nicht packe, habe ich keinen Beruf …«

»Du hast doch mich«, antworte Nina. »Und die Surfschule!«

»Das Surfen fehlt mir total«, rief Jan. »Dieses Rumgesitze und Gelerne macht mich wahnsinnig. Ich hab jetzt echt nicht den Kopf frei für Einkaufen und den ganzen Scheiß. Und auch keine Zeit. Ich bin froh, wenn ich die Klausuren schaffe.«

»Vielleicht solltest du nicht so viel kiffen«, schlug Nina vor.

»Das ist die einzige Möglichkeit, mich zwischendurch mal zu entspannen. Was meinst du, wie viel Stoff das ist!« Empört zeigte er auf die Berge von Büchern, die überall im Wohnwagen verteilt waren.

»Hm«, sagte Nina und nahm seine Hand. »Armer Schatz!« Jan nickte, fiepte wie ein streichelbedürftiger Welpe und kuschelte sich an sie.

Er hat wirklich eine geringe Frustrationstoleranz, dachte Nina. Aber wenn die Schule endlich winterfest war, würde sie halt wieder den Haushalt schmeißen. Dann könnte er sich 24 Stunden am Tag ausschließlich aufs Lernen konzentrieren. Und sie würde ein Auge darauf haben, dass er das auch tat …

»Morgen kommt übrigens Chris«, murmelte Jan und vergrub sein Gesicht an ihrer Halsbeuge.

Auch das noch, dachte Nina. »Ach, echt?«, fragte sie. »Ich dachte, dem wolltest du absagen? Du musst doch lernen!?«

»Mach' ich auch! Chris surft tagsüber alleine – und abends komm' ich zur Ablenkung vielleicht mal für 'ne Stunde mit …«

»Dann muss das aber besser laufen hier, Jan«, mahnte Nina. »Doppelt so viel Müll und Chaos ertrage ich nicht!«

»Ist doch klar, Schatzi.« Jan hauchte ihr einen Kuss auf den Hals. »Außerdem bringt Chris ein Zelt mit. Das wolltest du doch, oder?«

»Mmmmhmm, riechst du gut …!«, murmelte Jan und fuhr mit seiner Nase in ihren Nacken. »Wollen wir Sex haben?« Er schob seine Hand unter ihr T-Shirt und begann, an ihrem BH herumzunesteln.

Unromantischer ging es ja wohl nicht! Nina war empört darüber, dass Jan ihren Ärger über das Haushalts-Chaos und den ungewollten Besuch von Chris überhaupt nicht wahrnahm. Oder sich überhaupt nicht daran störte. Für Sex brauchte Nina das Gefühl von Nähe und Verbundenheit – ihre Stimmung entsprach gerade eher dem Gegenteil. Davon abgesehen, fand sie die Frage absolut unerotisch. Es klang wie: »Wollen wir das Bord aufbauen?« oder »Kannst du mir mal den Zucker reichen?« Lapidar, sachlich – eben komplett unsexy.

Jan war wirklich ein Nuancen-Nicht-Versteher. Er las nicht zwischen ihren nonverbalen Zeilen und kapierte die Magie der kleinen Gesten und Berührungen, der in den Nacken gehauchten Küsse und unverschämt direkten Blicke, des wissenden Lächelns um die Mundwinkel, mit der man Leidenschaft und Lust hochkochte, in letzter Zeit wirklich gar nicht mehr.

Außerdem war er betrunken. Und alkoholisiert war

er noch grober als sonst, merkte wirklich gar nichts mehr. Nina kam sich dann vor, als wäre sie sein Surf-Board, auf das er sich bäuchlings warf.

Und sie wollte auch nicht nur anziehend von ihm gefunden werden, wenn er – wie jetzt – vollkommen betrunken war. Genervt stieß sie ihn weg. »Nein. Ich bin nicht in Stimmung.«

»Och echt, Mann, Nina! Du hast nie mehr Lust auf mich! So geht das nicht weiter!«

Jan stand auf, zog sich aus und kroch unter die Decke. Sekunden später war er eingeschlafen.

Für Nina dagegen war an Schlaf nicht zu denken. Viel zu aufgewühlt war sie von ihrem Ärger – und auch von ihren Schuldgefühlen, weil sie Jan wieder mal zurückgewiesen hatte.

Sie lag wach, lauschte Jans regelmäßigem Schnarchen und dachte daran, wie es damals mit ihnen losgegangen war. In der ersten Zeit ihrer Verliebtheit musste er sie nur ansehen, und schon bekam er die verdächtige Beule in der Hose. Und sie hatte ebenfalls immer Lust auf ihn gehabt.

Sie erinnerte sich an das ungeheure Knistern, als sie das erste Mal zusammen gekocht hatten. Wie sich ihr vor Erregung die Nackenhaare aufgestellt hatten und sie eine Gänsehaut bekam, als Jan hinter ihr stand. Wie sie darauf brannte, ihn zu berühren, seinen Körper zu fühlen, mit ihm zu verschmelzen. Nur Haut an Haut schenkte damals etwas Linderung von der flammenden Leidenschaft in ihr … Sie wollte ihn schmecken, riechen – ihn in sich spüren, eins mit ihm werden und Zeit und Raum vergessen.

Sie wollte nach dem Orgasmus mit bebenden Nasenflügeln die Lachfalten an seinen Mundwinkeln streicheln und in seinen Augen versinken, in denen noch ganz aufgelöst eine unglaubliche Weichheit schwamm …

Wann war bloß die Entzauberung passiert? Wann hatte die Gewöhnung begonnen? Welches Wasser hatte das Knistern zwischen ihnen gelöscht, sodass sie jetzt verwundert durch Nebel und Rauch irrten?

Warum war ihr Körper kein »Wonderland« mehr für ihn, wie es John Mayer mal so schön gesungen hatte (»Your body is a wonderland«)?

Bei den meisten Paaren, die sie kannte, herrschte spätestens nach zwei Jahren Flaute im Bett. Und die, die es noch »machten«, taten das nicht besonders enthusiastisch, sondern eher so pragmatisch, als würden sie einen Fitness-Kurs im Sportstudio absolvieren. Oder Wäsche bügeln. Oder Staub saugen. Man konnte die Bewegungen auswendig und dabei in Ruhe über etwas anderes nachdenken.

Manche Langzeit-Paare in ihrem Freundes- und Bekanntenkreis behaupteten zwar, noch ein ungeheuer befriedigendes Sexleben zu haben – aber zumindest einer von beiden sah dabei vollkommen unbefriedigt aus, was den Schluss zuließ, dass das »ungeheuer befriedigende« Sexleben des anderen mit jemand anderem stattfand. Oder für einen eben doch nicht so ungeheuer befriedigend war.

Viele blieben wegen der Kinder zusammen – oder aus Torschlusspanik (alternative Partner waren entweder besetzt oder beschissen), aus Partnerwahl-Resignation (»Gibt ja eh nix Besseres und irgendwas ist ja immer« oder »Man wechselt nur den Partner, nicht die Probleme«), hatten Affären – und tolerierten die gegenseitig.

Jan entglitt ihr. Hatte ihr schon lange nicht mehr gesagt, dass er sie liebte, machte ihr keine Komplimente mehr und hatte kein Strahlen mehr in den Augen, wenn er sie ansah. Auch die Beule in der Hose war verschwunden.

Nett war die kleine Schwester von scheiße – warum ließen sich das Glück und die Euphorie der ersten Monate nie halten? Sie empfand noch sehr viel für Jan, und es riss ihr das Herz heraus mit anzusehen, wie ihrer beider Lust und Liebe im Zeitlupentempo verdorrte.

Am Anfang war Jan so aufmerksam gewesen. Hatte ihr Muscheln vom Strand mitgebracht, ihr kleine Zettel geschrieben, sie mit Geschenken überhäuft. Schokolade, einen neuen Wein, Parfum. Wo war diese Aufmerksamkeit geblieben? Glaubte er, so etwas sei jetzt, wo er sie sicher hatte, nicht mehr nötig?

Immer wieder hatte sie in letzter Zeit hilflose Versuche unternommen, ihn im Gespräch wieder ins Gefühl zu ziehen, ihm etwas Liebevolles oder Emotionales zu entlocken. Sie wollte wieder so verehrt, wieder so von ihm angeschaut werden wie früher. Mit diesem Funkeln in seinem Silberblick.

Es war, als presse sie eine ausgetrocknete Zitrone aus. Sie lechzte nach seiner Liebe, freute sich über den kleinsten Brocken Zuneigung, den er ihr zuwarf, das winzigste Tröpfchen Saft, das sie aus ihm herauswrang.

Jan lag direkt neben ihr und war doch Tausende Kilometer weit weg. Sie vermisste ihn mittlerweile mehr, wenn er bei ihr war – als wenn er nicht bei ihr war.

War das einfach eine Phase, durch die man durch musste? Das Nadelöhr, das man auf dem Weg von Verliebtheit zu Liebe zu passieren hatte? Und die, die es schafften, durften sich an einer betonartig gefestigten Beziehung freuen, die nichts mehr erschüttern konnte?

Ratlos sank auch Nina schließlich in einen unruhigen Schlaf.

12

Natürlich schlief Chris nicht im Zelt, weil es dauernd regnete oder stürmte. Stattdessen saß er mit Jan abends stundenlang unter dem Heizpilz auf der überdachten Terrasse, wo die beiden grillten, unendliche Mengen Dosenbier soffen, kifften und Berge leerer Pizzakartons aufstapelten.

Lautes Lachen, Cannabis-Rauchschwaden und Surfer-Storys begleiteten Ninas Versuche, währenddessen drinnen fernzusehen oder schon zu schlafen. Verkohlten Würstchen, angesabberten Joints und Fachgesimpel über Autos, Fußball oder Internet-Kram konnte sie einfach nichts abgewinnen. Erst recht nicht, wenn dabei die ganze Zeit der Regen aufs Dach prasselte und Kleidung und Stühle klamm werden ließ. Das war so ein echtes Jungs-Ding, und Nina ließ die beiden einfach machen.

Chris hatte seinen Schlafsack auf der Wohnzimmer-Lounge ausgerollt und befand sich regelmäßig noch im Tiefschlaf, wenn Nina morgens zur Surfschule aufbrach.

Am vierten Abend wurde sie mitten in der Nacht von Motorrad-Geknatter geweckt. Verblüfft guckte sie aus dem Fenster und sah die beiden mit dem weißen Triumph-Motorrad abdüsen, das Nina Jan zu seinem letzten Geburtstag geschenkt hatte. Überhaupt hatte sie ihm viel gekauft. Und sie lebten beide von ihrem Geld. Sah er in ihr nur noch die Sugar-Mummy?

Erst im Morgengrauen kamen die beiden wieder zurück. »Wir waren zum Nachtsurfen«, erklärte Jan, aber Nina entdeckte später beim Wäsche-Sortieren einen Bon von der Sansibar in seiner Jeanstasche. Darauf war eine Handy-Nummer gekritzelt und der Buchstabe »M.«.

Als Nina Jan darauf ansprach, lachte er. »Kontrollierst du jetzt meine Taschen? Das ist die Nummer von Marcel, einem Surf-Dude aus Frankreich, den wir gestern in der Sansi kennengelernt haben. Cooler Typ. Will uns nächsten Sommer besuchen.«

»Und wieso hat der dann einen deutschen Handy-Provider?«, fragte Nina misstrauisch, die wusste, dass eine Mobil-Nummer, die mit 0170 begann, nicht von einem französischen Funknetzbetreiber stammen konnte.

»Was? Äh … wahrscheinlich das Handy seiner Freundin. Woher soll ich das wissen?«

Irrte Nina sich, oder war er tatsächlich rot geworden? Jan switchte eilig aus der Tür.

»Ich muss los, Schatz!«

13

»Wow! Gemütlich habt ihr es hier«, stellte Babs bewundernd fest und ließ sich auf die Couch der Wohnwagen-Leder-Lounge fallen.

»Meine Herren, das finde ich aber auch«, stimmte Steffi ihr zu und schmiss sich neben sie. »Echt nobel!«

Mit ihren Cousinen Babs und Steffi hatte Nina ihre halbe Kindheit verbracht. Die 42-jährige Babs war Steffis jüngere Schwester, erstaunlich glücklich verheiratet, hatte zwei kleine Töchter und immer gute Laune.

Steffi, 45, hatte sich vor zwei Jahren von Moritz, einem schwerreichen Münchner Industriellensohn, scheiden lassen. Von der fürstlichen Apanage, die sie sich klugerweise in einem bombensicheren Ehevertrag hatte zusichern lassen, machte sie sich seitdem ein lustiges Leben und reiste unermüdlich um die Welt. Wie auch jetzt gerade, gemeinsam mit Babs, zu einem Wellness-Wochenende ins Arosa in List.

Nina freute sich über den spontanen Besuch der beiden – ein angenehmer Kontrast zu Jan und Chris' Kiff-Grill-Bierdosen-Sessions.

Nachdem Babs und Steffi ihren Besuch per SMS angekündigt hatten, hatte Nina im Eiltempo Wohnwagen und Terrasse aufgeräumt. Die beiden sollten ja nicht denken, dass sie hier wie Penner lebten.

Sie hatten sich zum Essen im Grande Plage getroffen, und Nina hatte die beiden danach auf einen Absacker in ihren »silbernen Wal« geladen.

Jan war mit Chris zum »Abschieds-Surfen« unterwegs, wollte ihn hinterher zur Bahn bringen und anschließend ins Kino gehen, um sich den neuen Star-Wars-Film anzuschauen.

»Du hast ja wohl den Hauptgewinn gezogen, Nina«, befand Steffi. »Toller Mann, Leben auf Sylt – und dazu auch noch Geld! Du müsstest dem Universum eigentlich jeden Tag auf Knien danken.«

»Musst du gerade sagen! Du hast doch auch ein pralles Konto seit der Scheidung von Moritz!« Nina zündete die Kerzen an, die sie auf dem Tisch und in der Küche verteilt hatte, und dimmte das Licht.

»Ich hab' aber keinen Adonis mit Sixpack und Rasta-Locken im Bett!«

»Es ist nicht alles Gold, was glänzt«, sagte Nina bedeutungsschwer. »So toll, wie ihr denkt, ist es nun auch wieder nicht!«

Sie schraubte eine eisgekühlte Flasche ihres Lieblings-Sauvignon-Blancs vom Weingut Hörner auf, schenkte ihren Cousinen ein und stellte eine Schüssel Salzbrezeln vor sie hin.

»Schmeckt der nicht super?«, fragte Nina.

»Mhmmm, ja erstaunlich!«, befand Steffi und ließ die helle Flüssigkeit geräuschvoll durch den Mund ziehen. »… so nach Stachelbeere … und Maracuja …«

Nina nickte stolz.

»Und das ist ein Deutscher?« Interessiert nahm Steffi die Flasche in die Hand, setzte ihre Lesebrille auf und studierte das Etikett. »Hörner … Hmmm …

Solche Qualität kenne ich eigentlich nur aus Neuseeland …«

»Aber der Grauburgunder im Grande Plage war auch nicht schlecht«, warf Nina ein.

»Was ist denn bitte an deinem Leben NICHT toll?«, griff Babs, die die Wein-Auskennerei offenbar langweilte, das eigentliche Gesprächsthema auf und angelte sich zwei Brezeln aus der Schüssel.

»Die Schule macht ganz schön viel Arbeit, speziell jetzt, wo wir sie grade winterfest machen«, druckste Nina herum.

»Ja, aber diese Sahneschnitte von Mann …«

»Ich habe ihn eigentlich eher wegen seiner inneren Werte ausgesucht«, lachte Nina.

»Nee, is klar«, lachte Babs und zwinkerte ihr zu.

»Okay, Mädels, Hosen runter«, seufzte Nina. »Nützt ja nix!« Sie setzte sich und nahm einen tiefen Schluck aus ihrem Weinglas. »Wenn ihr es genau wissen wollt: Unser Sexleben ist eine Katastrophe!«

»Waaaas??«, riefen Babs und Steffi synchron.

»Das glaub' ich jetzt nicht!«, setzte Steffi nach.

»Jan mutiert gerade zum schlechtesten Lover der westlichen Hemisphäre«, ergänzte Nina.

»Wow«, wisperte Babs und schaute Nina mit großen Augen an. »Krass!«

»Er ist überhaupt nicht mehr zärtlich, lässt das Vorspiel komplett aus und liegt ständig genau den entscheidenden Millimeter daneben.«

»Haha, das kenne ich«, prustete Steffi.

»… oder er hört genau dann auf, wenn ich fast komme«, fuhr Nina fort. »Oder er hustet!«

»Geil!«, schrie Babs.

»… dann bin ich raus. Dann geht nichts mehr!«

»Das kann ich gut verstehen. Geht mir ganz genauso«, bestätigte Steffi.

»Ach, du Elend!«, murmelte Babs.

»Aber ich lass' mir so was nicht mehr gefallen«, rief Steffi. »Das Leben ist zu kurz für schlechten Sex!«

»Kann er denn wenigstens gut küssen?«, wollte Babs wissen.

»Ja, das geht«, überlegte Nina. »Aber er wird beim Knutschen in letzter Zeit oft so hektisch und grob. Schrecklich. Er denkt wahrscheinlich, das wäre leidenschaftlich …«

»Hmm«, machte Steffi und klang wie ein Mechaniker, der ein schrottreifes Auto inspiziert.

»Du Arme!«, rief Babs lachend. »Wenn ich du wäre, wäre ich lieber ich!«

»Schöne Verpackung – kack Inhalt«, fasste Steffi zusammen.

»Klassischer Fall von Mogelpackung«, ergänzte Babs. »Aber gut aussehen tut er ja wirklich«, schwärmte sie verträumt. »Wie schade!«

»Schöne Männer sind oft Nieten im Bett«, wusste Steffi.

»Hä?« Babs guckte sie verwundert an.

»Ja, weil die sich keine Mühe geben müssen! Die verlassen sich einfach auf ihre Attraktivität.«

Sie schaute die beiden an und nickte ihre Behauptung selbst ab.

»Wenn eine keinen Bock mehr hat, nehmen sie einfach die Nächste.«

Eifersucht zwickte in Ninas Magen. Die »Nächste« – hatte Jan die schon? War das Weißzahn-Jessi?

»Einen schönen Mann hat man nie alleine, hat meine Oma immer gesagt«, goss Babs Öl ins Feuer.

»Du warst so heiß, aber kein bisschen warm …«, begann Steffi den alten Ulla-Meinecke-Song anzusingen.

»Super, Mädels«, rief Nina. »Ihr könnt echt toll trösten …«

»Sind doch nur Witze«, beschwichtigte Steffi. »Schenk lieber mal nach!« Auffordernd hielt sie Nina ihr Glas hin.

»Warum hast du denn nicht gemerkt, dass er so kacke im Bett ist?«, fragte sie. »War es am Anfang besser mit ihm?«

»Schon …«, überlegte Nina. »Und ich war ja auch so verknallt in ihn …« Sie nahm noch einen großen Schluck Wein. »Zuerst ist doch alles toll und man will den anderen einfach möglichst oft spüren.«

Sie leerte ihr Glas.

»Will er nicht oder kann er nicht?«, fragend schaute Steffi sie an.

»Kann er was nicht?« Nina verstand nur Bahnhof.

»Soft sein! Einfühlsam.«

»Am Anfang hat er sich noch Mühe gegeben«, erinnerte sich Nina und dachte daran, wie zärtlich Jan in den ersten Monaten war. Aber jetzt fasste er sie an, als wäre sie ein Spaten, mit dem er etwas umgraben würde. Mechanisch und grob. Schrecklich.

»… aber im Moment ist es echt schlimm!«, ergänzte sie. »Er hat es immer so eilig, als müsse er noch den letzten Zug erwischen. Komplett gehetzt.«

Babsi prustete vor Lachen. Nina auch. Es war so erleichternd, endlich mal jemandem ihr Herz auszuschütten. Wie schön, dass die beiden da waren.

»Es ist ja nicht so, dass ich nicht schon begnadete Männer im Bett gehabt hätte …«, begann Nina.

»Wissen wir!«, riefen Steffi und Babs gleichzeitig und rollten genervt mit den Augen. »Jetzt bitte nicht wieder die Geschichte von Meister Propper!«

»Ist ja gut«, lachte Nina, »dabei leckte der so sauber, dass man sich …«

»NEEEEIIIINNN!«, schrie Steffi. »Ich will es nicht hören!!!«

Nina lachte.

»Da waren ein paar echte Granaten bei …«, fuhr sie verträumt fort. »Das ist es ja gerade! Hätte ich keine Vergleiche, hätte ich vermutlich auch kein Problem.«

»Was ich nicht weiß, macht mich nicht heiß«, sang Babs.

»Was macht man denn bloß, wenn beim anderen die Feinfühligkeit flöten geht?«, fragte Nina.

»Oder nie da war«, ergänzte Steffi.

»Nix! Vergiss es«, rief Babs. »Das ist wie Motorschaden in einem Porsche!«

»Holt euch doch einfach einen Vibrator«, schlug Steffi vor. »Damit entfällt der Orgasmus-Stress!«

»Hä?« Nina kapierte nichts.

»Na, du hältst dir den Vibrator an deinen Gold-Knopf, während ihr miteinander schlaft – und dann kommst du garantiert!«

»Aber das ist doch kein toller Sex«, warf Nina ein.

»Stimmt«, bestätigte Steffi.

»Und außerdem ist Jan viel zu eitel, sich einen Zweit-Schwanz aus Plastik ins Bett zu holen.«

»Aber du kannst doch nicht zugucken, wie eure

Beziehung gegen die Wand fährt, nur weil es im Bett nicht klappt!«

»Warum nicht?«, wollte Babs wissen. »Andere Mütter haben auch schöne Söhne, und sie hat schließlich die Kohle – nicht er!«

»Macht doch mal ein Tantra-Seminar«, war Steffis neuester Lösungsansatz. »Da lernt er Langsamkeit!«

»Mhm …«, überlegte Nina. »Keine schlechte Idee …«

»Oder fessele seine Hände«, riet Babs. »Dann kann er damit wenigstens nichts falsch machen und du kannst die Choreographie dirigieren.«

Nina lachte. »Cool!«

»Für das Problem gibt's bestimmt eine Lösung«, war sich Steffi sicher.

»Und wenn nicht?« Nina leerte die Flasche in die Gläser und holte eine neue aus dem Kühlschrank. »Glaubt ihr, dass eine Beziehung auch ohne guten Sex funktionieren kann?«

»Geile Frage!« Babs und Steffi lachten.

»Vergiss es«, winkte Babs ab. »Du bist jetzt 43. Wie soll das denn gehen? Willst du die nächsten 40 Jahre keinen Sex mehr haben – oder zumindest keinen guten?«

»Ganz schlechte Idee«, fand auch Steffi.

»Außerdem kannst du Jan doch nicht ins Zölibat zwingen, nur weil du nicht mehr mit ihm schlafen willst. Das ist ja auch gegen ihn gemein. Vielleicht findet er ja irgendeine Grobmotorikerin, die den Hauruck-Sex mit ihm toll findet …«

Sie lachte sich über ihren eigenen Witz schlapp.

»Unwahrscheinlich«, fand Steffi.

»Wir sind so gemein«, rief Nina. »Ihr seid solche Läster-Schwestern!«

Sie bekam allmählich ein schlechtes Gewissen, so über Jan herzuziehen und ihn vor ihren Freundinnen lächerlich zu machen. Zum Glück hörte er das nicht.

»Aber in längeren Beziehungen ebbt die Leidenschaft doch immer ab ...«, argumentierte Nina.

»Ich kann mir trotzdem nicht vorstellen, dass das langfristig funktioniert«, sagte Steffi. »Guter Sex schafft die Intimität und Nähe, die eine Beziehung nun mal braucht, wenn sie nicht nur ein Nebeneinander-Herleben sein soll.«

»Richtig doof ist, wenn der Sex krampfig wird«, gab Babs zu bedenken. »Und nur noch eine Pflichtübung ist ...«

»... und man aus Verzweiflung einen Orgasmus vortäuscht, damit die Sache möglichst schnell zu Ende ist«, lachte Steffi.

Betreten schaute Nina in ihr Glas. Zum Glück wussten die beiden nicht, dass sie genau das tat.

»Damit das Geacker und Gerödel endlich aufhört«, prustete Babs.

»Kennt ihr nicht den Spruch? Sex zwischen Mann und Frau, das ist doch diese Sache, wo sie sich bemüht zu kommen – und er sich bemüht, nicht zu kommen. Und beide schaffen es nicht!«

Die Runde lachte. »Genau«, rief Nina. »Da ist was dran!«

»Ach, die armen Kerle können einem aber auch leidtun«, sagte Steffi. »Für die meisten sind die weibliche Sexualität und die Vagina doch ein Buch mit sieben Siegeln, weil sie selbst viel simpler funktionieren!«

»Man sagt ja, dass eigentlich nur eine Frau weiß, wie man eine Frau richtig anfasst. Vielleicht sollten wir einfach alle lesbisch werden und dadurch einen Dauer-Platz im siebten Ekstase-Himmel haben.« Babs hielt Nina ihr Glas zum Nachfüllen hin. »Kannste da mal die Luft rauslassen?«

Grinsend schenkte Nina ihr ein.

»Auch eine Idee! Aber wie würdest du das deinem werten Gatten erklären? Und deiner entzückenden Brut?«

Babs zuckte mit den Achseln.

»So einfach ist es ja nun auch nicht«, befand Steffi. »Es gibt bestimmt auch höllisch trampelige Frauen. Gut im Bett zu sein ist ja keine geschlechtsabhängige Begabung …«

»Hast du nicht schon mal mit einer Frau geschlafen?«, erinnerte sich Nina.

»Mehrfach«, bestätigte Steffi.

»Die Schlachten, die wir schlugen, die Kleider, die wir trugen, die Geister, die wir riefen, die Menschen, mit denen wir schliefen …«, sang Babs, mittlerweile ziemlich angesäuselt.

»Und wie fandst du's?«, fragte Nina interessiert.

»Ganz okay.« Besonders begeistert klang Steffi nicht. »Eine Frau fasst sich viel weicher an als ein Mann. Alles ist viel zärtlicher und langsamer. Frauen beherrschen dieses quälend sinnliche Spiel des ›fast, aber noch nicht‹ perfekt – und sie können eindeutig besser küssen.«

Nina zerbröselte eine Brezel.

»Aber ich mag Männerkörper einfach lieber«, fuhr Steffi fort. »Ich mag die Härte ihrer Muskeln, die Körperspannung, ihren animalischen Duft, die Brusthaare. Ich brauche die Wildheit und die sexuelle Dynamik … einfach den Kontrast.«

»Zwei Frauen im Bett – das unbekannte sexuelle Universum«, schmunzelte Babs. »Das wird von Männern total glorifiziert. Die haben dabei, glaube ich, so eine Art supersoften Blümchen-Sex im Kopf. Dauer-Petting ohne Penetration.«

»Dabei ist die Auflösung ziemlich ernüchternd«, lachte Steffi und strich Krümel von der Tischplatte. »Es gibt einfach nur eine Möglichkeit weniger als mit einem Mann.«

»Aber was ist mit diesem Mysterium, dass nur eine Frau weiß, wie eine Frau angefasst werden möchte?«, hakte Nina, ehrlich interessiert, nach.

»Das ist Quatsch«, antwortete Steffi. »Es gibt auf jeden Fall auch Frauen, die ganz, ganz miese Performances abliefern – und umgekehrt Männer, die wundervoll berühren. Eine grobmotorische Gunda kann einen genauso dilettantisch anfassen wie ein unsensibler Michi. Ich glaube, es kommt im Wesentlichen darauf an, wie gut man sexuell zusammenpasst«, ergänzte sie und steckte sich eine Brezel in den Mund.

»Das stimmt!«, rief Babs und die Runde prostete sich zu.

»Was ist denn für euch guter Sex?«, wollte Nina wissen.

»Wenn es geil ist, Spaß macht und ich hinterher gute Laune habe!« Babs hatte nicht lange überlegt.

»Wenn ich danach ein Lächeln im Gesicht habe und mich total geliebt fühle«, parierte Steffi.

»Und Stunden danach im Kopfkino alles noch mal durchspiele«, seufzte Babs.

»Nee, ernsthaft«, sagte Steffi, räusperte sich und setzte sich auf. »Es muss einfach das große Ganze stimmen! Alle Gewürze, alle Zutaten. Wenn man die Lust hochkochen lassen kann wie ein guter Koch, der genau den richtigen Zeitpunkt für die Zugabe seiner Zutaten kennt, dann ist es ein Rausch, der mich mitreißt, und der Orgasmus kommt von ganz alleine.«

Verträumt schaute sie in ihr Glas.

»Aber dazu müssen beide auf derselben Wellenlänge schwimmen. Und imstande sein, gegenseitig das Feuer bei sich zu entfachen …«

»Richtig schön ist es für mich nur, wenn ich merke, dass ein Mann Lust hat, meinen Körper zu entdecken«, sagte auch Babs jetzt nachdenklich und verträumt. »Wenn ich mich angenommen und begehrt fühle und mich nicht zu verstellen brauche. Wenn er auf mich eingeht, langsam ist und die kleinen Luststellen findet, mich erspürt.«

Nina räusperte sich. Das war genau das, was sie sich von Jan wünschte.

»Es gibt doch diesen Song von den Pointer Sisters!« Steffi begann zu singen. *»I need a lover with a slow hand, I want a man with an easy touch …* Sich Zeit zu lassen ist gut. Aber für mich ist Vertrauen die Basis von gutem Sex. Ohne Nähe kann ich mich nicht fallen lassen.«

»Ich mich auch nicht«, stimmte Babs zu.

»So ist es mit Jan definitiv nicht«, sagte Nina traurig. »Schon lange nicht mehr …«

Babs und Steffi schwiegen betreten.

»Aber ich kann mich doch auch nicht von ihm trennen, nur weil es im Bett nicht läuft, oder?«

Steffi zuckte ratlos mit den Schultern. »Ich hab 'ne Freundin, die überzeugt ist, dass die ›Party‹ – so nennt sie die erste Verliebtheits-Phase – höchstens drei Monate dauert. Deshalb beendet sie ihre Beziehungen spätestens dann und beginnt die nächste. So hat sie immer wieder Leidenschaft, rosa Wolken und tollen Sex – und kein Gezerre.«

»Interessante Einstellung«, fand Babs.

»Also ich weiß nicht …«, überlegte Nina. »Es geht doch nicht nur um Rausch. Ich will doch auch Nähe, aufeinander bezogen sein, Vertrauen, Wärme, Geborgenheit …«

»Ist denn sonst alles super bei euch?«, wollte Babs wissen.

»Im Moment eher nicht.« Nina dachte an die letzten Tage. »Er kritisiert an meiner Optik herum, ist nicht mehr aufmerksam, hört nicht mehr richtig zu – und er flirtet mit anderen!«

»Hallooo???«, rief Babs empört. »Merkst du noch was??«

»Scheint so, als wäret ihr in einer schwierigen Phase eurer Beziehung angekommen …«, beschwichtigte Steffi diplomatisch. »Die kommt immer. Die bleibt nicht aus. Spannend ist, wie man damit umgeht …«

»Und er verwandelt den Wohnwagen regelmäßig in einen Saustall«, fuhr Nina fort, die geistig noch bei Jans gesammelten Verfehlungen hängen geblieben war.

»Du musst ihn dir erziehen«, riet Steffi. »Er ist

ja noch so jung, der Kleene!« Lachend stieß sie ihr Glas an Ninas. »Lass ihm das nicht durchgehen! Der braucht 'ne starke Hand, sonst tanzt er dir auf der Nase rum!«

»Er will Kinder ... und ein Haus mit Garten ... und eine Festanstellung ...«, murmelte Nina.

»Spießer!«, rief Steffi.

»Uiiiiuiiiuiiii«, Steffi schüttelte die Hand, als hätte sie sich an etwas verbrannt. »Du als treusorgende, vollkommen frustrierte Arzt-Gattin zu Hause mit drei Blagen an den Hacken, während er seine Assistentinnen vögelt, also ick weeß nich ...«

»Trenn dich doch von ihm«, schlug Babs vor, als die beiden aufstanden, um sich auf den Heimweg zu machen. »Warum hältst du denn so an ihm fest? DU hast doch schließlich das Geld!«

»Ich kann Scheidungen nur empfehlen«, grinste Steffi.

Das Taxi hupte. Torkelnd verabschiedeten sich Babs und Steffi von Nina und stolperten die Wohnwagen-Treppe hinunter. Winkend rannten sie durch den Regen und verschwanden im Auto.

Nina schloss die Tür und räumte die Gläser in den Geschirrspüler. Wie schön, dass es die beiden gab. Sie hatte schon lange nicht mehr so gelacht. Ihr tat richtig der Bauch weh. Und über die Vorschläge zur Sex-Verbesserung musste sie jetzt noch schmunzeln.

Plötzlich ging die Tür auf. Jan trat ein – blass und mit Tränen in den Augen. »Warum hast du mir nicht gesagt, dass du mich so derartig scheiße im Bett findest?«

Nina erstarrte vor Schreck. Und Scham.

»… und meine Zukunftspläne lächerlich spießig?« Jan setzte sich an den Tisch. Nina fühlte ihr Blut in den Magen rutschen.

»Liebst du mich überhaupt noch?« Er wischte sich mit dem Handrücken die Augen.

»Ach, Jan …« Nina wollte ihn umarmen, doch er stieß sie weg.

»Wo warst du denn? Ich dachte, du wolltest ins Kino?«, lenkte Nina ab.

»Der Film ist ausgefallen. Und als ich zum Wohnwagen ging, habe ich euch reden und lachen gehört. Das Fenster stand offen. Ich hab' mich davor gesetzt und alles mit angehört, Nina.«

»Der Lauscher an der Wand hört seine eigne Schand«, dachte Nina. Ein Spruch ihrer Oma.

»Das hättest du nicht tun sollen«, sagte sie.

»Stimmt.« Jan strich mit starrem Blick über die Tischplatte. »Oder vielleicht doch!«

»Jan …«, setzte Nina an.

»Lass mich, Nina«, würgte er sie ab. »Ich muss das erst mal sacken lassen. Ich bin gerade total verwirrt.«

Er stand auf, ging zum Schlafzimmer und kam mit seiner Bettdecke im Arm zurück.

»Ich schlaf' heute auf der Couch!«

»Okay«, sagte Nina traurig. »Aber lass uns morgen bitte sofort darüber reden. Du hast bestimmt alles missverstanden.«

»Glaub' ich nicht«, sagte Jan. »Gute Nacht!«

Das war ein Rausschmiss und Nina verstand ihn. Mit leerem Kopf zog sie sich ins Schlafzimmer zurück und tat die ganze Nacht kein Auge zu. Erst im Morgengrauen dämmerte sie erschöpft weg.

14

Als sie gegen neun Uhr aufwachte, war das Wohnzimmer leer. Die Bettdecke lag ordentlich zusammengelegt auf der Couch, und auf dem Tisch lag ein Zettel: »Ich glaube, wir sollten mal eine Pause einlegen«, stand da. »Ich bin 'ne Zeit lang in Berlin. Auch wegen des Studiums. Ich denke, es ist besser so.«

Entsetzt ließ Nina sich auf das Polster fallen. Der Zettel zitterte in ihrer Hand.

»Die Menschen sind wie Tiere!«, hatte Elli einst gesagt. »Wie Tiere, die aus dünnwandigem Porzellan trinken können.« Sie hatte so recht! Babsi, Steffi und sie waren wie die Hyänen über ihren Liebsten hergefallen. Was sie Jan angetan hatte, war brutal, sehr verletzend und äußerst unfair. Warum hatte sie nicht den Mut gehabt, mit ihm über ihre Probleme zu sprechen, anstatt mit ihren Freundinnen über ihn zu lästern?

Sie war so wütend auf Babs und Steffi, die ja eigentlich gar nichts dafür konnten, dass sie keine Lust hatte, die beiden anzurufen. Obwohl sie vermutlich noch auf der Insel waren.

Fassungslos stand sie vor den leeren Regalen, die Jan im Schrank hinterlassen hatte. Seine Bücher waren alle noch da, aber das Motorrad war weg. Wie war er bloß so lautlos verschwunden, wo er doch sonst immer solchen Lärm machte?

Er hatte gestern noch ziemlich lange rumgerödelt, erinnerte sie sich. Und sie hatte angenommen, er würde versuchen, zu lernen …

Nina war wie im Schock. Geistig gelähmt, mit totaler Leere im Hirn. Er war tatsächlich gegangen. Sie war tatsächlich allein. Diese Fakten wollten sich einfach nicht setzen.

Permanent versuchte sie, Jan auf seinem Handy zu erreichen, aber es sprang immer nur die Mailbox an.

Es war mittlerweile fast elf. Der Wind jagte den Regen um den Wohnwagen und spielte Fangen mit ihm. Als wäre sie ein Einrichtungsgegenstand, saß Nina immer noch regungslos im T-Shirt am Esstisch und starrte vor sich hin. Wie ging noch mal ein normaler Tagesablauf? Vielleicht sollte sie sich mal einen Tee kochen … Dieser simple Gedankengang kostete sie so viel Kraft, als würde sie eine Waschmaschine stemmen.

Erschöpft rappelte sie sich hoch und setzte den Wasserkocher auf. »Teeblätter in Kanne füllen«, sagte der Autopilot in ihrem Hirn. Ihre Hände taten wie befohlen. »Kochendes Wasser drübergießen.« Auch das befolgten sie.

Piep! Piep! Eine SMS ging auf ihrem Handy ein. Hoffnung!!! Nina knallte den Wasserkocher so heftig auf die Arbeitsplatte, dass er überschwappte, und eilte zu ihrem iPhone. Vielleicht stand er ja in Westerland am Bahnhof und sie sollte ihn abholen? Ach, Quatsch, schimpfte sie mit sich, er war ja mit dem Motorrad gefahren. Warum sollte er dann am Bahnhof stehen?

Mit zitternden Händen wischte sie die Nachricht auf: *»Sendest du mir meine Bücher nach?«*, stand da. *»Adresse: Hannoversche Straße 2, 10115 Berlin, c/o Sabine Reinhardt. Bitte ruf mich nicht an. Ich brauche Zeit. J.«*

Sabine Reinhardt. Er würde also bei seiner Schwester wohnen. Aber »J.« ?? Ging es noch? So viel Zeit, zwei weitere Buchstaben einzutippen, hatte er mit Sicherheit gehabt. Nur ein Kürzel zu verwenden, sollte offenbar absichtlich unpersönlich wirken. Das war wirklich nicht nötig. Nina hatte auch so kapiert, dass er tief verletzt war.

Sie hatte ihn vor Babs und Steffi lächerlich gemacht, ihr Sexleben demontiert, ihn als grobmotorischen Beischlaf-Dilettanten dargestellt – und gesagt, dass sie unzufrieden mit der Beziehung war. Vermutlich hätte sie im umgekehrten Fall genauso reagiert. Beschämt schenkte sie sich eine Tasse Tee ein. Was sollte sie denn jetzt machen? War das schon eine Trennung – oder wirklich nur eine Pause?

Sollte sie ihm hinterherreisen? Aber er hatte ja ausdrücklich um eine Auszeit gebeten …

Wie ferngesteuert zog Nina sich an und fühlte sich seltsam taub. Sie musste dringend an die frische Luft. »Na super, Nina«, schimpfte sie mit sich selbst. »Das hast du ja prima hingekriegt! Den Traummann vergrault und das Happy End in einen Alptraum verwandelt.« Jetzt hatte sie den Salat – und fühlte sich selbst schuldig daran.

Kalter Wind pfiff ihr um die Nase, als sie die Wohnwagentür öffnete und nach draußen trat. Es war Mitte Oktober und einer der ersten merklich kühleren Tage. Nina setzte sich eine Wollmütze auf, vergrub ihre Hände in den Taschen ihres Daunenmantels und stapfte Richtung Dünen. Mäxchen hüpfte fröhlich neben ihr herum und jagte über den Weg fliegenden Dünengras-Knäueln hinterher.

Zum Glück war die Arbeit an der Surfschule mit dem heutigen Tag beendet. Nur noch ein paar letzte Handgriffe, dann war die Hütte endgültig winterfest.

Nina musste ihre Mütze festhalten, als sie die Treppe zur Surfschule hinabstieg. Der Sand peitschte waagerecht über den Strand, als hätte jemand einen gigantischen Kärcher angeschmissen und würde damit aus Norden über die Westküste pusten. Das Meer bäumte sich schäumend auf und schlug wilde Wellen. Gischtflocken, die aussahen wie winzige Wolken, flogen am Wassersaum durch die Luft …

Leicht verzweifelt hämmerte Louis auf eine große Spanplatte ein, die das letzte freie Fenster abdichten sollte. Es schien, als ob ihm dabei immer wieder Sandkörner in die Augen peitschten. »Olá, minha beleza«, rief Nina ihm ins Ohr und küsste ihn auf die Wange. (Hallo, mein Schöner) Erfreut ließ er Hammer und Nägel sinken und bat Nina in die Hütte.

Genau wie Büro, Lager und Küche, war auch der Gastro-Raum schon komplett leer geräumt. Die Fenster waren von außen vernagelt, an der Decke baumelte eine nackte Glühbirne, die ungemütliches Licht verbreitete und dabei bedenklich hin und her schwankte.

»Nina, wie schön!« Margit, die gerade dabei war, drei Teller auf dem wackeligen Tapeziertisch zu platzieren, der in der Mitte des Raumes stand, nahm sie in den Arm und gab ihr einen Kuss. »Wie siehst du denn aus? Wie ein geprügelter Hund!«

Nina winkte ab, ihr stiegen die Tränen in die Augen und sie spürte den typischen Krampf in den Wangen. Sie schluckte.

»Komm, setz dich erst mal«, Margit zog einen Klappstuhl heran.

»Louis hat Suppe mitgebracht« – sie deutete auf einen Thermo-Behälter –, »weil wir mit dir den Abschluss der Winterarbeiten feiern wollten.«

Mit einer Kelle schöpfte sie eine dampfend heiße Portion auf den Teller. Es roch köstlich, aber Nina schob den Teller beiseite. »Danke, aber ich habe gerade keinen Appetit!«

»Du und keinen Appetit?« Margit hielt in ihrer Schöpf-Arbeit inne und fixierte sie irritiert.

»Ich habe gerade zwei Brötchen gegessen«, log Nina, weil sie nicht verraten wollte, was ihr in Wahrheit auf dem Magen lag.

»Mmmhh, Louis, was ist denn das?« Margit fächelte sich den köstlichen Duft in die Nase.

»Curry-Kokossuppe mit Huhn, Champignons und Garnelen«, sagte Louis stolz.

»Moment«, er fischte ein Bund Koriander und eine Salz- und Pfeffermühle aus einer Kiste und streute ein paar Korianderblätter über ihren Teller. »So viel Zeit muss sein!«

»Du bist doch ein unverbesserlicher Perfektionist«, lachte Margit.

Gemeinsam verzehrten die beiden das leckere Mahl und fragten Nina gefühlte hundert Mal, ob sie nicht doch etwas wolle. Nina lehnte immer wieder dankend ab und schaute ihnen so unbeteiligt zu, als ob sie gerade einen Film im Kino ansähe. Dissoziation nannte man ihren Zustand unter Psychologen. Sie war nicht ganz bei sich, weil sie sich in einer Art Schockstarre befand.

»Und?«, riss sie sich zusammen. »Wie sind eure Pläne für die nächsten Monate?«

»Ich ruh' mich erst mal aus«, verkündete Margit. »Und kümmere mich um Klaus«, ergänzte sie grinsend. »Wir machen es uns gemütlich, genießen die Vorweihnachtszeit und renovieren sein Häuschen.«

Vorweihnachtszeit! Und sie war allein! Nina gruselte es.

»… und vielleicht mache ich ein bisschen Wellness«, schob Margit nach, »das machen doch jetzt alle.«

»Fliegt ihr gar nicht in den Süden?«, fragte Nina erstaunt.

»Nee, erst mal nicht. Klaus fliegt ja nicht so gerne, weißt du?«

»Und du, Louis?«, erkundigte Nina sich.

»Na, was wohl?«, strahlte er. »Ich fahre mit der Familie nach Portugal! Das Auto ist schon gepackt. Sieht aus wie eine Lasagne.« Er lachte.

»Lasagne?« Nina vermochte sich gerade nicht vorzustellen, was sein Auto mit einem Nudel-Auflauf zu tun hatte.

»Ja, vollgestopft bis oben hin«, lachte Louis. Mann, war der gut gelaunt. »In bunten Schichten!«

»Ach so.« Jetzt verstand Nina und musste innerlich darüber schmunzeln, dass der passionierte Koch offenbar ausschließlich in Essenskategorien dachte. Vermutlich sah die Sonne für ihn aus wie eine Orange, der Mond wie ein Emmentaler, eine Wiese wie ein Salat und ein ungemachtes Bett wie Ravioli ohne Sauce …

»Und wie lange bleibt ihr?«, wollte Margit von ihm wissen.

»Bis Februar. Dann helfe ich Dany ein bisschen in der Sansibar aus, bevor es hier wieder losgeht.« Dany, der eigentlich Daniel hieß, war ein alter Kumpel von Louis aus dem Wonnemeyer, der kürzlich in die Sansibar gewechselt war.

»Und du, Nina?« Lächelnd sah Margit sie an und räumte die Teller ab.

»Ach, wir wissen noch nicht so genau«, log Nina. »Wir« – das Wort konnte sie für die nächste Zeit ja wohl aus ihrem Sprachschatz streichen. Ihr stiegen schon wieder die Tränen in die Augen.

Herzlich verabschiedete sie sich etwas später von Louis. Er und seine südländische Unbeschwertheit würden ihr fehlen. Zum Glück blieb ihr wenigstens Margit erhalten, der sie auf dem Rückweg ihre Krise mit Jan gestand.

Natürlich hatte sie Louis und Margit sofort darüber unterrichtet, dass Jan sein Medizinstudium wieder aufnehmen wollte, sonst hätten die sich vermutlich auch gewundert, warum er in den vergangenen Wochen nicht in der Surfschule aufgetaucht war.

»Und er ist einfach so weggefahren?«, fragte Margit erstaunt. »Warum denn?«

Nina wollte nicht schon wieder die Details ihrer Beziehungs-Schwachstellen thematisieren. »Es war einfach zu eng im Wohnwagen für sein Gelerne«, fasste sie deshalb kurz zusammen. »Wir haben uns die letzten Tage nur noch gestritten.«

»Aber deshalb muss man doch nicht gleich fliehen«, warf Margit ein.

»Es läuft schon länger nicht mehr richtig rund bei uns«, erklärte Nina.

»Ach, meine Süße …«

»Jan hat gesagt, er brauche mal eine Auszeit.«

»Männer brauchen lange Leinen«, winkte Margit ab. »Das wird schon wieder!«

Auf genau den Spruch hatte Nina gewartet.

»Pass mal auf! Der steht wahrscheinlich schneller wieder vor deiner Tür, als du bis drei zählen kannst.« Sie zwinkerte ihr zu. »Immer positiv denken, Schätzchen!«

»Und wenn nicht?«, fragte Nina. »Was soll ich dann hier machen – den ganzen Tag alleine, ohne Surfschule?«

»Ich war jahrzehntelang alleine, Schatz! Das ist auch nicht so schlimm. Du solltest dich ein bisschen von der Saison erholen und zur Ruhe kommen.«

»Aber ich kann doch jetzt nicht wochenlang im Wohnwagen rumsitzen und darauf warten, dass Jan sich meldet?«

»Sollst du ja auch gar nicht! Bloß nicht auf etwas warten – das funktioniert nie!«, riet Margit. »Jetzt ruh dich doch erst mal ein bisschen aus und nutz die Zeit für dich! Du musst doch sicher auch überlegen, wie es weitergehen soll. Und abends können wir gerne etwas zusammen unternehmen! Ins Kino gehen zum Beispiel – oder in die ›Sylter Welle‹. Klaus sieht sowieso am liebsten fern.«

Selten hatte Nina Margit so gern gehabt wie heute. Dankbar nahm sie sie zum Abschied in den Arm. »Schön, dass es dich gibt!« Ihr standen schon wieder die Tränen in den Augen. Was wäre sie jetzt, im tiefsten Herbst, hier ganz alleine auf der Sandbank, ohne ihre alte Freundin? Rettungslos verloren, vermutlich …

»Du kannst jederzeit bei uns klingeln, das weißt du ja«, sagte Margit und verabschiedete sich.

»Uns«. Nina hatte das Gefühl, die ganze Welt war zu zweit und kuschelte sich für den Winter ein – nur sie war alleine. Verlassen zu werden war immer eine Katastrophe – aber besonders schrecklich war es, im Winter verlassen zu werden, wenn die langen, dunklen Nächte immer länger und die Tage immer kälter wurden. Wenn es grau war und regnete – und nirgends ein Lichtblick auszumachen war.

Das deprimierende Herbst-Gedicht von Rilke fiel ihr ein, das sie in der Schule mal auswendig lernen musste:

»… Wer jetzt kein Haus hat, baut sich keines mehr.
Wer jetzt allein ist, wird es lange bleiben,
wird wachen, lesen, lange Briefe schreiben
und wird in den Alleen hin und her
unruhig wandern, wenn die Blätter treiben.«

Wer jetzt alleine ist, wird es lange bleiben – traurig schloss sie den Briefkasten auf, um zu checken, ob die Post schon da war. Überrascht fischte sie ein Schreiben der Bremer Hausverwaltung aus dem Stahlbehälter. Wahrscheinlich die Mietabrechnung für Oktober, vermutete sie, doch dafür war es eigentlich noch viel zu früh. Irritiert riss sie den Umschlag auf, während sie die drei Stufen zum Wohnwagen hochstieg und ihre Mütze abnahm.

»Sehr geehrte Frau Mertens«, stand da. »Leider müssen wir Sie darüber informieren, dass im Küchenboden der Mietwohnung Nummer 4, Mietpartei Kerschke, der Verdacht auf Hausschwamm-Befall besteht. Der Befall mit echtem Hausschwamm ist ein schwerer Baumangel nach BGB und bedarf schnellstmöglicher, fachgerechter Sanierung. Am 23. 10. wird der Schaden deshalb von einem Sachverständigen der Firma Rinke & Maast untersucht.«

Am 23.! Also gestern. Hektisch wählte Nina die Nummer der Hausverwaltung.

»Hausverwaltung Schultz und Freitag, Maren Rothner am Apparat«, meldete sich eine resolute Frauenstimme am Telefon und unterrichtete Nina darüber, dass der Sachverständige festgestellt habe, dass beide Mietshäuser massiven und über Jahre unentdeckten Schwammbefall hätten. Durch Feuchtigkeit im Keller sei der das gesamte Mauerwerk hochgekrochen. Es würde eine äußerst aufwendige Totalsanierung der Gebäude anstehen. Alle Mieter müssten umquartiert werden, die Kosten wären immens – und im Gegenzug würde die Miete ausfallen.

Nina setzte sich benommen.

»Ich habe das Schreiben an Sie gerade fertig gemacht«, beendete Frau Rothner ihren erschütternden Bericht. »Soll ich es trotzdem an Sie rausschicken?«

»Ja bitte«, stammelte Nina.

»Schwammbefall ist das Schlimmste, das einem Haus passieren kann«, sagte Frau Rothner. »Viel Glück, Frau Mertens!« Na, die konnte trösten!

»Befall durch Hausschwamm kommt Todesurteil für Immobilien gleich«, lautete die Schlagzeile eines Ar-

tikels, den Nina unter dem Stichwort »Hausschwamm« ergoogelt hatte. Nach dem Gespräch mit Frau Rothner hatte sie sich noch im Mantel an den Computer gesetzt, um erst mal möglichst viele Infos einzuholen.

Entsetzt las sie, dass *»die Altbausanierung zur tickenden Zeitbombe«* werden könne und im schlimmsten Fall das Gebäude komplett entkernt werden müsse. Na prima!

»Der Hausschwamm ist ein holzzerstörender Pilz«, erfuhr Nina bei Wikipedia, *»der in der Lage ist, anorganisches Material zu überwachsen bzw. zu durchdringen. So können die Mycelien des Pilzes Mauerwerk, Putz, Schüttungen u. a. durch- bzw. unterwachsen. Aufgrund dieser Beobachtungen wird dieser Pilz auch häufig als ›Mauerschwamm‹ bezeichnet.*

Die Gefahr ist, dass tragende Konstruktionshölzer vom Echten Hausschwamm zersetzt werden.

Nach DIN 68800, Teil 4 (Holzschutz; Bekämpfungsmaßnahmen gegen holzzerstörende Pilze und Insekten) sind der Befall und der Umfang des Befalls durch einen Sachkundigen festzustellen (Anfertigen eines holzschutztechnischen Untersuchungsberichts). In der Regel werden durch solche Sachkundigen auch Sanierungsvorschläge erarbeitet.

Die Sanierung muss mit einer Trockenlegung von Mauerwerk und Holzkonstruktion einhergehen und kann deshalb umfangreich werden. So müssen häufig befallene Holzteile in der Längsachse mit 1 m Sicherheitsabstand vom letzten erkennbaren Befall gesund geschnitten werden. Bei fortgeschrittenem Befall bleibt oft nur der Austausch der gesamten Holzkonstruktion.

Um die Verschleppungsgefahr einzudämmen, ist eine fachgerechte und sorgfältige Entsorgung der ausgebauten Holzteile und Mauerwerkspartien notwendig.

Nachteilig erweisen sich bei der Sanierung eines Hausschwammbefalls die hohen Kosten durch die fachliche Beseitigung und Entsorgung des entfernten Materials. Zudem muss eine Vielzahl an Holz und Mauerwerk ersetzt oder behandelt werden, um einem Wiederbefall vorzubeugen.«

Ein Pilz hatte ihr Vermögen zerbröselt – war das zu fassen?

Verkaufen konnte sie die Häuser in diesem Zustand auch nicht. Sie würde also um eine Sanierung nicht herumkommen.

Fassungslos setzte Nina Teewasser auf und schenkte sich dazu ein Glas von dem teuren Macallan-Whisky ein, den sie mal für Jan gekauft hatte. »Step aside coffee, this is a job for alcohol!« So ein scheiß Tag! Schlimmer ging es ja wohl nicht.

Sie griff sich ihr Handy und vereinbarte für den nächsten Tag einen Gesprächstermin mit ihrem Bankberater.

15

»Tüte?«

»Hä?«

»Ob Sie eine Tüte brauchen?« Die Kassiererin guckte Nina so gelangweilt an, als ob diese eine fleischgewordene Gebrauchsanweisung für einen Toaster wäre.

»Ach so! Ja, gerne!«

»Papier oder Plastik?«

»Papier bitte!« So viel Umweltschutz musste sein.

»50 Cent«, sagte Frau Bommers (so stand es auf ihrem Namensschild), warf Nina eine Tüte hin, hielt ihre Hand auf und hakte ihren müden Blick irgendwo in den Tiefen des Verkaufsraumes ein.

Frau Bommers besaß eine derart gefestigte Frisur, die sie vermutlich selbst einen schlimmen Motorradsturz unbeschadet überstehen lassen würde. Sie hatte zudem auffällig viele geplatzte Äderchen auf den Wangen. Alles in allem schien sie ziemlich »mit der Bereifung runter«, um es in Steffis Worten auszudrücken.

In Nina keimte der Verdacht auf, dass sie Alkoholikerin war. Mit detektivischer Neugier legte sie ihr die Münze in die Hand und versuchte, dabei einen Blick auf ihre Fingernägel zu erhaschen. Die waren doch bei Alkoholikern angeblich immer so gelb verschrumpelt.

Frau Bommers war jedoch nicht gewillt, Nina feststellen zu lassen, ob sie gerne mal tiefer ins Glas schaute. Mit unerwarteter Schnelligkeit zog sie ihre Hand zurück, warf Nina den Bon hin und schob den Lebensmittelberg des nächsten Kunden über den Scanner.

Das nordfriesische Winterhalbjahr, das Nina nun bevorstand, überstand man nur mit viel Alkohol, hieß es. Je nördlicher man auf der Erdhalbkugel kam, desto höher der Pro-Kopf-Konsum. Finnland und Russland führten die internationale Rangliste an. Vermutlich lag es an der Kälte und der langen Dunkelheit. Nina fragte sich, wie lange Frau Bommers wohl schon auf Sylt wohnte – und ob sie selbst in ein paar Jahren genauso aussehen würde.

Nachdem sie den Brief der Hausverwaltung verdaut hatte, hatte sie Jans Bücher in eine Kiste gepackt und im kleinen Edeka-Laden in Wenningstedt an den Shop-in-shop-Postschalter geschleppt.

»Du hast mich total missverstanden, Jan«, hatte sie in einem Brief geschrieben, den sie ganz obenauf in das Paket gelegt hatte. *»Weglaufen ist doch keine Lösung! Komm bitte zurück. Schnell! Ich liebe dich, Nina.«*

Weil sie nicht gewusst hatte, was sie mit dem Rest des Nachmittags anfangen sollte, war Nina danach zum Supermarkt-Einkauf gefahren, um ihre Vorräte aufzustocken. Was sie hatte, hatte sie – wer weiß, wie lange sie sich das noch leisten konnte, dachte sie bitter.

Sie fühlte sich emotional taub. Erledigte die Einkäufe wie ferngesteuert. Die Tatsache, dass Jan weg war, setzte sich irgendwie nicht. Nina schwankte sekündlich zwischen Unglauben und Schock und taumelte durch den Tag. Sie konnte nicht erfühlen, wie es sein würde, dass Jan abends nicht nach Hause käme. Und die nächsten Tage nicht da wäre. Er war ihr ja immer noch so nah. Und eigentlich war doch auch gar nichts passiert! Oder?

Wenn du jemanden liebst, lass ihn frei, hieß es. Wenn er dich auch liebt, kommt er zu dir zurück. Aber wie sollte sie es aushalten, darauf zu warten?

Als sie nach dem Einkaufen zurück zum Wohnwagen kam, die Tüten auspackte und ihre Beute in den Schränken verstaute, redete sie sich ein, dass Jan sicher schon bald zu ihr zurückkehren würde. Das war doch alles vollkommen lächerlich! Sie liebten sich doch!

Optimistisch tippte sie eine SMS an ihn: *»Es kann doch nicht sein, dass du mich jetzt ernsthaft wegen dieses betrunkenen Gespräches verlässt, Schatz«*, schrieb sie. *»Bitte ruf mich an und komm so schnell wie möglich zu mir zurück. Das ist alles totaler Quatsch! Ich liebe dich über alles, Nina.«*

Es wurde dunkel, der Sturm jagte derart temperamentvoll um den Wohnwagen, dass er ab und an erzitterte. Regen peitschte an die Fenster und lief in Rinnsalen die Scheibe hinunter.

Nina hatte vollkommen verlernt, wie alleine sein, alleine leben noch mal ging. Jan und sie waren ja immer zusammen – 24 Stunden am Tag. Und nun würde sie die Geborgenheit, die Jan ihr gegeben hatte, irgendwie anders kreieren müssen.

Sie beschloss, zu versuchen, es sich heute Abend so richtig gemütlich zu machen. Wenn es niemand anders machte, dann würde sie sich eben selbst verwöhnen. Cocooning total! Ein leckeres Steak braten und sich dazu einen Salat machen, heiß duschen – und dann irgendein Video streamen.

Sie drehte die Heizung auf und zündete überall im Wohnwagen Kerzen und Teelichte an. Wärme half bekanntlich …

Immer wieder schaute sie auf ihr Handy, doch das Display blieb leer: Keine SMS-Antwort von Jan!

Um sich in dem leeren Bett, in dem sonst immer Jan neben ihr gelegen hatte, nicht vollkommen verloren zu fühlen, platzierte Nina Max an ihre Seite und kuschelte sich an ihn. Der warme Hundekörper und sein ruhiger, gleichmäßiger Atem trösteten sie durch die Nacht. Wenigstens einen ihrer beiden Männer hatte sie noch im Bett.

16

Türkise Wellen spülten auf goldenen Sand – Ninas Blick blieb an den wunderschönen Strandgemälden eines Sylter Künstlers hängen, der momentan in ihrer Bankfiliale ausgestellt wurde.

Ihr Berater, Herr Bergner, war von der Rezeptionistin gerade telefonisch über Ninas Ankunft informiert worden, und während Nina darauf wartete, dass er sie abholte, schlenderte sie durchs Foyer und sah sich die Exponate der Ausstellung an.

Die Nacht war unruhig und schlaflos. Immer wieder hatte Nina an Jan gedacht, und jedes Mal schoss ihr dabei ein bitterer Schmerz in den Magen. Schon um sechs Uhr war sie aufgestanden, weil sie es im Bett nicht mehr aushielt. Tausend Mal hatte sie nachts ihr Handy gecheckt – kein Anruf, keine Antwort auf ihre SMS.

»Guten Morgen, Frau Mertens! Schön, Sie zu sehen!« Herr Bergner gab ihr die Hand und bat sie, ihm in die obere Etage zu folgen.

Diese Anzug-Bubis, dachte Nina, während sie ihm die Treppe hinauf folgte. Korrekt gescheitelt, mit Krawatte und geputzten Schuhen. Das war eine Spezies Mensch, die ihr vollkommen fremd war. Wie der wohl privat war? Wie lebte so einer, wie war seine Wohnung eingerichtet? Glaubten diese artigen Musterschüler echt, das Leben ließe sich in Zahlen domptieren?

Man konnte sich aber auch täuschen. Ihren Steuerberater hatte sie stets für den Oberspießer schlechthin gehalten, bis sie ihn irgendwann in Rockerkluft mit einer Bierdose in der Hand auf einer Harley getroffen hatte. Mit einem Piraten-Tuch um den Kopf!

Vielleicht legte ja auch Herr Bergner nach Feierabend seinen Anzug nieder, stieg in durchhängende Cordhosen, stülpte sich eine Langhaarperücke auf und eilte zu einem Achtsamkeits-Seminar in die Klappholtal-Akademie. Die Vorstellung entlockte Nina ein Grinsen.

Der Mensch hatte angeblich 30 000 Gedanken pro Tag. Nina fragte sich, wie man so etwas wohl herausfand. Saß da ein Wissenschaftler und zählte jeden Gedanken? Waren Gedanken Gehirnblitze, die irgendein Computer registrieren konnte? Und wie viele Gedanken hatte sie diese Überlegung jetzt gekostet?

Herr Bergner dirigierte Nina in ein kleines Büro und bat sie, auf einem Stuhl vor seinem Schreibtisch Platz zu nehmen. »Möchten Sie Kaffee, Tee, Wasser, Cappuccino?«

»Ja, gerne«, antwortete Nina absichtlich unkonkret, um Herrn Bergner zu foppen.

Der guckte sie erwartungsgemäß verständnislos an. »Äh …?«

»Ja! Das nehme ich gerne alles«, grinste Nina.

Herr Bergner schluckte.

»War ein Scherz«, erklärte sie und ließ sich auf dem Stuhl nieder.

»Ach so …«, Herr Bergner war offenbar komplett Humor-befreit.

»Einen Cappuccino bitte«, erlöste Nina den armen Mann.

Per Telefon gab Herr Bergner die Bestellung bei einer Sekretärin in Auftrag (»Für mich bitte auch eine Tasse, Frau Rinke«), die wenig später mit einem Tablett erschien und die Heißgetränke vor ihnen abstellte.

»Wie kann ich Ihnen helfen, liebe Frau Mertens?« Herr Bergner nahm einen Schluck Cappuccino, legte seine Hände auf der schwarzen Schreibtischunterlage zu einer Merkel-Raute zusammen – und schaute sie erwartungsvoll an.

Nina berichtete ihm von der Hausschwamm-Diagnose und den zu erwartenden Sanierungskosten. Herr Bergner nickte, tippte auf seiner Computertastatur herum und starrte auf seinen Bildschirm.

Nina schaute aus dem Fenster in den trüben Sylter Herbsthimmel und dachte an Jan. Was er wohl gerade machte. Wie schön es wäre, wenn er jetzt hier neben ihr säße …

»… und auf Ihrem Sparkonto befinden sich nur noch etwas über sechzigtausend Euro, Frau Mertens!« Mit nüchternen Zahlen holte Herr Bergner Nina in sein Büro zurück.

60 000 Euro?? So viel?? Und das war für ihn »nur noch«? Nina war froh, dass sich da in den letzten Monaten offenbar wieder etwas angesammelt hatte. Nach dem Kauf des Wohnwagens und ihren Shopping-Exzessen war das Konto damals rapide geschrumpft – und was noch übrig war, war in den Bau und die Ausstattung der Surfschule geflossen.

»Die Surfschule hat in den vergangenen zwei Geschäftsjahren nicht gerade gigantische Gewinne generiert …«, fuhr Herr Bergner fort. »Ich fürchte, Sie kommen nicht drum herum, einen Kredit aufzunehmen, Frau Mertens«, schloss er und legte seine Fingerspitzen erneut zur Merkel-Raute aneinander.

Wenigstens hielt er sie für kreditwürdig.

»Gibt es denn schon ein Angebot der Sanierungsfirma?«, erkundigte er sich und nahm einen weiteren Schluck Cappuccino. In Ninas Kopf tauchte plötzlich wieder das Bild von ihm mit Langhaarperücke auf und sie musste sich sehr bemühen, nicht zu grinsen.

»Das wird aktuell erstellt«, antwortete sie. »Der Sachverständige, der den Schwammbefall begutachtet hat, geht von ca. 500 000 Euro aus!«

»Also eher 600 000 wegen des Mietausfalls und der Umsiedlung der Mietparteien«, ergänzte Herr Bergner, den diese absurd hohe Summe nicht im Mindesten zu schrecken schien.

»Sie haben Glück, die Zinsen sind ja gerade extrem niedrig. Ich werde Ihnen ein Angebot zukommen lassen. Dazu brauche ich aber noch die Grundbücher. Die Häuser sind lastenfrei, soweit ich informiert bin?«

»Ja«, antwortete Nina. Die brave Elli hatte es stets vermieden, Schulden zu machen. Das würde sich ja nun leider ändern.

»Der Kredit wird mit einer Grundschuld besichert«, informierte sie Herr Bergner.

Na prima, dachte Nina deprimiert. Statt für den Rest ihres Lebens finanziell sorgenfrei zu sein, war sie demnächst mit über einer halben Million Euro verschuldet. Super!

Draußen hatte es wieder zu regnen begonnen, die Tropfen klopften leise an die Fensterscheibe.

Westerland bei Regen war wirklich ein Alptraum, befand Nina, nachdem sie die Bank verlassen hatte und sich durch den Verkehr der Maybachstraße schlängelte. Eine willenlose Mischung aus Ruhrpott-Industriegebiet und DDR-Plattenbau-Siedlung: Hässliche 70er-Jahre-Betonklötze, in denen sich Mini-Appartements wie Bienenwaben aneinanderreihten, eine Fußgängerzone, die es so auch in Bochum-Mitte geben könnte – und dazu seltsame Funkmasten und versprengte Altbauten aus einer besseren Zeit. Sie hatte noch nie verstanden, wie man eine so schöne Insel mit einer solchen architektonischen Katastrophe verschandeln konnte.

Und immer noch keine Antwort von Jan …

Zurück im Wohnwagen, hielt Nina es nicht mehr länger aus und rief ihn an. Er nahm auch tatsächlich ab.

»Hallo, Nina«, das klang unbegeistert und müde.

»Hast du meine SMS bekommen?«

»Ja.«

»Und?«

»Ich kann dazu nichts sagen!«

»Hä?«

»Das ändert nichts, Nina. Ich hatte dich außerdem gebeten, mich nicht anzurufen. Ich muss jetzt los.«

Er klang wie ein Roboter. Vollkommen mechanisch, unpersönlich und sachlich.

Hilflos berichtete Nina ihm von der Hausschwamm-Diagnose und der Kreditsumme, die sie vermutlich aufnehmen musste.

»Das tut mir leid für dich, Nina«, war sein lapidarer Kommentar. »Du schaffst das schon. Ich muss jetzt auflegen.«

Zack. Er hatte das Gespräch beendet, die Verbindung war abgebrochen.

Hallo? Fassungslos hielt Nina ihr iPhone in den Händen und starrte aufs Display. War das jetzt wirklich gerade passiert? Hatte er wirklich so genervt-distanziert mit ihr gesprochen, als wäre sie eine Obdachlose, die ihn um ein paar Cent anbettelte?

Hatte er nicht kapiert, dass ihrer beider Existenz auf dem Spiel stand? Na ja, genau genommen nur ihre. Jan hatte sich ja rechtzeitig aus dem Staub gemacht und sich ein neues Standbein gesichert.

War Jan nur wegen des Geldes mit ihr zusammen gewesen? Und jetzt, wo es zur Neige ging, verabschiedete er sich? Die Ratten verließen das sinkende Schiff? Quatsch, befahl sich Nina. Er hatte von dem Hausschwamm ja gar nichts gewusst, als er nach Berlin aufgebrochen war!

Piep! Piep! Eine SMS erschien auf ihrem Handy:

Ich bin noch nicht so weit, Nina. Und ich möchte mich erst mal voll auf mein Studium konzentrieren. Es ist schwer genug. Ich muss etliche Vorlesungen belegen, um die Klausuren schreiben zu können, die mir fehlen. Unser Sexleben bzw. -sterben war ja auch nicht der einzige Punkt …

Na toll! Wütend starrte Nina auf ihr Display. Erstens ließ er sie damit vollkommen im Dunkeln – und zweitens in der Schwebe. Was war das denn jetzt? Wollte er Schluss machen – oder nicht? Und was meinte er mit »nicht der einzige Punkt«? So etwas anzudeuten, aber nicht weiter zu erklären, war wirklich gemein.

Tage- und wochenlang würde sie nun hier sitzen und rätseln … Nina fühlte Wut in sich aufsteigen. Wie konnte er ihr bloß so viel Schmerz zufügen – und sie dann auch noch mit diffusen Vorwürfen hängen lassen?

Aber er war ja auch bequem bei seiner Schwester untergebracht und fühlte sich bestimmt nicht einsam. Wieder mal konnte er sich ganz offensichtlich nicht in sie einfühlen, konnte nicht nachvollziehen, was in ihr vorging und welche Torturen sie seinetwegen durchmachte!

»Nichts ist grausamer als eine Partnerschaft, in der man sich nur deshalb aneinanderklammert, weil man nicht alleine sein will«, hatte sie neulich gelesen. Und es könne für die eigene Persönlichkeitsentwicklung deshalb durchaus bereichernd sein, mal eine Zeit lang alleine zu leben.

Na gut! Dann eben Flucht nach vorne, statt mit dem Rücken an der Wand zu kleben! Als Erstes würde sie diese bescheuerte Pille absetzen. Wenn sie sowieso nicht mehr mit Jan schlief, brauchte sie auch keine Chemie mehr zu essen. Mit 43 würde sie sowieso nicht mehr schwanger werden. Die Wahrscheinlichkeit nahm ja rapide ab, schon mit 37 Jahren lag sie – laut neuesten wissenschaftlichen Erkenntnissen – nur noch bei 13 Prozent.

17

»Na, Insulanerin! Hast du dein Sex-Problem gelöst?« Pling! Im Facebook-Chat ploppte eine Message von Steffi auf, die auch gerade online war. Der Text erschien in einer Blase, wie früher in den Micky-Maus-Comics, die Nina so gerne gelesen hatte.

»Nicht wirklich …«, tippte sie in ihre Antwort-Blase.

»Heißt?«

»Jan hat unser Gespräch mit angehört. ☹«

»Waaaass??« Steffi setzte einen »Entsetzen«-Emoticon hinterher, der aussah wie »Der Schrei« von Edvard Munch.

»Er hat sich eine Auszeit erbeten.«

Steffi schickte ein Fragezeichen.

»Er ist in Berlin, bei seiner Schwester.«

»Hol ihn zurück!«

»Ich hab ihm schon tausend Mails und SMS geschrieben.«

»Auszeit ist der kleine Bruder von Aus«, setzte Steffi in einer weiteren Blase nach. »Eine Trennung in Zeitlupe. Wenn du ihn wiederhaben willst, musst du was tun, Nina!«

»Was denn?« Jetzt hängte Nina den Schrei-Emoticon an.

»Um ihn kämpfen, statt dich selbst zu bedauern!«

»Ich bedaure mich gar nicht!«, schrieb Nina empört. Wie kam Steffi denn darauf. »Ich bin nur traurig!«

»Eben!«

»Hä?«

»Du sitzt da in deinem Wohnwagen rum und leidest märtyrermäßig vor dich hin. Ich kann es mir genau vorstellen!«

»Spinnst du?«

»Hab' ich recht?«

»Hmpf …«

»Ich kenn' dich doch, Nina!«

»Was soll ich denn machen? Er hat sich doch ausdrücklich eine Kommunikationspause erbeten!«

»Fahr hin!«

Nina überlegte. Sie hatte natürlich schon daran gedacht, einfach vor seiner Tür aufzutauchen und ihn zur Rede zu stellen, es aber nicht wirklich ernsthaft in Erwägung gezogen. Er hatte ja deutlich gesagt, dass er seine Ruhe haben wolle. Aber ging es hier nur um ihn? Hatten ihre Bedürfnisse nicht auch eine Berechtigung? In der Liebe und im Krieg war ja bekanntlich alles erlaubt …

Kurz entschlossen buchte Nina ein Bahnticket nach Berlin – erster Klasse. Die war nämlich im »Super-Spar-Preis« erstaunlicherweise billiger als die zweite Klasse. Die Preispolitik der Deutschen Bahn musste man nicht verstehen, dachte Nina sich, man brauchte sich einfach nur darüber zu freuen.

Steffi hatte vollkommen recht: Man konnte für seine Liebe ja auch kämpfen, statt sie widerstandslos verloren zu geben!

18

Nina fühlte sich gut, als sie in der Bahn saß. Durch den Kummer und ihrer daraus resultierenden Appetitlosigkeit hatte sie ein bisschen abgenommen und gestern begeistert festgestellt, dass sie wieder in ihre geliebte »one green elephant«-Jeans passte. Jan würde Augen machen! Optimistisch hatte sie ihrem bauchlosen, erschlankten Spiegelbild zugezwinkert und ihre Reisetasche gepackt.

Endlich war sie von der Passivität in die Aktion geswitcht, vom Warten ins Tun, dachte sie, während draußen die platte Landschaft am Zugfenster vorbeizog.

Agieren statt reagieren, die Flamme sein – und nicht die Motte, die sich darin verbrennt, Hammer statt behämmert, Ameisen-Zertreter statt Ameise!

Sie hatte sich aus der Hilflosigkeit befreit und wieder die Zügel in die Hand genommen.

Ja, bislang war sie auch eine von denen gewesen! Eine von denen, die sich im Leben und in der Liebe alles gefallen ließen, stets »ja, gerne« sagten und in einem daunenweichen Universum ohne Negationen vor sich hin schwebten. Für die Liebe hatte sie stets viel zu viel in Kauf genommen und ihr eigenes Wohlbefinden unmittelbar an das ihres jeweiligen Freundes gekoppelt: War er zufrieden, war sie es auch – weil er es war. Konflikte waren ihr ein Graus. Zu groß war ihre Angst, die jeweilige, oft gar nicht mal so wunderbare, Beziehung zu gefährden. Sie hielt an etwas fest, das ihr nicht guttat – und schuld daran war sie selbst. Weil sie keine Grenzen setzte, der Liebe keine Koordinaten gab. Sie dachte, ich muss immer nur lieb sein, dann geht alles gut, denn dann bleibt er bei mir.

Sie hatte stets an alle und alles gedacht – und dabei die wichtigste Person vergessen: sich selbst! »Liebe deinen Nächsten wie dich selbst« heißt es in der Bibel und nicht: »Liebe deinen Nächsten mehr als dich selbst.« Ihre Eigenliebe und das Selbstbewusstsein, für die eigenen Bedürfnisse einzustehen und sie auch durchzusetzen, waren ihr irgendwie abhandengekommen. Aber wann? Und warum?

Auffällig viele Frauen ihrer Generation litten unter dem »Liebheits«-Syndrom. Frauen, die dachten, sie müssten Liebe kaufen durch Nachgeben und Selbstaufgabe – genau wie Nina. Eine Rechnung, die nie aufging, denn Liebe ohne Reibung erzeugte weder Wärme noch Hitze, war leidenschaftslos und unspannend für den anderen und lähmte jegliche Entwicklung. Aber Nina war tatsächlich davon überzeugt, nur dann liebenswert zu sein, wenn sie nicht unbequem war, keine Fehler, keine Schwächen, keine Bedürfnisse hatte. Doch es zeugte von großer Stärke, Schwächen zu zeigen, denn Schwächen waren intim, und Intimität schuf Nähe. Dass sie Jan dadurch die Chance genommen hatte, sie wirklich kennenzulernen, sie zu verstehen und ihr zu helfen, war ihr bisher nicht wirklich klar gewesen.

Liebe verlor man nicht durch ein Nein. Eher durch zu viele »Jas«.

Selbstbewusste Menschen, die wussten, was sie wollten, und klare Grenzen zogen, wurden erwiesenermaßen viel mehr geliebt. Warum sonst heirateten Männer Zicken und verließen die soften Muttis? Eine attraktive Partnerin sollte eher Diva sein als Kuschelkissen. Angelina Jolie statt Mutter Teresa. Sie würde sich Jan jetzt zurückholen, Klartext mit ihm reden – auch im Bett – und ihre Beziehung auf Augenhöhe neu aufbauen. Sie liebte ihn, dessen war sie sich nach den vergangenen Tagen sehr sicher, und Liebe fand bekanntlich immer einen Weg. Vielleicht hatte sie ihm tatsächlich zu wenig von sich gezeigt, zu viel mit sich alleine ausgemacht und nicht gemerkt, dass dabei die Nähe zwischen ihnen verloren gegangen war. Das würde sich jetzt ändern!

Zuversichtlich, was den Erfolg ihrer Mission betraf, kaufte sie sich im Bahnhof Altona, wo sie in den ICE nach Berlin umsteigen musste, ein belegtes Baguette und einen Kaffee.

Sie stieg in den ICE und durchquerte die noch leeren Waggons, bis sie ihren reservierten Platz an einem Vierertisch am Fenster gefunden hatte. Zufrieden setzte sie sich und packte ihre Baguette-Tüte auf den Tisch.

Am Hauptbahnhof wurde der Zug schlagartig voll. Gefühlte tausend Menschen warteten am Bahnsteig und schoben sich eilig in die Waggons der zweiten Klasse. Das würde ein furchtbares Gedränge in den Gängen geben.

Nina gratulierte sich zu ihrem 1.-Klasse-Ticket,

denn da an ihrem Tisch kein weiterer Sitz reserviert war, würde sie trotz der Fülle eine angenehm unbelästigte Fahrt haben.

»Nina?? Nina Mertens?? Bist du das?« Eine elegante Frau im edlen Burberry-Trench starrte sie euphorisch an.

»Äh, ja?«, antwortete Nina.

»Ich bin's! Nicole! Nicole Hubner! Na, das ist ja ein Zufall! Darf ich mich setzen?«

Ohne die Antwort abzuwarten, wuchtete Nicole Hubner ihren Rimowa-Trolley auf den Platz am Fenster.

Nicole Hubner war das hässlichste Mädchen der Straße gewesen, in der Nina aufgewachsen war. Nein, das konnte nicht sein, dachte sie, während die Frau, die behauptete, Nicole Hubner zu sein, sich aus ihrem Trench schälte. So drastisch konnte die Natur sich nicht wandeln. Konnte sie anscheinend doch, denn langsam erkannte Nina einiges wieder: die glatten Haare, die Farbe ihrer Augen und ihr Lächeln.

»Mensch, Nicole, das ist ja eine Überraschung …«, stotterte Nina. Sie hatten ihre halbe Kindheit zusammen verbracht. Nicole trug damals eine Zahnspange mit Plastik-Aufbewahrungs-Box, die ihr um den Hals hing, hatte eine elektrisiert abstehende Pagenkopf-Frisur in Schrankwand-Farbe – und eine Brille mit lila Hornfassung, deren zentimeterdicke Gläser Nicoles Augen auf zehnfache Größe anwachsen ließen.

Sie hatten sie immer geärgert. Und am schlimmsten fanden sie ihren Namen: Nicole! So hießen damals nur Doofe.

»Nina, ach wie schön! Ich hab' dich sofort erkannt! Du hast dich gar nicht verändert! Wir haben uns ja über – lass mich überlegen – 30 Jahre nicht gesehen!« Die Ex-Doofe setzte sich Nina gegenüber und guckte sie begeistert durch ihre stylische Tom-Ford-Brille an.

Das konnte Nina leider nicht zurückgeben, denn Nicole hatte sich total verändert: Aus der hässlichen Raupe war ein wunderschöner Schmetterling geworden.

»Du aber schon«, sagte sie deshalb. »Du siehst phantastisch aus!«

»Danke«, sagte Nicole verlegen, »du aber auch!«

»Und was machst du so?«, wollte sie wissen. »Hast du Mann, Haus, Kinder?«

»Ich betreibe auf Sylt eine Surfschule«, antwortete Nina, ohne auf die Frage nach ihrem Familienstand einzugehen.

»Echt? Wie cool! Hast du eine Website?«

»Ja, klar. Musst unter ›Ellis Roller Coaster Ridings‹ googeln. In einem Wort.«

Nicole notierte sich den Link in ihrem Handy.

»Und du?«, fragte Nina. »Was machst du so?«

»Ich bin Chefin einer Werbeagentur.«

»Wow!« Nina fehlten die Worte. Chefin, das war vermutlich Understatement pur. Bestimmt hatte sie 20 Angestellte und verdiente Millionen.

»Toll«, stammelte sie. »In Berlin?«

»Ja klar. Da geht kreativ ja gerade die Post ab.« Nicole lächelte sie an. »Und was machst du in Berlin?«

»Ich besuche meinen Freund. Der studiert da Medizin.«

Nicole zog erstaunt die Augenbrauen hoch. »So jung noch?« Sie grinste. »Glückwunsch!«

Das Gespräch wurde Nina zusehends unangenehmer.

»Du entschuldige«, sagte Nicole zu ihrer Erleichterung. »Ich muss dringend noch einen Pitch checken!« Sagte es, klappte ihr Laptop auf und versank darin.

Noch 95 Minuten bis Berlin. Nina schnappte sich eine Zeitung, faltete sie auseinander und freute sich, dass sie dadurch wie hinter einer Art Paravent vor Nicole verschwand.

Als Nina noch als Graphikerin bei der »Woman« gearbeitet hatte, hatte sie mal eine Kollegin in der Umkleide eines Sportclubs getroffen. Nina hatte nach dem Fitness-Training zwei Saunagänge absolviert, und ihr erhitzter Körper schwitzte beim Anziehen noch ziemlich nach. Das war ihr vor der Kollegin peinlich, deshalb versuchte sie es schweißüberströmt mit einem kollegialen Schulterschluss: »Schrecklich, dieses Nachschwitzen immer, oder?«

»Welches Nachschwitzen?«, fragte die eiskalt, schaute Nina demonstrativ irritiert an und ließ sie dadurch voll auflaufen. »Ich schwitze nie nach!«

Nina erstarrte.

»Komisch! Dir tropft es ja richtig die Nase runter. Solltest du vielleicht mal untersuchen lassen.«

Sagte es, griff sich ihre Tasche – und verschwand. Transpirationsfrei.

Nina hatte sich selten so gedemütigt gefühlt. Seitdem unterteilte sich die Welt für sie in Nachschwitzerinnen und Nie-Nachschwitzerinnen. Nicole war mit Sicherheit Letzteres, so perfekt gestylt, wie sie war.

»Du hast dir doch damals diese Mutprobe ausgedacht, wo man sich mit einer Stecknadel in die Pobacke piksen sollte«, sagte Nicole unvermittelt durch

Ninas Zeitungs-Schutzwand hindurch. »Das habe ich nie vergessen!«

Beschämt ließ Nina die Zeitung sinken. Ach du Scheiße, jetzt nicht auch das noch!

»Und Garten-Schleichen – das war doch auch deine Erfindung, oder?« Nicole lachte.

»Mmmmh«, bestätigte Nina und sah in Nicoles Augen, dass ihr gerade dieselbe Erinnerung durch den Kopf ging. »Garten-Schleichen« ging so: Man musste sich sorgfältig in »Tarnkleidung« wanden (militärgrün, braun oder schwarz – je nach Tageszeit), um anschließend durch die Gärten der vornehmen Hamburger Villengegend zu robben, in der sie aufgewachsen waren. Oder kriechen. Oder eben schleichen. Das war spannend – war ja verboten – und man konnte alles Mögliche beobachten, wenn man vom Garten aus in die erleuchteten Fenster glotzte.

Nicole wurde dabei mal von einem aufmerksamen Eigentümer erwischt, weil sie immer so langsam war. Wutentbrannt hatte der ihre Mutter angerufen, die sich am meisten darüber wunderte, dass ihr Kind Tarnkleidung trug.

Nina fielen noch mehr Mutproben ein. »Pupse einatmen« zum Beispiel – eine Idee ihres Cousins. Wer es am längsten mit der Nase am Hintern von jemand anders aushielt, hatte gewonnen.

»Nicole, es tut mir leid, was damals alles passiert ist«, setzte Nina zögernd an. Aber Nicole lachte nur und sagte: »Schon gut! Die Zeit mit euch war die schönste meiner Kindheit! Ich glaube nicht, dass ich heute da wäre, wo ich bin, wenn ich euch nicht kennengelernt hätte!«

Nina war gerührt.

»Weißt du noch, dieser Frankreich-Urlaub in eurem roten R4, als wir im Freien auf einem Feld übernachtet haben? Ich hatte bis dahin noch nie so viele Sterne gesehen – das war unglaublich schön«, sagte Nicole und guckte dabei leicht verklärt.

Klar erinnerte Nina sich. Sie erinnerte sich aber auch an den aufgebrachten französischen Polizisten, der sie um fünf Uhr morgens geweckt und unter lautem Gezeter vertrieben hatte.

Und daran, dass ihre Schlafsäcke total klamm waren.

Vor allem aber erinnerte sie sich daran, dass das Feld gar kein Feld war, sondern eine Parkbucht an der Straße. Und sie hatten dort nicht aus romantischen Gründen übernachtet, sondern weil Ninas Mutter nach 16 Stunden Fahrt die Augen zugefallen waren.

Nicoles Handy klingelte. »Alles klar, Sonja! Halt sie noch ein bisschen hin«, rief Nicole in ihr iPhone. »Ich bin gleich da!«

Sie beendete das Gespräch, schenkte Nina ein strahlendes Lächeln mit blendend weißen Zahnreihen und versank wieder hinter ihrem Laptop-Bildschirm. Bis zum Hauptbahnhof arbeitete sie durch und verabschiedete sich dann hektisch und ziemlich missgelaunt. »Die Jungs bauen echt nur Mist!«

»Meld' dich doch mal«, rief sie Nina im Umdrehen zu und rannte mit ihrem Handgepäck-Trolley eilig Richtung Rolltreppe. Den Umstand, dass sie gar keine Handy-Nummern ausgetauscht hatten, hatte sie offenbar vergessen. Nina fand es nur mäßig schlimm.

19

»In die Hannoversche Straße, bitte!« Am Washingtonplatz stieg Nina in ein Taxi. Der Fahrer nickte und fuhr los. Berlin! Wie sehr sie es jedes Mal wieder genoss, am Spreebogenpark des imposanten, weitläufigen Regierungsviertels anzukommen. In Berlin waren die Straßen breiter, die Luft leichter und die Menschen netter als im Rest Deutschlands, fand sie.

Erstaunt nahm sie in der Friedrichstraße die Ballung asiatischer Lokale wahr: Vietnamesen, Thailänder, Sushi-Stores, Japaner – zu Ninas Großstadt-Zeiten waren es Döner-Läden gewesen, indische Imbisse, portugiesische Cafés und italienische Tramezzini-Spots. Angesichts dieses Generationensprungs fühlte sie sich plötzlich ein bisschen alt. Beziehungsweise altmodisch …

Als der Taxifahrer sie vor Jans Haus absetzte, klopfte ihr Herz wie tollwütig. Würde er da sein? Würde er sich freuen – oder ihr die Tür vor der Nase zuknallen?

Es war Samstagnachmittag – unwahrscheinlich, dass Jan da in der Uni war. Da die Haustür offen stand, stieg Nina die Treppen hoch, atmete vor seiner Wohnung noch einmal tief durch, fuhr sich durchs Haar – und klingelte!

Nichts passierte.

Sie klingelte noch mal.

Nun hörte sie Schritte. Die Tür ging auf – und Jan stand vor ihr. Barfuß, in Jeans und T-Shirt. Seine Muskeln zeichneten sich deutlich unter dem T-Shirt-Stoff ab, ihr Blick wanderte zu den hervorstehenden Adern an seinen Unterarmen, die sie so liebte. Ihr Herz klopfte schneller. Jan! Ihr geliebter Jan! Endlich!!

»Nina! Was machst du denn hier??«

Jan wirkte nicht gerade erfreut, starrte sie verblüfft an und machte keinerlei Anstalten, sie hereinzubitten.

»Ich dachte, wir reden mal«, sagte Nina. »Willst du mich nicht reinlassen?«

»Doch, klar«, stammelte er, zog die Tür weiter auf, trat zurück und machte eine einladende Geste, indem er seinen Arm Richtung Flur schwenkte.

»Am besten, du setzt dich kurz«, sagte Jan und wies auf einen Stuhl am Küchentisch. »Lass uns lieber zum Italiener runtergehen. Da ist es gemütlicher, und ich kann was essen. Ich zieh' mir nur schnell was über.«

Er ließ Nina in der Küche allein. Statt sich zu setzen, schaute sie sich neugierig um. Hier lebte er also: Vom Fenster sah man in den Hinterhof und auf die gegenüberliegende Hauswand. Ein alter Holztisch, eine kleine Arbeitszeile – alles sauber und ordentlich. Jans Schwester schien für einen funktionierenden Haushalt zu sorgen …

»So, jetzt können wir los.« Mit einer Jacke über den Schultern und ungeschnürten Chucks an den Füßen, kam Jan zurück in die Küche.

Schweigend schritten sie im Treppenhaus hintereinander die Stufen hinab. Im Erdgeschoss gab es ein gutes italienisches Restaurant. Nachdem sie auf dem roten Kunstlederpolster der Sitzbank Platz genommen hatte, bestellte Nina sich erst mal Chianti. Hunger hatte sie nicht, dafür war sie viel zu aufgewühlt.

Jan studierte ausgiebig die Karte und orderte sich erst Pasta und anschließend ein Steak.

»Das Büffeln über den Büchern zehrt ganz schön aus«, lachte er entschuldigend.

»Das Gehirn ist ja auch eine Art Muskel«, plapperte Nina, »… und Denken deshalb so anstrengend wie Sport! Konzentration verbrennt jede Menge Kalorien!« Während die Worte aus ihrem Mund sprudelten, fragte sie sich, was – um Himmels willen – sie da für einen Schwachsinn von sich gab. Es ging doch eigentlich um etwas ganz anderes.

»Ja, das ist eine Erklärung …«, sagte Jan etwas abwesend. Der Kellner brachte den Wein.

»Ich kann einfach nicht fassen, dass du mich im Bett die ganze Zeit angelogen hast, Nina«, brachte Jan das Gespräch auf den Punkt, nachdem sie angestoßen hatten.

Nina schluckte. Jetzt ging es also los. Gong! Der Start zur ersten Runde.

»Nimm es doch als Kompliment, Jan«, versuchte es Nina. »Ich wollte dich einfach nicht verlieren.«

»So ein hirnrissiger Scheiß!« Jan knallte empört sein Glas auf den Tisch. »Niemand wird gerne verarscht – auch ich nicht! Du verlierst mich eher durch lügen! Außerdem war es total demütigend, deine Freundinnen über mich herziehen zu hören.«

Nina nickte.

»Ich kann denen doch nie wieder unter die Augen treten.«

»Ach, die doofen Hühner«, winkte Nina ab. »Denen erzähle ich einfach, dass es komplett an mir lag und du die totale Granate bist – und dann ist alles wieder gut! Dann musst du wahrscheinlich eher aufpassen, dass du nicht von ihnen hinter die Heckenrosen gezerrt wirst.«

Nina lachte.

Jan nicht.

»Das ist ja auch nicht das Einzige«, sagte er und schaute in sein Glas. »Ich hatte in den letzten Monaten einfach das Gefühl, in eine Sackgasse geraten zu sein. Ist das jetzt alles? War's das? Das habe ich mich ganz oft gefragt. Deshalb ja auch die Idee mit dem Studium …«

»Und ich dachte, du wärst so glücklich, den ganzen Tag auf dem Surfbrett«, warf Nina ein. »Das war es doch, was du immer wolltest! Die Schule war doch dein Traum!«

»Ich bin ja auch glücklich auf dem Wasser, Nina«, Jan schob sich eine Gabel Pasta in den Mund, die ihnen inzwischen serviert worden war. »Aber das mache ich schon seit Jahrzehnten. Es muss doch noch mehr geben! Ich brauche einen Plan, eine Vision.« Er kaute, schluckte und spülte mit Rotwein nach.

»Du meinst Kinder, oder?«

»Auch«, sagte Jan. »Ich bin jetzt 35, und ich will kein alter Vater sein. Ich habe tatsächlich diesen spießigen Traum von einem guten Job, einer Horde Kinder und einem eigenen Garten …«

Er schaute Nina an.

»Ist ja gut«, sagte Nina. »Mit dem Traum könnte ich mich ja vielleicht auch arrangieren …«

»Kannst du nicht«, sagte Jan. »Dein Traum ist der Wohnwagen – und Sylt.«

»Willst du weg von Sylt?«

»Vielleicht …« Jan schaute nachdenklich auf seinen halbvollen Teller und leerte sein Glas.

Nina schenkte nach.

»Ich brauche noch ein bisschen Zeit für mich, Nina.«

»Und was ist mit mir?«, rief Nina aufgebracht. »Wie soll ich das überstehen? Denkst du eigentlich auch mal daran, wie sich das alles für mich anfühlt? Und wie ich leide?«

Er sah sie traurig an.

»Ja, schon …«

Sie tranken die Flasche leer, und Nina musste schwören, ihm im Bett nie wieder etwas vorzuspielen. Für alles andere fanden sie nicht wirklich eine Lösung.

Als sie vor Jans Haustür standen, küsste Nina ihn einfach. Sehr intensiv – und sehr lange. Der Motor sprang an. Wie Ertrinkende fielen sie in Jans Bett übereinander her. Es fühlte sich so gut, so vertraut an. Zumindest für Nina. Und Jan war erstaunlich viel zärtlicher und einfühlsamer als früher.

»Hey, hast du geübt?«, fragte Nina ihn mittendrin mit roten Wangen.

»So ein Quatsch!« Er wurde fast wütend.

»Ist ja gut! Mach weiter«, murmelte sie und zog ihn wieder zu sich.

Sie fühlte sich so geborgen, endlich zurück in seinen Armen. Die Euphorie, ihn wieder zu spüren und zu riechen, die Erleichterung, dass der Schmerz nachließ – und die nicht ganz unerhebliche Menge Chianti, die sie intus hatte, bewirkten, dass sie sich besser fallen lassen konnte. Sie kam zwar nicht – aber immerhin fast! Und: Sie spielte ihm nichts vor. Sie hatten sich ja darauf geeinigt, dass es nicht schlimm wäre, wenn sie keinen Höhepunkt bekam.

Sie würden die Sache mit dem Sex schon hinbekommen, dachte Nina zuversichtlich. Sie liebte ihn so sehr und würde ihn einfach mehr dirigieren, ihm mehr signalisieren. Sie müssten den Tanz eben zusammen neu lernen, damit am Ende ein feuriger Tango draus würde. Nina war optimistisch. Sie spürte ihn einfach gerne, und wenn der Climax-Stress raus war, machte es ihr auch wieder Spaß, mit ihm zu schlafen.

Absichtlich hatte sie kein Kondom gefordert. Sie hatte die Pille ja gerade erst abgesetzt, und schwanger würde sie vermutlich eh nicht mehr werden – und falls doch: Jan wollte ja unbedingt Kinder.

Bestens gelaunt stieg sie am nächsten Morgen aus dem Bett, in dem Jan noch tief und fest schlief. Jetzt würde alles wieder gut werden. Vielleicht könnten sie ja eine Wohnung bei Airbnb zusammen mieten, solange er in Berlin bleiben musste. Und sie würde ihn bekochen und versorgen, während er studierte. Zwei, drei Monate Großstadt würden auch ihr guttun. Sylt im Winter, wo ab 16 Uhr die totale Dunkelheit herrschte und die Bürgersteige hochgeklappt wurden, war schließlich nicht besonders reizvoll …

Optimistisch schlurfte sie in die Küche, um Kaffee und Tee zu kochen.

»Ding-Ding-Ding!« Eine SMS ging auf ihrem iPhone ein. Wo hatte sie es bloß hingepackt? Da, auf dem Küchentisch? Nein, das war Jans. Die SMS, die

Nina gehört hatte, blinkte darauf zum zweiten Mal. Beim iPhone war der Text stets sofort auf dem Display zu lesen. Nina wollte nicht hingucken, aber das Wort »Süßer« zog ihre Aufmerksamkeit an. Sie griff sich Jans Handy, ohne die SMS aufzuwischen. Was sie lesen konnte, reichte ihr auch so schon:

»Ich vermisse dich auf mir, Süßer! Wo warst du denn gestern? Meld' dich! Küsse, Mila.«

Auf mir?? Fassungslos starrte Nina auf die Buchstaben der SMS, die vor ihrem Auge verschwamm. War das jetzt wirklich wahr? Hatte Jan eine Affäre?

Nina wurde so schlecht, dass sie sich setzen musste. Und nun? Ihn wecken und zur Rede stellen? Sie war so verwirrt, dass sie erst mal Zeit zum Nachdenken brauchte. Und die würde sie hier in der Küche kaum finden. Entschlossen packte sie ihre Sachen, verließ die Wohnung und rief sich vor der Haustür ein Taxi zum Bahnhof.

»Sag ihr doch, dass du gestern stattdessen auf mir gelegen hast, du Arschloch!«, schrieb Nina Jan im Taxi eine SMS. »Ich wünsch' dir noch ein schönes Leben.«

20

Die braunen, herbstmatschigen Ackerflächen, Wiesen und Wälder der Ex-DDR flogen am ICE-Fenster vorbei und passten perfekt zu Ninas Stimmung. Dieser verlogene Mistkerl hatte doch tatsächlich die Auszeit genutzt, um sich einen neuen Betthasen zu suchen! Unglaublich! Nina konnte es immer noch nicht fassen. Wie nach einem Unfall fühlte sie noch keinen Schmerz, sondern nur Schock und Fassungslosigkeit. Was bedeutete diese Mila für ihre Beziehung? Hatte er sich ernsthaft in sie verliebt? Oder war sie »nur Sex« und hatte »überhaupt nichts« mit ihnen zu tun, wie Männer so gerne behaupteten?

Ninas Handy klingelte Sturm. Jan versuchte ununterbrochen, sie zu erreichen, und bombardierte sie mit SMS. Doch Nina brauchte erst mal etwas Zeit, um Luft zu holen und klare Gedanken zu fassen. Außerdem hatte sie keine Lust auf ein Telefonat, das dauernd abbrach, weil die Netzabdeckung auf der Strecke Berlin-Hamburg so katastrophal war. Das Gespräch würde schon dramatisch genug werden …

In Hamburg-Altona stieg sie in den Regional-Express nach Westerland, der auf dem gegenüberliegenden Gleis schon bereitstand, und schaltete die Playlist auf ihrem Handy an. Zu den Klängen von Carla Bruni trug der Zug sie durch die platte Landschaft Schleswig-Holsteins. Der Himmel war grau, es regnete in Strömen, und Nina musste sich sehr zusammenreißen, nicht durchgehend zu heulen. Sie war so enttäuscht! Die Reise nach Berlin zu Jan hatte keinen Neustart eingeläutet, sondern – im Gegenteil – offenbar eher das Ende ihrer Beziehung. Konnte es noch blöder laufen?

Sie versuchte, in den Gesichtern der Mitreisenden zu lesen. Ob die alle glücklich waren? Oder durchlitt jemand von ihnen auch gerade einen ähnlichen Schmerz wie sie?

Nach insgesamt sechs Stunden Rückreise schloss Nina im Westerländer Bahnhofs-Parkhaus ihren alten Benz auf und brauste nach Kampen. Sie holte Mäxchen von Sörensen und Margit ab, der ihr – außer sich vor Freude – hüpfend in die Arme sprang, und nahm im Wohnwagen erst mal eine heiße Dusche.

Mann, tat das gut, den ganzen Schmerz und Stress abzuspülen.

Nachdem sie sich einen heißen Pfefferminztee gekocht hatte, fühlte sie sich bereit für ein Gespräch mit Jan. Ganze 21 Mal hatte er inzwischen versucht, sie zu erreichen. Immerhin. Nina freute sich, dass sie ihm offenbar noch nicht ganz egal war.

Schon nach dem ersten Klingeln ging Jan dran. Es schien ja fast so, als habe er sehnlichst auf ihren Rückruf gewartet.

»Nina!! Endlich rufst du an!« Jan klang gehetzt und sehr erleichtert. »Es tut mir so leid …«

»Was tut dir leid?«, fragte Nina scharf.

»Na, dass du die SMS von Mila gelesen hast!«

Das war nicht die Antwort, die Nina hatte hören

wollen. Sie hatte gehofft, dass von ihm etwas Flehentliches oder zumindest Relativierendes wie »ist alles ein riesiges Missverständnis«, »bedeutet gar nichts« oder »war für Chris« kommen würde.

»Warum tut dir das leid?«, fragte sie deshalb.

Und dann kam er, der Satz, vor dem sie sich am allermeisten gefürchtet hatte: »Weil ich nicht wollte, dass du auf diese Weise erfährst, dass ich jemanden kennengelernt habe.«

»Wo hast du sie denn kennengelernt? In der Uni?«, fragte Nina mit belegter Stimme und dickem Kloß im Hals, um abzulenken. War es nicht vollkommen egal, wo sich die beiden kennengelernt hatten?

»Nee, bei Tinder«, antwortete er knapp. Er klang verlegen.

»Bei Tinder??«

»Ja. Chris hatte davon so geschwärmt, als er bei uns auf Sylt war«, erklärte Jan.

»Bei uns« – immerhin hatte er noch »bei uns« gesagt, dachte Nina und klammerte sich an die zwei Worte, wie an einen Rettungsring. So lange er noch »uns« sagte, war vielleicht noch nicht alles verloren.

»Ich war neugierig und wollte das mal ausprobieren«, fuhr Jan fort. »Und dann ploppte Mila auf.«

»Und nun?«, fragte Nina. »Was ist das jetzt mit euch?«

Jan schwieg.

»Bist du in sie verliebt?« Nina schloss die Augen und betete um ein »Nein«.

»Sie erfüllt meine Bedürfnisse«, sagte Jan.

Pause.

»Und ich ihre.«

Ausrufungszeichen.

»Wenn du verstehst, was ich meine. Sie ist jedenfalls zufrieden mit mir. Und das tut mir gut …«

Nina verstand sehr genau – und das tat weh.

»Wie alt ist sie denn?« Schon wieder rutschte ihr eine Übersprungs-Frage raus. Auch Milas Alter war doch im Grunde vollkommen egal.

»28«, sagte Jan.

»Acht Jahre jünger als du«, rief Nina verblüfft. Und 15 Jahre jünger als ich, dachte sie schockiert.

»Nee, nur sieben, haben wir neulich ausgerechnet«, sagte er und Nina konnte durch den Hörer hören, wie er dabei versonnen schmunzelte.

»Wir!« Er hatte tatsächlich »wir« gesagt! Und damit Mila und sich gemeint. Und nicht mehr Nina und sich. Nina schluckte.

»Mila ist Halb-Kubanerin und kann so toll tanzen, dass ich mich gar nicht mehr auf die Tanzfläche traue …«, sagte Jan kichernd. Und entschieden zu begeistert.

»Aha.« Nina konnte nicht fassen, dass sie sich das tatsächlich anhörte.

»Und warum hast du dann noch mal mit mir geschlafen?«

»Du wolltest ja unbedingt!« Sie hörte ihn grinsen. »Und ich hatte den Eindruck, dass du es auch nicht ganz scheiße fandest …«

Der tollvorkommerische Unterton seiner Stimme war nicht zu ertragen. Nina knallte den virtuellen Hörer auf und schaltete ihr Handy aus. Sie hatte genug gehört.

Es tat furchtbar weh. Wie eine Brandwunde. Als

wäre sie mit dem Kopf gegen eine Mauer gerannt. Als wären ihre Füße erfroren und würden langsam wieder auftauen. Ein unerträglicher Schmerz, der ständig intensiver wurde.

Seine neue Freundin war 15 Jahre jünger als sie. 15 Jahre!! Nina fühlte sich schlagartig alt, ungelenk – und unsexy. Als wäre sie in einer Minute um 30 Jahre gealtert.

Sie war vollkommen entsetzt. Restlos schockiert.

Dieses Arschloch! Hatte sie einfach abserviert und schon längst eine andere. War einfach auf das nächste Boot gesprungen. Er hatte sie komplett verarscht – und sie hatte sich tagelang gequält, hatte gelitten, geweint und gehofft. Wie blöd war sie eigentlich? Na, damit war jetzt endgültig Schluss. Jetzt, genau jetzt, in dieser Sekunde, würde sie ein neues Leben beginnen.

Ein Leben ohne Jan!

Wutentbrannt riss sie seine restlichen Klamotten und Schuhe aus dem Schrank, fegte seine Bücher und CDs aus den Regalen und stopfte alles in einen großen Müllsack, den sie aus der Wohnwagentür schleuderte. Er platzte auf, und Jans Sachen ergossen sich auf die regennasse Terrasse.

Nina setzte sich auf die Eingangsstufen der offenen Tür und heulte. Heulte, heulte, heulte, bis Max kam und ihr bestürzt die Tränen von der Wange leckte.

Sie kam sich furchtbar einsam und verlassen vor. Fühlte sich müde und kraftlos. Nicht mehr geliebt zu werden von jemandem, der einen mal sehr geliebt hat, tat schrecklich weh. Und am meisten weh tat das Gefühl, es selbst verschuldet zu haben.

War Mila das »M.« vor der Handynummer, die Jan

auf den Sansibar-Bon gekritzelt hatte? Die Kubanerin? Hatte er sie hier auf Sylt kennengelernt, als er mit Chris die ganze Nacht mit der Triumph unterwegs war? Ging das mit den beiden am Ende schon so lange?

Sie schleppte sich zum Laptop und schrieb eine wütende Mail an Jan:

Ich bin vollkommen schockiert, dass du mich einfach so austauschst! Zack, die Nächste bitte! Kein Blick zurück. Als ob dir die zwei Jahre mit uns überhaupt nichts bedeutet hätten. Als wenn du mich nie geliebt hättest. Da kommt eine, die gut tanzen kann und Sex mit dir will – und dann nimmste halt die. Hast du eigentlich ein Herz? Irgendwelche ernstzunehmenden Gefühle? Ich bin vollkommen fassungslos. Zutiefst, wirklich zuallertiefst verletzt. Ich kann mich nicht erinnern, in meinem Leben jemals so verletzt gewesen zu sein. Du behandelst mich, als wäre ich eine leere Packung Gummi-Teddys. Alles aufgegessen, Packung zerknüllen und weg damit. Jetzt ein Eis bitte.

Nina schickte die E-Mail los und verkroch sich mit Mäxchen ins Bett.

21

Die nächsten Tage waren hart. Nina fühlte sich wie angeschossen. Jetzt war also auch ihr tatsächlich das Klischee passiert, das sie nie für möglich gehalten hätte: Sie war für eine jüngere Frau verlassen worden. Was für ein Geheimnis von der Stange er da gehütet hatte!

Aus- und durchhalten stand nun auf Ninas Programm. Den Schmerz aushalten und darauf hoffen, dass er ein bisschen nachlassen würde. Unfähig, ihre Tage zu planen, starrte sie oft stundenlang vor sich hin, hing komplett durch und versank in Selbstmitleid. Auf ihre E-Mail hatte sie von Jan keine Antwort bekommen – und auch sonst nichts mehr von ihm gehört. Er schien sie ohne Blick zurück aus seinem Leben gestrichen zu haben.

Mit jedem Tag, den er nicht zurückkam, versteinerte sie mehr. Sie fühlte sich so hilflos und machtlos.

Ihr Tagesgerüst bestand aus Aufstehen, mit Max eine Morgenrunde drehen, im Internet surfen, schwimmen in der Sylter Welle, Mittagschlaf halten und danach einen großen Nachmittags-Spaziergang mit Max unternehmen. Meist wurde es dann schon dunkel.

Wenn sie nichts mit Margit unternahm, kochte sie Abendessen, sah fern und ging früh ins Bett. Jede Sekunde hoffte sie dabei, dass Jan plötzlich in der Tür stünde und reumütig zu ihr zurückkehrte – und endlich alles wieder so wäre wie früher.

Die Angebote zweier Fach-Firmen trafen ein – die Sanierung würde tatsächlich knapp 500 000 Euro kosten. Nina nahm das Kreditangebot von Herrn Bergner an und stimmte einer Abzahlungsrate von 2000 Euro im Monat zu.

»*You don't know, what you got, 'til it's gone*«, hieß es. Wie wahr dieser Spruch war, erfuhr Nina nun schmerzhaft am eigenen Leib – oder besser am eigenen Herz. »Einsam ist, wer für niemand die Nummer 1 ist«, sagte man – auch das stimmte.

Jeder Mensch möchte von einem anderen einzigartig gefunden werden. Beim Zähneputzen dachte Nina daran, wie Jan zum Beispiel ihren vorstehenden Schneidezahn durch seine Liebe geadelt, ihren vermeintlichen Makel zu etwas Besonderem gemacht hatte, weil er ihn so »süß« fand. Ohne Jan war der Zahn wieder nur ein vorstehender Zahn. Nina liefen vor dem Badezimmerspiegel die Tränen übers Gesicht.

Wie hieß es doch schon in der Bibel: »Und wenn ich weissagen könnte und wüsste alle Geheimnisse und alle Erkenntnis und hätte allen Glauben, also dass ich Berge versetzte, und hätte der Liebe nicht, so wäre ich nichts.« (Matthäus 7,22)

Jan hinterließ eine riesige Lücke. Genau deshalb hatte sie sich als Kind, nach der Scheidung ihrer Eltern, an Sachen geklammert – Sachen konnten einen wenigstens nicht verlassen! Die weißen, halbhohen Adidas-Turnschuhe mit den blauen Streifen, ihr Steiff-Panther, ihr Taschenmesser – dies alles blieb für immer bei ihr. Auch jetzt noch. Nur Jan war weg …

Nina fühlte sich innerlich wie nach einem Waldbrand, ihre Seelenlandschaft bestand aus verbrannter Erde und verkohlten Baumstümpfen. Jan hatte die Farbe mitgenommen, Ninas Leinwand zeigte nur noch Grautöne.

»It ain't over, 'til it's over«, »Nothing compares to you« und »I sail this ship alone« liefen in Dauerschleife in ihrer iPhone-Rock-Box. Sie verlor sich in Selbstvorwürfen, drehte sich im »Könnte, sollte, hätte«-Kreis und tat sich sehr leid. Jan war weg und hatte sie mitgenommen – so fühlte es sich an.

Fast jede Nacht schreckte sie aus dem immer gleichen Alptraum hoch, schweißgebadet, mit Herzrasen und wild klopfendem Puls: Jan und seine neue Freundin lachten sie aus. Oder die Kubanerin war schwanger – sie war schließlich noch jung genug und Jan wollte ja unbedingt Kinder. Oder die beiden heirateten.

Der Schmerz, das Gefühl des Verrates und des Verlassenseins, war kaum auszuhalten. Erst wenn der Morgen graute, schlief sie wieder ein und erwachte dann völlig zerschlagen zwei Stunden später.

Sie litt wie ein Tier.

Tagsüber fragte sie sich ständig, was er wohl gerade machte. War er glücklich? Lag er mit Mila im Bett? Lachte er? Streichelte er verliebt die Lachfalten an ihren Mundwinkeln? Tanzte er, während sie hier vor Schmerz und Einsamkeit fast verging? Sie musste sich zwingen, nicht darüber nachzudenken …

Sie begann zahlreiche Briefe, in denen sie versuchte, die richtige Buchstaben-Kombination zu finden, um Jan zurückzuholen. Bei den meisten tropften ihr die

Tränen auf die Tastatur. Sie versuchte tausend Mal, Jan zu erreichen, aber er nahm nie ab. Drückte sie entweder weg oder hatte das Handy aus. Sie sprach ihm auf die Mailbox, aber er meldete sich nicht zurück. Auch ihre SMS blieben ohne Resonanz. Jan hatte sich einfach aus ihrem Leben ausgeklinkt.

Zur Passivität gezwungen, studierte Nina alle verfügbaren »So bekommen Sie ihn zurück«-Ratgeber, las »Leide nicht, liebe«, bestellte tausend Mal Jans Rückkehr beim Universum und trug hoffnungsvoll ihr Glücks-T-Shirt.

Erfolglos.

Ihre einzige Rettung waren M & M: Max und Margit! Unermüdlich klopfte ihre alte Freundin jeden Tag an ihre Tür und versuchte, sie zu gemeinsamen Aktivitäten zu überreden – und der kleine Hundekörper von Max, der mittlerweile einen festen Platz in ihrem Bett hatte, schenkte ihr nachts Wärme und Geborgenheit.

Das wuschelige Wollknäuel wurde zu Ninas Einsamkeits-Antidot, ihrem Kuschel-Joker und Seelentröster. Die unerschütterliche Liebe in den großen, braunen, arglosen Augen ihres haarigen Mitbewohners war immer wieder Balsam auf ihre Wunden. Schade nur, dass der kleine Kerl weder sprechen noch sie tröstend in den Arm nehmen konnte.

Aus dem Sylter Herbst wurde langsam Winter. Die Tage wurden kürzer, die Nächte länger, die Temperatur nahm ab und der Wind zu. Nina änderte die Taktik, versuchte, tapfer zu sein und sich nicht mehr bei Jan zu melden. Er sollte merken, wie sehr sie ihm fehlte. Sechzehn triste, disziplinierte Tage lang hielt sie das durch, bis sie sich einredete, zu spüren, dass er sie nun wohl vermissen würde. Er fehlte ihr so – und genau das würde sie ihm nun schreiben. Es dauerte mehrere Stunden, bis sie endlich in Worte gefasst hatte, was sie ihm sagen wollte:

Ich hätte nie geglaubt, dass mir jemals jemand so fehlen könnte. Das hört sich an wie ein Satz von der Stange, aber es ist wirklich wahr! So sehr ich auch versuche, meine Liebe zu dir zu ertränken, du bist immer wieder da – am Boden jeden Glases. Ich ohne dich – das ist wie Bier ohne Kohlensäure, wie Meer ohne Schaum, wie »Ganz« ohne sein »gar nicht«, wie ab ohne zu, wie Himmel ohne Sterne, wie Mond ohne Beleuchtung, wie Mohn ohne Rot, wie H ohne M, wie essen ohne Salz! Das Loch, das du in meinem Leben hinterlassen hast, ist bodenlos, und ich verliere mich darin.

Bitte komm zu mir zurück!

Sie schickte die SMS los und war überzeugt, dass er gleich anrufen würde. Ihr Herz klopfte und sie steckte sich erwartungsvoll die Ear-Ins ins Ohr, um seine Stimme besser und deutlicher hören zu können. Jetzt würde alles gut werden. »Du mir auch«, würde er sagen. »Es war alles ein riesiger Fehler.«

Die Minuten verstrichen. Seltsamerweise klingelte ihr Handy nicht. Kein Anruf, keine SMS. Saß er in einer Vorlesung? Hatte er gerade Sex mit Mila? Wusste er nicht, was er darauf antworten sollte?

Nina wartete zwei Stunden und betrank sich dann aus Verzweiflung. Genau in dem Moment, als sie ihr Handy resigniert ausschalten wollte, um nicht mehr länger alle drei Sekunden aufs Display zu starren, klingelte es: Jan!

Atemlos nahm sie ab.

»Hallo, Nina. Wie geht es dir?«

Blöde Frage, ärgerte sich Nina. »Nicht so gut«, antwortete sie wahrheitsgemäß.

»Das tut mir leid«, sagte Jan.

»Hast du meine SMS bekommen?«, fragte Nina.

»Ja.«

»Und?«

»Die hat mich natürlich besorgt …«

Na toll, dachte Nina. Mitleid war wirklich das Letzte, was sie jetzt von ihm hören wollte.

»Aber sie ändert nichts«, ergänzte Jan.

Nina schluckte.

»Warum hast du dich nicht auf meine Anrufe und Nachrichten gemeldet?«, fragte Nina mit tränenerstickter Stimme.

»Ich dachte, es ist besser so, damit du erst mal zu dir kommen kannst …«

»Und warum hast du dann jetzt angerufen?«

»Weil es mir leidtut, dass du so leidest.«

Nina konnte es nicht fassen. Weinend beendete sie das Gespräch. Allmählich bekam sie einen seelischen Muskelkater von den ganzen inneren Überanstrengungen. Sie wollte Jan nicht leidtun – sie wollte, dass er zurückkam.

Anuptaphobie nannte man in Psychologen-Kreisen die »Angst, für immer Single zu bleiben«.

Man verliebte sich in weniger als 0,2 Sekunden, brauchte aber durchschnittlich ganze 17 Monate und 26 Tage, bis man bei einer Trennung über seinen Ex-Partner hinweg war, las Nina in einem der vielen Liebeskummerartikel und -tipps, die sie unablässig googelte! Na prima. Die ersten Wochen dieser unendlich scheinenden Zeitspanne hatte sie schon mal hinter sich gebracht. Fehlten nur noch läppische anderthalb Jahre …

In ihrer Verzweiflung, die nächsten Jahre und Monate offenbar heulend und voller Seelenpein verbringen zu müssen, wenn sie Jan nicht zurückbekam, schrieb Nina, als sie von einem langen Strand-Spaziergang an der tosenden Gischt wieder zurück in den warmen Wohnwagen kam, eine E-Mail an Jans Schwester. Sie hatte sie in den vergangenen Jahren ein paarmal auf Sylt besucht, und Nina hatte sich mit ihr immer außerordentlich gut verstanden. Das Entscheidende aber war: Niemand auf dieser Welt kannte Jan vermutlich besser als Sabine.

Liebe Sabine,
bitte verzeih, dass ich mich an dich wende, aber ich fühle mich so ausgetauscht und abgelegt, dass ich einfach mal mit jemandem kommunizieren muss – und niemand kennt Jan besser als du!
Jan kümmert sich überhaupt nicht mehr um mich. Es scheint ihm vollkommen egal zu sein, wie es mir geht, und ich frage mich, wo die zwei Jahre geblieben sind, die wir zusammen waren. Hat er die blitzartig vergessen? Kann man Gefühle einfach so ausschalten? Das finde ich sehr erschreckend und ich bin furchtbar verletzt, dass er sich überhaupt nicht darum schert, wie es mir geht und wie ich das alles verkrafte.
Ich bin gerade wirklich sehr ratlos. Loslassen – das ist der Rat, den mir alle geben. Und das versuche ich ja auch. Aber es tut furchtbar weh, einem Menschen, dem man wirklich alles gegeben hat (und das habe ich), von heute auf morgen egal zu sein.

Ich wollte immer Konzentration. Mich interessierte die immer intensiver werdende Nähe zu ihm. Die Reise nach innen, ins Gefühl. Ich wollte wissen, was passiert, wenn aus Verliebtheit Liebe wird. Aber er hatte offenbar ganz andere Bedürfnisse …
Meinst du, es macht Sinn, um ihn zu kämpfen? Und ihn mir von Mila nicht einfach so wegnehmen zu lassen?
Ich wäre dir für eine Antwort wirklich sehr dankbar.
Alles Liebe,
Nina

Es war Nina vollkommen egal, ob Sabine Jan die Mail zeigen würde. Vielleicht wäre das sogar ganz gut, damit er kapierte, was er ihr gerade antat. Nachdem sie die Mail losgeschickt hatte, fühlte sie sich jedenfalls schon etwas besser. So, als hätte sie sich etwas von ihrem Schmerz von der Seele geschrieben.

22

Als Nina am nächsten Morgen ihre E-Mails abrief, blinkte erstaunlicherweise eine Antwort von Sabine in ihrem Postfach:

Liebe Nina,
ich weiß, wie es sich anfühlt, wenn man sich so ersetzt und völlig unwichtig fühlt! Absolut schrecklich!
Ich habe das Gefühl, dass es Jan gerade sehr guttut, begehrt und gewollt zu werden. Wie tief die Geschichte geht, kann ich dir nicht sagen – dazu habe ich noch kein Gefühl. Ich habe Mila bislang auch nur zweimal kurz gesehen.
Ich glaube, man kann nicht um jemanden kämpfen. Man kann nur anfangen, um sich selbst zu kämpfen, damit man irgendwann bekommt, was man wirklich will und braucht.
Auf der anderen Seite funktioniert aber auch die Sache mit dem Loslassen meiner Erfahrung nach nicht so wirklich gut. Also rate ich dir weder zum Loslassen noch zum Kämpfen. Wenn ich dir überhaupt zu etwas rate, dann zum Fühlen. Dich selbst erspüren. Denn dadurch ist irgendwann nicht mehr Jan in deinem Fokus – sondern du selbst!
Ich schätze dich so ein, dass du die richtigen, selbst-

reflektiven Voraussetzungen hast, um diese Situation in einen anstehenden Entwicklungsschritt zu verwandeln, weil du keine Angst vorm Fühlen hast, gleichzeitig klug bist und gut denken kannst.
Ich wünsche dir ganz viel Kraft für diese schwierige Zeit.
Liebe Grüße,
Sabine

Sabines Worte taten seltsam gut. Weil sie Nina emotional auf eine andere Spur brachten. Sabine hatte vollkommen recht: In erster Linie ging es jetzt um sie, Nina – und nicht um Jan. Jan war erst mal weg, ob sie das nun wahrhaben wollte oder nicht.

Da es draußen in Strömen regnete, beschloss Nina, Max sein Geschäft ausnahmsweise mal unbeaufsichtigt erledigen zu lassen. Sie befüllte den Wasserkocher für ihren Morgen-Tee und ließ den kleinen Kerl, der schon ungeduldig vor der Tür auf und ab hibbelte, hinaus, bevor er im Wohnwagen explodierte.

Während sie die ersten Schlucke heißen Darjeelings genoss, sah sie lächelnd zu, wie Max kreuz und quer auf dem Campingplatz einem der zahlreichen Hasen hinterherjagte, die auf dem Gelände wohnten. Es sah aus, als würde eine riesige Staubflocke hinter einer Mini-Gazelle herwehen. Max war absolut chancenlos gegen die High-Speed-Kaninchen.

Nina schmierte sich ein Brot und surfte auf dem Laptop durch die virtuelle Tagespresse. Irgendwann fiel ihr auf, dass Max immer noch nicht wieder da war, und sie pfiff nach ihm. Nichts tat sich. Komisch. Normalerweise kam er spätestens nach dem dritten Pfiff.

Irritiert zog Nina sich einen Mantel über und begann, auf dem Platz nach ihm zu rufen. Es regnete immer noch in Strömen, und Max war nirgends zu sehen. Hoffentlich war er in seinem Jagdfieber nicht in den Wald abgezischt. Sich durch das nasse, matschige Dickicht zu kämpfen, wäre das Letzte, wozu Nina so früh am Morgen Lust gehabt hätte.

Einer plötzlichen Intuition folgend, rannte sie Richtung Hauptstraße. Etwas Weißes hatte in ihrem Augenwinkel ihre Aufmerksamkeit erregt. Sie erhöhte ihr Tempo, das Weiße wurde größer – und röter. Panik kroch in Nina hoch, sie rannte, was ihre Beine hergaben – und da lag Max am Straßenrand! Blutüberströmt und leblos!

Geschockt beugte Nina sich über das rotgefärbte Bündel und schob ganz sanft und vorsichtig ihre Hände darunter. »Mäxchen! Oh nein!! Mäxchen!!« Tränen liefen ihr übers Gesicht, während sie ihn aus der Straßenrinne hob. Der kleine Kerl war vollkommen verdreckt und hatte die Augen verdreht. Die Zunge hing ihm aus dem Mund, er gab kein Lebenszeichen von sich. Sein rechtes Hinterbein stand in einem seltsamen Winkel ab und am Schenkel klaffte eine tiefe Wunde, aus der Nina das Blut warm über die Hände lief. Lebte er noch?

Panisch lief sie mit ihm zum Auto, legte den klitschnassen Hundekörper vorsichtig auf den Beifahrersitz, deckte ihn mit ihrer Jacke zu und raste Richtung Wenningstedt zur Tierärztin.

»Ich hab' hier einen Notfall! Wo ist die Ärztin?« Ohne auf die verblüffte Sprechstundenhilfe zu achten, lief Nina am Empfangstresen vorbei Richtung Behandlungsräume. Das Auto hatte sie mit Warnblinker einfach auf der Straße stehen lassen.

»Hallo?«, schrie sie laut in den Flur. »Kann mir bitte jemand helfen? Mein Hund stirbt!« Max' Blut tropfte auf den Linoleum-Fußboden, während Nina durch die Praxis eilte.

Eine der vielen Türen öffnete sich, und eine erschrockene Ärztin im weißen Kittel schaute auf Nina, auf Max – und dann kam endlich Leben in die Bude. »Frau Streier, Frau Bingen – machen Sie sofort den OP klar!« Max wurde auf einen Rollwagen gelegt und in den OP-Raum geschoben.

»Bitte nehmen Sie Platz, Frau Mertens«, rief die Ärztin ihr über die Schulter zu, bevor sie im OP-Raum verschwand. »Wir geben Ihnen dann Bescheid.«

Nass bis auf die Knochen und über und über mit Blut verschmiert, ließ Nina sich auf einen Plastikstuhl im Wartezimmer fallen. Erst jetzt merkte sie, dass sie am ganzen Körper zitterte. Und dass die anderen Wartenden sie neugierig anschauten. Sie versuchte, sich durch langsames Atmen zu beruhigen. Sie hatte getan, was sie konnte. Jetzt musste sie positiv denken und Max alle Kraft schicken, die sie mental aufbringen konnte.

Und vielleicht sollte sie auch mal ihre Hände waschen.

Nachdem sie sich auf der Toilette etwas gereinigt und ihre Hände von Max' Blut befreit hatte, nahm Nina sich einen Kaffee und wartete. Was, wenn Max den Unfall nicht überlebte? Ihr Magen krampfte sich zusammen. Sie verbot sich, in diese Richtung zu denken, und zwang sich, zuversichtlich zu sein.

Nach etwa einer Stunde kam die Ärztin aus dem

OP-Raum, nahm sich den Mundschutz ab und nickte Richtung Nina. »Kommen Sie bitte mit in mein Sprechzimmer?«

Oh nein! Was bedeutete das? Nina wurde übel vor Angst. Schwindelig folgte sie der Ärztin in ihr Zimmer und nahm vor dem Schreibtisch Platz.

»So, Frau Mertens, jetzt wissen wir mehr«, sagte die etwas erschöpft wirkende Ärztin, während sie sich setzte.

Nina starrte auf den Boden und versuchte sich innerlich zu wappnen für das, was nun eventuell kam.

»Ihr Hund wurde offenbar angefahren. Er hat schwere Rippenprellungen, das linke Hinterbein ist gebrochen, und er hat viel Blut verloren. Wir haben zunächst eine Schockbehandlung vorgenommen, Infusionen gesetzt und seinen Kreislauf stabilisiert. Dann haben wir ihn operiert, sein Bein gerichtet und gegipst und ihn ins Koma versetzt, um zu beobachten, ob er innere Verletzungen hat. Die nächsten Stunden werden zeigen, ob er durchkommt. Sein Zustand ist ziemlich kritisch. Am besten fahren Sie jetzt erst mal nach Hause. Ich rufe Sie heute Nachmittag an.«

Nina nahm die Information auf und fühlte sich, als hätte man ihr eine große Käseglocke über den Kopf gestülpt. Alles wurde plötzlich ganz leise und verschwommen …

»Hallo? Frau Mertens? Geht es Ihnen gut? Sie sind ein bisschen blass …«

Die Ärztin war besorgt von ihrem Stuhl aufgesprungen und zu Nina geeilt. Nun fühlte sie ihren Puls, schenkte ein Glas Wasser ein und reichte es ihr.

»Hier, trinken Sie mal einen Schluck!«

Die Umgebung stellte sich langsam wieder scharf. Die Ärztin hielt immer noch ihre Hand. Nina riss sich zusammen und befahl ihrem Kreislauf, augenblicklich zurückzukehren und gefälligst wieder im Kreis zu laufen.

»Was heißt denn das?«, wollte sie von der Frau in Weiß wissen. »Ist er jetzt eher schon im Himmel – oder noch ziemlich lebendig? Können Sie das irgendwie in Prozent ausdrücken?«

»Leider nein«, sagte die Ärztin und ließ ihre Hand los. »Sie müssen jetzt einfach ein bisschen Geduld haben. Wir tun, was wir können – und der Rest liegt nicht in unserer Macht.«

Nina bedankte sich herzlich, verließ die Praxis und ging zu ihrem Auto, das bereits von einem verärgerten Polizist umkreist wurde. Ihr Kopf fühlte sich an wie mit Watte ausgestopft. Das konnte ja wohl alles nicht wahr sein.

Der Polizist wurde erstaunlich nett, als Nina vor ihm in Tränen ausbrach und von ihrem angefahrenen Hund erzählte, und sah von einem Bußgeld ab.

Auf der Fahrt zurück zum Campingplatz klatschten Graupelschauer an die Windschutzscheibe und der Wind pfiff auf der Dachreling ein surreales Lied, das sich anhörte, als würde jemand eine übergroße Pan-Flöte bespielen.

Im Wohnwagen tigerte Nina ruhelos auf und ab, wie ein Tier im Zoo, dachte dabei unablässig an Max und sandte ihm Riesenportionen Heilkraft. Sie musste sich ablenken. Irgendetwas tun, weil sie es nicht aushielt, tatenlos am Esstisch zu sitzen und auf den Anruf der Tierärztin zu warten.

Plötzlich hatte sie eine Idee: Sie stürmte auf die

Terrasse und zerrte Jans extradicken Winter-Neopren-Anzug aus seiner Surf-Kiste. Obwohl es höchstens 5 Grad war, zog sie ihn noch unter dem Vordach an. Er war ihr zwar ein bisschen zu groß, aber es würde schon gehen. Noch größer waren seine Schuhe, aber da sie selbst keine besaß, nahm sie auch die. Kopfhaube, Handschuhe und ein kleines Board komplettierten ihr Outfit, und sie machte sich durch Wind und Graupelschauer auf den Weg zum Strand.

Der Regen peitschte ihr ins Gesicht und zerrte an ihrem Board, als sie über den Dünenpfad trottete. Das Laufen gegen den Sturm im Plastik-Anzug war extrem anstrengend und ihr wurde schnell heiß. Schweißströme liefen ihr unter der 7 mm dicken Isolation über Rücken und Bauch.

Die graue Brandung, auf die der Regen wie Hagel einprasselte, war eindrucksvoll. Mit dem Mut der Verzweiflung warf Nina sich in der tosenden Gischt auf ihr Board und versuchte, bäuchlings durch die Wellen zu paddeln.

Die gewaltigen, fast drei Meter hohen Brecher fegten sie immer wieder vom Board und wirbelten sie herum, wie in einer Waschmaschine. Das eiskalte Wasser stach wie Dornen in ihr Gesicht, die wütenden Wellen schlugen unablässig über ihr zusammen.

Ein paar dick vermummte Spaziergänger schauten ihr so interessiert wie fassungslos zu.

Jan, Max und all der Schmerz – durch ihren Kampf mit den Elementen wollte sie ihn vertreiben. Sie wollte sich total verausgaben, bis ihr Gehirn keine Angst-Gedanken mehr produzieren und ihr Herz keinen Schmerz mehr fühlen würde.

»Jetzt reicht es doch mal!«, schrie Nina gegen den Sturm und die peitschende, brodelnde Gischt an und spürte, wie Tränen ihr wie heißes Öl die Wangen herunterliefen. »Was willst du denn noch?«

Der Schwamm in den Miethäusern, ihr Mann bei einer anderen, das Konto leer, der Sommer weg und der Hund schwer verletzt. Liebe, Geld, Glück – sie hatte alles gehabt und alles gegen die Wand gefahren! Sie hatte das große Los komplett vergeigt und alles in den Sand gesetzt.

Dies war der Tiefpunkt – und der fühlte sich richtig scheiße an!

23

Nass, erschöpft, durchgefroren und mit sandigen, salzigen Haaren schleppte sich Nina nach einer halben Stunde im tosenden Meer wieder durch die Dünen nach Hause. Restlos ausgepowert und dadurch seltsam ruhig, kam sie im Wohnwagen an. Der Kampf mit den Elementen hatte sie geerdet. Das tosende Salzwasser hatte den Stress, die Angst und den Frust aus ihrem Körper geschwemmt. Die Nordsee hatte ihr gutgetan. Sie wollte sich gerade aus dem nassen Anzug schälen, um unter der heißen Dusche wieder aufzutauen, als ihr Handy klingelte.

Nina erkannte die Nummer der Tierarzt-Praxis – und erschrak. Was würden sie ihr jetzt sagen? Hatte Max es geschafft – oder nicht?

Mit zitternden Fingern wischte sie auf dem Display nach rechts und nahm das Gespräch an. Alles oder nichts jetzt. Ihr Herz pochte so deutlich spürbar in ihrer Halsschlagader, dass sie dachte, die würde gleich platzen.

»Guten Abend, Frau Mertens!«

Pause.

Die Stimme der Tierärztin klang neutral.

Was bedeutete diese Pause? Und die Stimmlage? Unmöglich, sie zu interpretieren.

Nina atmete tief ein und setzte sich dabei auf die Esstisch-Bank. Sie versuchte, sich auf das Schlimmste vorzubereiten, fixierte angestrengt ihre nackten Füße und biss sich so fest auf die Unterlippe, dass es schmerzte.

»Ich habe gute Nachrichten für Sie!«

Wilde Freude flammte in Nina hoch. Sie bekam eine Gänsehaut.

»Ihr kleiner Rüde ist außer Gefahr. Er wird überleben. Wir werden ihn noch einen Tag zur Überwachung hierbehalten, aber morgen früh können Sie ihn gerne besuchen, wenn Sie mögen.«

Eine völlig unbekannte Dimension von Glück breitete sich in Nina aus. Spontan stieß sie einen Jubelschrei aus, der die Ärztin zum Lachen brachte. Nina bedankte sich, legte auf und tanzte im Wohnwagen im Kreis. Sie war unendlich erleichtert. Ganze Felsen flogen ihr vom Herzen. Sie fühlte sich plötzlich überhaupt nicht mehr erschöpft und sandte dankbare Stoßgebete gen Himmel.

Es war noch mal haarscharf gut gegangen – und allmählich kapierte sie etwas: Sie musste aufpassen, dass sie sich nicht fallen ließ! Nicht in einen Abwärtsstrudel von Negativität geriet. Für ihr Lebensglück war sie selbst verantwortlich – niemand sonst.

Hatte sie eigentlich einen Knall? Ihr Leben war doch nicht plötzlich sinnlos, nur weil der Surfer abgehauen war! Sie selbst wollte doch nach Sylt – warum also jaulte sie jetzt hier rum? Sie war 41 Jahre lang bestens ohne Jan ausgekommen – und das würde ihr ohne Frage auch wieder gelingen. Sie musste ihn endlich loslassen, statt ihm hinterherzutrauern und zu hoffen, dass er zurückkam.

Das Leben war viel zu kostbar, um permanent traurig zu sein. Und durch rumsitzen und rumheulen bekam sie ihn auch nicht zurück.

Es war nicht nur eine Phase, die sie aushalten musste. Es ging ja darum, wie ihr Leben weitergehen sollte. Warum wechselte sie nicht endlich von der Opferrolle in die Aktivität?

Schluss jetzt mit dem Getrauere, befahl sich Nina und stieg unter die heiße Dusche. Sie musste dringend raus aus der Duldungs-Starre. Sich mit sich selbst auseinanderzusetzen, hatte bekanntlich noch niemandem geschadet. Und dass man auch prima alleine zurechtkommen konnte, hatte Elli ihr doch perfekt vorgelebt. Während die erlösende Wärme auf sie einprasselte, dachte sie in voller Liebe an Max und wie es ihm jetzt wohl ging. Gleich morgen früh würde sie ihn besuchen.

24

Überglücklich sprang Nina am nächsten Morgen aus dem Bett. Sie spürte jeden einzelnen Muskel, aber es fühlte sich überraschend gut und lebendig an. Sie kochte sich einen starken Tee, setzte sich an den Esstisch und war beim Trinken der ersten Tasse einfach nur dankbar, dass Max überlebt hatte.

Nachdem sie Margit, die zum Frühstückskaffee bei ihr vorbeigeschaut hatte, ausführlich den Unfallhergang und Max' wundersames Überleben geschildert hatte, machte sie sich auf den Weg zur Frau »Dog-Tor«, sprich: zur Hunde-Ärztin.

Sie jubelte innerlich, als sie die Praxis betrat. Mit einem freundlichen Lächeln wurde sie von der Sprechstundenhilfe begrüßt und in einen Raum geführt, in dem die unterschiedlichsten Hunde und Katzen schliefen oder vor sich hin dösten. Einige waren krank, andere frisch operiert. »Das ist unser Aufwach- und Pflege-Raum«, hörte Nina die Ärztin sagen, die den Raum soeben betreten hatte und Nina zu einer Box führte, in der der schlafende Max lag. Sein Hinterbein war halb eingegipst und mit einem gelben Strumpf überzogen. Nina streichelte ihm sanft den Kopf. »Hallo, mein Kleiner! Wie schön, dass es dir besser geht.«

Die Ärztin stellte sich neben sie und beide betrachteten lächelnd das schlafende Fellbündel.

»Er hat wirklich großes Glück gehabt«, sagte die Ärztin. »Es war knapp!«

Nina nickte dankbar – und schluckte.

»Morgen können Sie ihn abholen!«

Nina bedankte sich überschwänglich bei Maxens Retterin und setzte sich neben seine Box, um ihm Energie zukommen und ihn ihre Liebe und Nähe spüren zu lassen. Während sie ihn streichelte und ihm Gesund-werde-Motivationen und Liebkosungen ins Ohr flüsterte, hatte sie das Gefühl, er würde kurz ein Auge öffnen und freudig mit dem Schwanz zucken, war sich aber nicht sicher.

Nach einer Stunde verließ sie die Praxis wieder, fuhr zum Einkaufen und kehrte schließlich nachdenklich zum Wohnwagen zurück.

Genau heute würde sie anfangen, ihrem Leben eine Wende zu geben, beschloss sie, und den Berg wieder rauffahren, statt weiter passiv runterzurasseln! Sie würde Jan, die Eifersucht und den Schmerz aus ihrem Leben schmeißen. Das wollte und konnte sie Max und sich nicht mehr antun.

Elli hatte hier, genau auf diesem Campingplatz, 15 Jahre lang alleine gelebt – und war dabei äußerst glücklich und zufrieden gewesen. Dann würde sie, Nina, das doch wohl auch schaffen!

Wenn nur Elli nicht so eindringlich auf Jan bestanden hätte. Sie wollte ja unbedingt, dass sie mit ihm zusammenkam. Und blieb. Warum bloß? Ohne die Weisung in ihrem Testament würde es Nina viel leichter fallen, ihn loszulassen. Nina hatte die Zeilen von Ellis

Brief, der ihr bei der Testamentseröffnung überreicht worden war, noch genau vor Augen:

»Fahr zu dem Wellenreiter mit den vielen Zöpfen und sag ihm, dass du ihn liebst.«

Warum war Elli das so wichtig gewesen? Was hatte sie in Jan gesehen? Oder hatte sie das nur gesagt, weil sie selbst ihre große Liebe, den Musiker Georg, verpasst hatte?

In letzter Zeit musste Nina oft an Elli denken. Wie schön wäre es, wenn sie noch lebte und jetzt bei ihr wäre. Wenn Nina damals gewusst hätte, dass ihre betagte Freundin bald sterben würde, hätte sie versucht, möglichst viel Zeit mit ihr zu verbringen, statt sich im Hamburger Herbst selbst zu bedauern.

Elli war ihr persönlicher Engel gewesen. Ihr großes Los, ihr Guru, ihre selbst gewählte Oma, ihre weise Komplizin. Alt an Jahren – aber jung im Geist. Die vielen Abende kamen Nina in den Sinn, die sie mit ihr verbracht hatte, und ihre langen tiefsinnigen, aber auch sehr lustigen Gespräche. Sie musste schmunzeln, als sie sich daran erinnerte, wie sie Elli schwimmen beigebracht und sie gepflegt hatte, als sie danach eine Lungenentzündung bekam. Was für eine Angst Nina dabei um sie gehabt hatte – und wie unendlich traurig sie war, als sie später von ihrem Tod erfuhr.

Wie schade, dass sie nicht mehr bei ihr war … Aber war sie wirklich nicht mehr bei ihr? Immer wieder hatte Nina das Gefühl, Elli würde noch leben. War das normal?

»Du musst nicht traurig sein, mir geht es gut«, hatte Elli unter ihren Brief geschrieben. Nina war bis heute nicht ganz klar, was sie ihr damit hatte sagen wollen.

Laut Arztbericht war sie in Argentinien, wo sie ihre Schwester besuchte, an einem Herzinfarkt gestorben. Aber Elli und Herzinfarkt? Nina konnte es kaum glauben. Sie hatte doch immer so knallgesund ausgesehen. Was war in Argentinien wirklich passiert?

Sie holte Ellis Brief aus der Schatulle, in der sie ihn aufbewahrt hatte, und las zum tausendsten Mal das Gedicht von Joseph Beuys, das Elli in ihrer schönen Handschrift aufgeschrieben hatte:

Lasse dich fallen.
Lerne Schlangen zu beobachten.
Pflanze unmögliche Gärten.
Lade jemand Gefährlichen zum Tee ein.
Mache kleine Zeichen, die »ja« sagen, und verteile sie überall in deinem Haus.
Werde ein Freund von Freiheit und Unsicherheit.
Freue dich auf Träume.
Weine bei Kinofilmen.
Schaukel so hoch du kannst mit einer Schaukel bei Mondlicht.
Pflege verschiedene Stimmungen.
Verweigere dich, »verantwortlich« zu sein.
Tue es aus Liebe.
Mache eine Menge Nickerchen.
Gib weiter Geld aus. Mache es jetzt. Das Geld wird folgen.
Glaube an Zauberei.
Lache eine Menge.
Bade im Mondlicht.
Träume wilde, phantastische Träume.
Zeichne auf die Wände.

Lies jeden Tag.
Stell dir vor, du wärst verzaubert.
Kichere mit Kindern.
Höre alten Leuten zu.
Öffne dich.
Tauche ein.

Sei frei.
Preise dich selbst.
Lass die Angst fallen.
Spiele mit allem.
Unterhalte das Kinde in dir.
Du bist unschuldig.
Baue eine Burg aus Decken.
Werde nass.
Umarme Bäume.
Schreibe Liebesbriefe.

… und ich sage: Tanze so viel wie möglich!

Die Buchstaben verschwammen vor Ninas Augen. Sie wischte sich mit dem Handrücken die Tränen von der Wange. Recht hatte Elli!

Sie musste dringend überlegen, was sie mit ihrem Leben anfangen sollte. In welche Richtung sollte es gehen? Die Hälfte war schon vorbei, und jünger wurde sie auch nicht. Wollte sie wirklich eine Surfschule betreiben – auch ohne Jan? Irgendetwas müsste sie ja arbeiten. Und auf Sylt wollte sie auch auf jeden Fall bleiben. Es war also nicht alles falsch …

Entschlossen packte sie ein paar Sachen zusammen und machte sich auf den Weg in den phantastischen

Wellness-Bereich des Arosa-Hotels. Der stand gegen Gebühr auch Nicht-Hotelgästen zur Verfügung. Im Auto hörte sie »So what« von Pink und sang laut den Refrain mit:

I'm still a rock star
I got my rock moves
And I don't need you

Danach switchte sie auf ihrer Playlist zu »I will survive«, dem Mantra-Song aller Verlassenen von Gloria Gaynor. Auch den schmetterte sie auf der Landstraße nach List, die rechts von der Wattseite und links von der wunderschönen Dünenlandschaft gesäumt wurde, aus vollem Hals mit – und fühlte sich schon deutlich besser.

25

»Hey, Schnucki, was machst du denn hier?«

»Schwitzen?«

Manu lachte. »Okay, blöde Frage!«

Sie platzierte ihr Handtuch neben Nina auf der gefliesten Wärmebank des Dampfbades. »Lustig, dich hier zu treffen. Aber ist für Einheimische ja eigentlich auch kein Geheimtipp mehr …«

»Stimmt«, sagte Nina. Der 3500 qm große Wellness-Bereich mit sechs verschiedenen Saunen und traumhaftem Blick in die Dünen wurde gerade in der Nebensaison auch gerne von den Insulanern frequentiert.

Mit einem wohligen Seufzer streckte Manu sich auf ihrem Handtuch aus. »Mann, tut die Wärme gut! Unglaublich entspannend, oder?«

Dem konnte Nina, die schon zehn Minuten in der herrlich feuchten Hitze schwitzte, nur zustimmen.

»Bei dem Wetter das Einzige, was man tun kann, um sich besser zu fühlen«, bestätigte sie. »Ich wusste gar nicht, dass du auch hier hingehst.«

»Woher solltest du das auch wissen?«, murmelte Manu mit geschlossenen Augen und schien gleich einzuschlafen. »Im Winter bin ich fast jede Woche hier …«

»Ich geh' raus«, sagte Nina, rappelte sich hoch und schnappte sich ihr Handtuch. »Bis gleich!«

Draußen auf der Holzterrasse kühlte Nina sich nackt im Wind ab und genoss die Nordseeluft, die vom Watt herüberwehte. Es war doch immer wieder erstaunlich, wie wohlig sich auch die Seele anfühlte, wenn man dem Körper etwas Gutes tat.

»Kommst du nachher noch mit in die Sansi?«, fragte Manu, als sie zum Abkühlen ein paar Runden im beheizten Außenpool drehten, in dem das Meerwasser türkisfarben leuchtete und dampfte. »Sansi« nannte man Secklers Kult-Restaurant in der Insel-Insider-Sprache. Von Hamburg aus fuhr man als Auskenner auch nicht »nach Sylt«, sondern »hoch« oder »auf die Insel«.

»Och nö, hab' heute keine Lust, noch so weit zu fahren«, antwortete Nina. »In Westerland ist wegen der Baustelle ja immer noch alles dicht. Ich würde lieber zum Italiener und mal wieder richtig leckere Pasta essen!«

»Okay«, sagte Manu. »Nudeln machen ja bekanntlich glücklich. Warum nicht?«

Nach zwei weiteren Sauna- und Schwimmgängen beendeten sie ihr Wellnessprogramm und fuhren ziemlich ausgehungert ins Casa Bianca in der Norderstraße, Ninas Lieblingsitaliener.

Nina mochte die gemütliche Mischung aus Strandbude und Edel-Lokal mit den weiß getünchten Holzdecken und -wänden, den maigrünen Kissen und den vielen Kerzen. Die Küche war zudem hervorragend.

Wie immer bediente der charmante, äußerst gut aussehende »Padrone« persönlich. Würde seine Frau nicht auch hier arbeiten, hätte Nina ihn vermutlich schon längst angeflirtet. Als Einsamkeits-Antidot wäre er sicherlich um einiges wirkungsvoller als der dauergekuschelte kleine Max.

Der Padrone, der aussah wie ein italienischer George-Clooney-Klon, zählte die Tagesempfehlungen auf, und Nina lief dabei das Wasser im Munde zusammen. Sie entschieden sich für die »Antipasti Speziale«-Platte für zwei, und Nina wählte danach die mit Artischockenragout gefüllten Riesen-Ravioli in Salbeibutter. Ein Traum!

Manu hatte sich als »secondi piatti« für Doradenfilets vom Grill entschieden.

»George« brachte eine Flasche gut gekühlten Riesling, und Nina und Manu stießen mit den appetitlich beschlagenen Gläsern an.

Kurz darauf kamen die Antipasti und sahen herrlich aus: Gegrillte Auberginen, Oktopus in Olivenöl und Zitronensaft, Riesengarnelen, Vitello Tonnato, Burrata und vieles mehr. Gierig schob sich Nina eine Gabel Thunfischtartar mit Avocado in den Mund. Zum ersten Mal seit Wochen schmeckte es ihr wieder.

»Was macht man auf Sylt eigentlich so in der Nicht-Saison?«, fragte sie Manu, als die Antipasti abgedeckt wurden und sie eine kleine Ess-Pause einlegten.

»Im November und Dezember ist die Insel im Vor-Weihnachtsfieber«, antwortete Manu. »Die Friedrichstraße ist festlich geschmückt, und überall gibt es Glühwein und Musik. Ist richtig schön!«

Nina nickte.

»Weihnachten und Silvester sind ja Hauptsaison«, setzte Manu nach. »Da ist es hier knallvoll – manchmal sogar voller als im Sommer.«

»Stimmt«. Nina erinnerte sich an die endlosen Auto-Schlangen vor dem Shuttle im letzten Jahr – und den Run auf »Feinkost Meyer«.

»Januar und Februar sind mau bis zum Bike-Brennen – und dann geht die Saison ja auch schon langsam wieder los«, schloss Manu. »Wenn du Sylt im Sommer erlebt hast, kommst du wieder, sagt man doch. Aber wenn du Sylt im Winter überstanden hast, bleibst du.« Sie lachte.

»Ich bleibe«, sagte Nina und sie stießen noch mal an.

»Und was machst du den ganzen Tag, wenn das ›Grande Plage‹ im Januar und Februar Betriebspause macht?«, wollte sie von Manu wissen.

»Ich fahre zwei Monate mit meiner Mutter durch Australien«, strahlte die. »Im Caravan! Ist schon alles gebucht!«

»Toll«, fand Nina und überlegte, ebenfalls im Januar zu ihrer Mutter zu fliegen – nach Gomera. Ein bisschen Sonne würde ihr guttun und ein Ortswechsel auch, um auf andere Gedanken zu kommen. Ende Februar würden sie die Surfschule bereits wieder flottmachen müssen. Und einen Ersatzlehrer für Jan suchen müssen, dachte sie traurig.

»Wo ist eigentlich Jan?«, wollte Manu plötzlich wissen. Konnte sie Gedanken lesen?

»In Berlin!«

»In Berlin??« Manu guckte sie fragend an. »Was macht er denn da? Seid ihr nicht mehr zusammen?«

»Doch, schon … Na ja, eigentlich nicht …«, stammelte Nina.

»Ja, was denn nun?«

»Es ist kompliziert«, zitierte Nina den viel belächelten Facebook-Beziehungsstatus. »Ich weiß es nicht, unsere Beziehung ist irgendwie raufasertapetig geworden.«

»Raufasertapetig! Wie geil!« Manu musste so laut lachen, dass sich ein rosa Polohemdträger empört umguckte.

»Glotz nicht so, Schweinchen Dick!«, murmelte Manu und verdrehte die Augen. Als gebürtige Sylterin hasste sie die schnöselige Rosa-Fraktion (Männer, meist feiste Banker, in rosafarbenen Ralph-Lauren-Hemden oder mit umgeknoteten rosa Cashmere-Pullis oder rosa Polohemden – je nach Jahreszeit), die ihre Heimatinsel mittlerweile durchgehend überschwemmte, in neu gebauten, reetgedeckten Millionen-Villen residierte und den Insulanern dadurch den Wohnraum nahm.

»Um ganz ehrlich zu sein«, ergänzte Nina, »er ist abgehauen!«

»Waaaas??« Manu ließ erstaunt ihr Glas sinken.

»Er hat 'ne Jüngere kennengelernt und lebt jetzt mit der in Berlin«, erklärte Nina.

»Arsch!«, befand Manu. »Aber nimm's nicht so schwer! Andere Mütter haben auch schöne Söhne – und Großwellenjäger, also Surferboys, gibt's hier doch wie Sand am Meer, falls du unbedingt in deinem Beuteschema bleiben willst …«

»Ganz so weit bin ich noch nicht«, sagte Nina.

»Warum nicht? Vergiss den Scheißkerl doch einfach! So lange sind zwei Jahre ja nun auch wieder nicht. Ich bin sowieso der Meinung, dass Beziehungen heutzutage höchstens drei, vier Jahre halten. Ich glaube, man sollte sich einfach an dauernden Wechsel gewöhnen, statt diesen altmodischen Traum von lebenslanger Harmonie zu träumen. Das funktioniert in unserer Zeit einfach nicht mehr«, redete Manu sich in Rage. »Und Monogamie schon gar nicht! Warum auch? Man kann doch einen anderen Menschen nicht besitzen. Und verlangen, dass er sich alles versagt. Das ist doch albern! Und das Gegenteil von Liebe!«

Sie lachte.

»Wie hatte doch schon Marlene Dietrich in den 20er-Jahren gesungen?« Manu begann zu singen:

»Wer wird denn weinen, wenn man auseinandergeht,
wenn an der nächsten Ecke schon ein anderer steht?
Man sagt ›Auf Wiedersehen‹ und denkt beim Glase Wein:
›Na schließlich wird der Nächste auch ganz reizend sein!‹
Man sagt ›Auf Wiedersehen‹ und denkt sich heimlich bloß:
›Na endlich bin ich wieder ein Verhältnis los!‹«

Nina klatschte Beifall. Und dachte über Manus bzw. Marlenes Worte nach. Sie sollte Jan wirklich endgültig loslassen. Bei den über 3 800 000 000 Männern, die aktuell auf diesem Planeten lebten, würde sich vermutlich auch noch ein anderer für sie finden lassen.

Sie orderten noch einen Verdauungs-Espresso und anschließend brachte Nina Manu, die in Westerland wohnte, nach Hause.

Auf dem Rückweg nach Kampen drehte Nina den CD-Player voll auf. »Klar« von Jan Delay dröhnte aus den schepperigen Boxen des alten Diesel-Benz. Nina liebte es, in ihrem Auto wie in einem Raumschiff durch die Nacht zu schweben und sich total den Emotionen eines Songs hinzugeben. Ein irgendwie schwereloses Gefühl …

Sie musste plötzlich an ihre Führerscheinprüfung zurückdenken – und grinsen. Die hatte sie nämlich mit erstaunlich hoher krimineller Energie absolviert, eiskalt auf die männlichen Primär-Reflexe abzielend: Der Jeans-Mini-Rock, den sie damals trug, war nicht viel breiter als ein Gürtel gewesen und während des Fahrens absichtlich immer höher gerutscht. In der Folge schaute der Fahrprüfer überall hin – nur nicht auf die Straße. (Er hatte den Verkehr im Kopf anstatt im Blickfeld.) Da Nina damals große Schwierigkeiten mit rechts und links hatte, musste ihr Fahrlehrer seinen Kuli immer auf die Seite des Armaturenbrettes legen, zu der sie abbiegen musste …

»Kaum hatte ich den grauen Lappen mit dem grauenhaften Fotostudio-Foto in der Hand, aß ich eine Scheibe Graubrot und fuhr nach Graubünden« – Nina lachte über die soeben von ihr ersponnene Alliteration. Sie war natürlich nicht nach Graubünden gefahren, sondern mit ihrer besten Freundin im ersten eigenen Auto (einem Golf) nach Südfrankreich. Sie nahmen beide ihre kompletten Daunenbetten mit, denn sie waren sich einig, dass man auch im Urlaub nicht auf Komfort verzichten sollte. Das Problem war nur: Die edlen Betten waren zwar luxuriös – ihre Unterkunft dagegen aber überhaupt nicht: Die bestand in einem äußerst altersschwachen Zelt, bei dem nichts, aber auch gar nichts zusammenpasste: Es hatte keine Heringe (sie mussten sich deshalb verbogene, weggeworfene auf dem Zeltplatz zusammensuchen), keine Schnüre (sie behalfen sich mit den Fäden eines roten

Wollknäuels, das Nina im Kofferraum fand), keinen Reißverschluss (sie knoteten das Zelt mit Schnürsenkeln zu) und kein Überzelt (sie legten ihre Regenjacken drüber).

Keine der Zeltstangen passte zur anderen, und als sie es trotzdem irgendwie aufgebaut hatten, hing es erbärmlich in der Mitte durch und lag so abschüssig, dass man sofort nach hinten stürzte, sobald man hineinkroch. Sie hatten es an einen Abhang gebaut und die Schräglage übersehen. Anfängerpech!

Doch mit 18 gab es wirklich Wichtigeres als abschüssige Zelte. Sie feierten das Richtfest ihrer Urlaubsbehausung auf die französische Art mit einer Flasche Pernod und ließen es so. Noch mal aufbauen wäre zu riskant gewesen – und sie wollten außerdem endlich an den Strand.

Das Zelt war ein Bundeswehr-Relikt von Ninas Großonkel, der es ihr vollmundig angepriesen hatte: Ganz aus Baumwolle, wetterbeständig und – besonders wichtig bei plötzlicher Feindesinvasion – in Tarnfarbe! Dass die Hälfte fehlte und es aus den 50er-Jahren stammte, hatte er vergessen, zu erwähnen. Bösartigkeit oder Alzheimer, Nina wusste es bis heute nicht genau …

Wie lange das alles nun schon her war! Mehr als 20 Jahre … Und nun lebte sie schon wieder auf einem Campingplatz – nur sehr viel komfortabler.

Lächelnd bog sie auf den Campingplatz ein. Das Gelände war wie ausgestorben, nur ein paar vereinzelte Wohnwagen überwinterten hier und warteten unbewohnt auf den Sommer.

Zum Glück brannte in der Dachgeschosswohnung

des kleinen Rotklinker-Platzwart-Häuschens warmes, oranges Licht. Würde dies nicht das Vorhandensein anderer Menschen – nämlich Margit und Sörensen – signalisieren, wäre Nina sich an diesem Ort vermutlich vollkommen verloren vorgekommen.

»Wer fliegen will, muss loslassen können, was ihn runterzieht«, hieß es. Sie hatte sich schon viel zu lange viel zu doof gefühlt. Sie würde sich jetzt einen Flug auf die Kanaren buchen – und Mäxchen mitnehmen. Sonne und Wärme würden auch dem kleinen Kerl sicher guttun.

Im Wohnwagen brühte Nina sich einen Tee und surfte in Schlangenlinien durchs Internet. Planlos rief sie Facebook auf, wo wieder alle mit Fotos und lustigen Sprüchen die Einzigartigkeit ihres Lebens anpriesen, und checkte ein paar Flugdaten und Preise. Danach überprüfte sie, weil ihr nichts anders einfiel, ob die Website www.beknackt.de noch frei war. War sie erstaunlicherweise nicht. www.bescheuert.de auch nicht – die konnte man aber ersteigern. www.kotzhornisse.de dagegen war noch zu haben …

Während sie erneut durch die Flug-Portale surfte, ploppten zwei Facebook-Nachrichten auf. Eine war von einer ehemaligen Kollegin – und die andere von Martin, ihrem ersten Freund. Ihrer ersten großen Liebe, die sie mit 17 kennengelernt hatte und mit dem sie zwei traumhaft schöne Sommer lang zusammen war. Martin, der erste Mann, mit dem sie geschlafen hatte. Über 20 Jahre war es her, dass Nina ihn zum letzten Mal gesehen hatte – und sein Facebook-Profil-Foto half ihr leider auch nicht weiter: Es zeigte eine weiße Socke mit zwei darauf gemalten Augen und einem gelben Schnabel. Vor ein paar Monaten hatte er ihr eine Freundschaftsanfrage geschickt, die sie natürlich sofort angenommen hatte. Seitdem standen sie in losem Kontakt, hatten aber weder Handynummern ausgetauscht noch Fotos geschickt oder detailliertere biographische Daten abgeglichen. Sie wusste nur, dass er in Hamburg lebte und glücklich verheiratet war.

»Ich bin nächstes Wochenende auf Sylt«, schrieb Martin. »Hast du Zeit und Lust auf ein Wiedersehen? Ich würde mich sehr freuen!«

Nina war sich unsicher, ob sie wirklich Lust hatte, Martin wiederzusehen. 20 Jahre waren eine lange Zeit. Er könnte sich total verändert haben – und umgekehrt entsetzt sein, wie sehr sie gealtert war. Aber wie hatte Beuys in seinem Gedicht geraten? *»Lass die Angst fallen. Spiele mit allem.«*

Na gut, dann würde Nina genau das jetzt eben befolgen! Kurz entschlossen schlug sie eine Location und eine Uhrzeit vor: Samstagabend, 19 Uhr in der Sansibar. Martin war einverstanden.

Nina schaltete den Computer aus und ging ins Bett. Gleich morgen früh würde sie Max abholen. Sie freute sich derart darauf, dass sie mit einem Lächeln im Gesicht einschlief, nachdem sie das Licht gelöscht hatte.

26

Auf dem Weg zum Tierarzt machte sie beim Fischhaus Bluhm halt und orderte ein paar Stücke Seelachsfilet. Danach fuhr sie zum Braderuper Bioladen und kaufte verschiedene Gemüsesorten. Sie würde Max die nächsten Tage liebevoll pflegen und gesund bekochen, bis er wieder richtig fit wäre.

In der Praxis bedankte sich Nina nochmals herzlich bei der Ärztin und ihrem Team, nahm den schlafenden Hundekörper auf ihre Arme und trug ihn ins Auto. Fünf Tage lang sollte er noch Schmerzmittel und Antibiotikum bekommen. Die Ärztin hatte sie angewiesen, ihn möglichst viel schlafen und sich erholen zu lassen. Sein Kunstharz-Verband musste in drei Tagen gewechselt werden – und seine Gehversuche durfte er für die nächsten Wochen nur an der Leine unternehmen.

Zutiefst dankbar legte Nina ihn zu Hause ins Bett und schaute ihn einfach nur glücklich an.

Max ging es stündlich besser. Nina kochte ihm Menus, streichelte ihm beim gemeinsamen Fernsehen den kleinen Kopf, unternahm erste, tapsige Stehversuche mit ihm und flüsterte ihm dauernd ins Ohr, wie lieb sie ihn hatte. Sie hatte den Eindruck, dass er ihre Worte verstand.

Der Rest der Woche flog mit Max-Pflege, Kochen

und Einkäufen dahin. Auch Margit kümmerte sich rührend um den kleinen Wuschel und besuchte ihn täglich. Sörensen hatte ihm eine Art Mini-Rollator gebastelt, mit dem er wieder bewegungsfähig war, ohne sein gebrochenes Bein zu sehr zu belasten.

Die Tierärztin war mit Max' Genesung sehr zufrieden, und Nina hatte immer größere Mühe, ihn beim Gassigehen ruhig zu halten. Ihre Spaziergänge begannen, in kleine Kämpfe auszuarten, da Max unbedingt von der Leine wollte.

Am Samstagabend machte Nina sich kurz vor 18 Uhr für ihr Date zurecht. Margit hatte sich bereit erklärt, auf Max aufzupassen, bei der Nina ihn gerade wie eine besorgte Glucke abgegeben hatte, nicht ohne Margit das Versprechen abzunehmen, sie sofort anzurufen, falls sich irgendetwas an seinem Zustand verschlechtern sollte.

Nun stand Nina im Bad, schminkte sich und überlegte dabei, was jetzt auf sie zukommen würde. Wie Martin wohl aussah? Was hatten die zwei Jahrzehnte mit seinem Gesicht und seiner Figur angerichtet? War er dick und doof geworden? Verhärmt und zerfurcht? Arm oder reich? Was hat er seinem Leben versprochen – und was davon gehalten? Ob er schon getrennt von seinen Zähnen schlief?

Bei diesem Gedanken musste Nina lachen. Ab wann fingen Zähne eigentlich an, wie vergilbte Tierknochen auszusehen, fragte sie sich. Ab wann begann das Zahnfleisch grau zu werden – und was musste man bis dahin erreicht haben?

Und was, verflixt noch mal, überlegte sie, während sie »Blend-a-med Luxury White« auf den Zahnbürstenkopf gab, war eigentlich die richtige Menge Zahnpasta? Ein halber Bürstenkopf? Oder nur ein viertel? Benutzte sie etwa immer zu viel? Hatte sie im Leben bislang Tonnen von Pasta verschwendet? »Pasta« – als wenn das irgendwas mit Nudeln zu tun hätte …

Grinsend komplettierte Nina ihr Styling bzw. Nicht-Styling. Sie hatte sich absichtlich nicht besonders aufgebrezelt, sondern war in ihre Wohlfühlklamotten – T-Shirt, Jeanshemd, Jeans und Chucks – geschlüpft. Martin sollte auf keinen Fall denken, dass sie sich für ihn schick gemacht hätte. Und in der »Sansi« war man sowieso eher lässig als overdressed gekleidet.

Im Auto dachte sie an ihre gemeinsame Zeit zurück. »I just can't get enough« – zu dem Depeche-Mode-Tanz-Kracher hatten sie sich damals kennengelernt. Nina war 17 und Martin 19 gewesen. Damals gab es keine Handys, keine Intimfrisuren, keine Computer. Sie hatten sich ihre Verliebtheit noch ins Gesicht gestanden, statt sie per SMS oder WhatsApp zu versenden.

Nina erinnerte sich an die Morgen, die sie in seinem Elternhaus zusammen in der olivgrün gekachelten Dusche gestanden hatten. Eingeschäumt, lachend, glücklich. Sie dachte an die Sommerferien in klapprigen Autos und windschiefen Zelten. An Martins tiefbraune Haut und seine blonden Wuschelhaare. Im Ehebett seiner Eltern hatte er ihr den ersten Orgasmus ihres Lebens beschert, der sich anfühlte wie Schluckauf im Unterleib, weil sie überhaupt nicht wusste, wie ihr geschah. Das hatte sie ihm nie erzählt. Sie musste grinsen.

Zweieinhalb Jahre hatte ihre Liebe gehalten. Dann flog Nina durchs Abitur, wechselte die Schule – und den Besitzer ihres Herzens. Der hieß nun Frank – und war auch sehr süß.

Als Nina auf den Sansibar-Parkplatz fuhr, bekam sie plötzlich Angst: Wie würde Martin auf sie reagieren? Entsetzen oder Enttäuschung in jemand anderes Augen zu lesen, war furchtbar. Was hatte sie für optische Veränderungen durchgemacht, die ihr eventuell gar nicht auffielen – und die sie nun gleich in Martins erschrockenem Blick erkennen würde?

Unsicher schritt sie den Schotterpfad durch die Dünen zur Sansibar hoch – und erkannte ihren Ex-Freund sofort! Martin stand auf der Terrasse vor der Eingangstür und sein Gesicht, sein Lächeln, seine Bewegungen – alles war noch wie früher. Nur die Haare, die Rod-Stewart-Strubbel-Frisur, sie fehlte. Martin war kahl wie Meister Propper.

Nachdem sie sich begrüßt und Martin ihr versichert hatte, dass sie sich »überhaupt nicht« verändert hätte, nahmen sie drinnen an ihrem reservierten Tisch Platz.

Verstohlen beobachtete sie ihn, während er Champagner und eine Flasche Wasser orderte und die Karten entgegennahm. Er hatte sich zwar sein jungenhaftes Lächeln bewahrt, wirkte ansonsten aber überraschend männlich, kernig, erwachsen und dominant. Seine Schultern waren breiter geworden, so kam es Nina vor, und auch die schwarzen Haare, die an seinen Handgelenken unter dem Pulli hervorblitzten, waren neu. Wurden Männer mit jedem Jahr haariger?

Ein paar Falten hatten sich in sein Gesicht gezeichnet, aber er schien nicht ein Gramm zugenommen zu haben, hatte weder Bäuchlein noch einen Altherren-Hänge-Hintern.

Dankbar, die Konversation dadurch noch etwas aufschieben zu können, studierte Nina die Karte und merkte nicht, dass Martin sie dabei beobachtete. Sie wählte das Rote-Bete-Carpaccio mit Parmesan und Trüffeldressing als Vorspeise – Martin entschied sich für U.S. Beef Tartar mit Crème fraîche und Sylter Landei. Für Nina würde darauf die Sushirolle mit warmen Knuspergambas folgen, Martin konnte sich auf Sashimi vom Thunfisch »Tataki Style« auf Sesamcreme und Teriyakisauce freuen.

Männlich-souverän gab Martin ihre Bestellung auf, und sie stießen miteinander an.

»Es ist so schön, dich wiederzusehen, Nina«, sagte er und lächelte sie an. »Du siehst immer noch total gut aus!«

Nina wurde verlegen. Komplimente war sie überhaupt nicht mehr gewohnt, wie sie erschrocken bemerkte. Aber seine Worte taten gut. Sehr gut sogar!

»Du bist die am jüngsten aussehende 43-Jährige, die ich kenne«, strahlte Martin bewundernd.

Flirtete er mit ihr? Jetzt schon?

Die Vorspeise kam, sie genossen das köstliche Essen und tauschten ihre Lebensläufe aus. Die Atmosphäre zwischen ihnen war wohltuend warm und nah. Martin war seit elf Jahren glücklich verheiratet, hatte zwei Kinder und ein Eigenheim am Stadtrand. Er war Führungskraft in einem Medien-Unternehmen, also erfolgreich und gesettled.

Nina erzählte ihm von ihrem Ex-Job in der Graphik der Frauenzeitschrift, ihrem schicksalhaften Urlaub auf Sylt vor über zwei Jahren – und der unfassbaren Erbschaft durch Elli. Sie schwärmte von der Surfschule, was Martin »hochinteressant« und »einfach supercool« fand – und gestand ihm ihre gescheiterte Beziehung mit Jan. Kurz zuckte ein scharfer Schmerz in ihr hoch, als sie Martin von Jans neuer Freundin berichtete. Sie spülte ihn mit einem großen Schluck Wein hinunter.

»Ach, Nina, das tut mir leid! Der Kerl hat dich nicht verdient!« Martin strich ihr sanft über die Wange. Sein Blick war warm – und irritierend intensiv.

Der »TurTur«-Shiraz von Markus Schneider, den Martin zum Essen für sie ausgesucht hatte, tat seine Wirkung: Nina fühlte sich wie 17, aber mit dem Wissen von heute. Immer noch jung, aber geschult, präzisiert und irgendwie »altersmilde« durch all die Therapien, Beziehungsschlachten und Lebenserfahrungen, die hinter ihr lagen.

Während Martin irgendwas erzählte, flackerten vor Ninas geistigem Auge Bilder von damals im flackernden Kerzenlicht auf: wie Nina ihn, den fußballspielenden Rowdy, gezwungen hatte, ihr einen Pulli zu stricken, um ihr dadurch seine Liebe zu beweisen – und er es tatsächlich getan hatte, obwohl er gar nicht stricken konnte. Er hatte es sich extra für Nina von seiner Mutter beibringen lassen. Für ihn eine unglaubliche Demütigung – für Nina der ultimative Liebesbeweis.

Oder wie sie im Sommer nachts nackt im silbrig glänzenden See gebadet hatten. Nur der Vollmond hatte ihnen dabei zugeschaut …

Oder wie Nina, neben dem dauerfurzenden Hund seiner Eltern auf der Auto-Rückbank platziert, einen Familien-Ausflug überstehen musste …

Wie Martin sich mutig mit gerade erst erworbenem

Führerschein in die »Alufolie« ihrer Mutter (so nannten sie den Mazda-Kombi damals, weil dessen Blech so dünn war) setzte, um mit ihr zu Ikea zu fahren …

Nina dachte an seine sexy durchtrainierten Beine in seinen Sportshorts beim Fußballspielen – und an ihre endlosen, zärtlichen Knutsch-Einheiten im Auto. Es gab lange niemanden in Ninas Leben, der so gut küssen konnte …

»Warum haben wir uns eigentlich getrennt?«, fragte Martin plötzlich.

»Ich weiß es auch nicht mehr so genau«, antwortete Nina verlegen. »Es war irgendwie vorbei, und dann machte man eben einfach Schluss.«

Unkompliziert. Leicht. Undramatisch. So hatte zumindest Nina es empfunden. Mit 19 war ihr Leben prall und übervoll gewesen, die Welt stand ihr offen.

»Du hattest ja sofort den Nächsten«, sagte Martin und lachte dabei. Seine Augen lachten nicht.

»Weißt du eigentlich, dass ich zwei Jahre lang keine andere Frau anschauen mochte? Ich habe ganz schön an der Trennung geknackt.« Er schaute in das Weinglas, das er in seinen Händen drehte. Die rote Flüssigkeit schwenkte hin und her.

»Du hast mir damals total das Herz gebrochen«, sagte er und schaute sie an. Intensiv. Traurig. Wehmütig.

Nina verkrampfte sich innerlich. Es tat ihr so leid! Sie hatte ihm offenbar unglaublich wehgetan – und es noch nicht mal gemerkt. Würden sie es heute anders machen? Würden sie sorgfältiger mit ihrer Liebe umgehen? Die Frage stellte sich nicht. Martin war verheiratet.

Martins Blicke wurden tiefer, je mehr Wein er trank. Es begann deutlich zwischen ihnen zu knistern.

»Was machst du sonst so?«, fragte Nina, um das Gespräch wieder auf ein unverfängliches Niveau zu bringen.

»Och … Ich arbeite ziemlich viel, und mit den Kindern bleibt da kaum Zeit für mich. Sonntags spiele ich manchmal Fußball im Verein, und wenn abends ein paar Minuten übrig sind, lese ich gerne ein gutes Buch oder schaue mir einen guten Film an.«

»Warum solltest du dir auch einen schlechten Film ansehen? Oder ein schlechtes Buch lesen?«, versuchte Nina, die Situation aufzulockern.

Aber Martin grinste nur schräg und fiel nicht darauf rein.

»Ich habe dich sehr geliebt, Nina. So wie keine Frau danach.«

Nina pulte betreten an ihrer Serviette.

»Und ich finde dich immer noch wunderschön!« Er streichelte sanft über ihren Handrücken.

Martin hatte es nicht besonders schwer, Nina ins Bett zu kriegen. Sie war einsam, ausgehungert und anlehnungsbedürftig. Und er war noch genauso zärtlich und sanft wie früher. Er duftete phantastisch und fand auf Anhieb all ihre Punkte. Und dennoch war Nina nicht bei der Sache. Sie musste die ganze Zeit an Jan denken. Sie gehörte doch Jan! Das Band zwischen ihnen war noch so stark. Sie fühlte sich, als würde sie ihn betrügen – dabei waren sie doch längst getrennt. Was sollte das? Warum spielte ihr doofes Herz so verrückt? Bedeutete das, dass sie Jan doch noch liebte?

Es war doch zum Verzweifeln! Warum trauerte sie

immer noch Jan nach, der sie belogen und betrogen hatte – statt sich auf Martin einzulassen? War sie denn vollkommen unfähig?

27

»Diese prickelnde Luft, dieser Wind, der einem ständig in den Ohren pfeift, der schneeweiße Strand, diese ganze Pracht ohnegleichen. Kann es irgendwo schöner sein?«, wurde die Schauspielerin Clara Tiedemann auf einer Inschrift des Kampener Kunst-Pfades zitiert, den Nina gerade mit Max entlangspazierte. Es war ein klarer, kühler Tag Anfang Dezember. Schon am Morgen hatte verschlafener Nebel das freundliche Versprechen auf einen wundervollen Tag in sich getragen. Und auch gehalten: Nun schien die Sonne von einem azurblauen Himmel und der würzige Geruch der Nordsee lag in der Luft. Die Inschrift war auf eine Bronzeguss-Platte am Dünenpfad zwischen der Sturmhaube und dem Grande Plage gemeißelt. 32 Zitate berühmter Maler, Schriftsteller und Künstler waren auf dem Pfad zu lesen, der einmal rund um Kampen führte – von der »Brandungs«-Seite, durch die Dünen- und Heidelandschaft bis zur Wattseite und wieder zurück. Es waren berührende Liebeserklärungen an die kleine Sandbank, die Nina allesamt sofort unterschreiben konnte. Nicht nur Max' Bein – auch Ninas Herz ging es langsam besser, weswegen sie wieder fühlen konnte, warum sie hier gelandet war. Sylt war ihre Wahlheimat, ihr Wunschwohnort, ihr Kraftplatz.

Nina fand es hier auch Anfang Dezember schön. Sylt im Winter – das waren leere Strände, gefrorene Wellen, lange Spaziergänge, Gischt im Gesicht, Glühwein und Grog an kleinen Ständen am Strand – und jede Menge Zeit zum Nachdenken, Runterkommen und Reflektieren.

Was machte die Magie von Sylt eigentlich aus?, fragte Nina sich, während sie am Watt entlangspazierte. Warum verzauberte diese 99 Quadratkilometer kleine Insel fast jeden, der seinen Fuß auf sie setzte? »Der Duft der Heide und des Meeres«, sagten die einen. »Das Licht, das sich in der Gischt bricht und wie Weichzeichner wirkt«, sagten die anderen. Für Nina war es das Meer! Das grüne wilde Meer, dessen Wellen sich mal brüllend und schaumig weiß und mal ganz sanft am endlosen Strand brachen. Diese Mischung aus umwerfender Natur und lässigem Lifestyle – das machte die Insel für sie aus! Sylt machte sie frei – in jeder Beziehung.

»Hier ist es so schön, dass man nicht weiß, wo man sich lassen soll. Das Wattenmeer ist lieblich blau, der Himmel wie eine irisierende Kuppel aus Kristall«, las Nina das Zitat des Kunsthistorikers Dr. Fritz Wichert am Wattweg. Es war gerade tiefste Ebbe und die weite Schlick-Landschaft mit ihren Wellenmustern glitzerte in der Sonne.

Nina spazierte Richtung Kupferkanne, um sich dort ein Stück des herrlichen Rhabarber-Blechkuchens mit Sahne zu gönnen. Sie dachte an die Nacht mit Martin, die ihr, obwohl sie dabei dauernd an Jan denken musste, erstaunlich gutgetan hatte. Es war einfach schön, begehrt, gewollt und gestreichelt zu werden. Wie kamen Menschen bloß dauerhaft ohne Hautkontakt aus? Ohne einen anderen Menschen zu riechen und zu fühlen? Sie dachte an die Millionen alter Menschen, die einsam in ihren Wohnungen, Alters- oder Pflegeheim-Zimmern vor sich hin vegetierten. Eigentlich müsste es für die eine Art Kuschel-Service auf Krankenschein geben, fand Nina. Mal liebevoll in den Arm genommen zu werden, war oft wirkungsvoller als jede Medizin. In Berlin gab es das schon: Dort fanden regelmäßig Kuschelseminare statt, für Menschen, die schon lange keinen Körperkontakt mehr hatten. Nina fand das toll. Wäre vielleicht auch auf Sylt eine Marktlücke – zumindest in den Senioren-Zentren …

In der schönen Café-Anlage mit den vielen Kiefern und Thujas und den zahlreichen, versteckten Nischen fand Nina einen freien Tisch und setzte sich.

Martin hatte ihr bereits zwei SMS geschickt, die deutlich nach zu viel Gefühl klangen. Das war bedenklich, doch Nina sorgte sich aktuell wesentlich mehr darum, dass sie in ihrem beduselten Zustand vergessen hatte, ein Kondom zu benutzen. Sie hatte ja bis vor Kurzem noch die Pille genommen, deshalb mit Jan nie eines gebraucht – und aus diesem Grund gestern überhaupt nicht daran gedacht. Sie hatte keine Angst, schwanger zu sein – aber großen Respekt vor Geschlechtskrankheiten jeder Art.

Vielleicht sollte sie Martin einfach mal anrufen! Gesagt, getan: Nachdem sie ihre Bestellung aufgegeben hatte, switchte sie auf seinen Namen und drückte auf den grünen Hörer. Er nahm sofort ab. Es schien, als hätte er seit Stunden auf ihren Anruf gewartet.

»Nina, wie schön«, rief er freudig. »Wie geht es dir?«

Nina hasste diese Floskel. Was sollte man darauf

sagen? In der Regel wollte niemand, der diese Frage stellte, ernsthaft und explizit wissen, wie es dem Gegenüber wirklich ging. Im Innersten und überhaupt. Man konnte also nur mit einer stark verkürzten Lüge antworten, nämlich mit dem Wort »gut«.

Nina sagte aber stattdessen: »Nicht so gut!«

»Oh, was ist los?«, fragte Martin besorgt. »Ist etwas passiert?«

»Ja«, sagte Nina. »Wir haben kein Kondom benutzt!«

»Stimmt.« Sie hörte, wie Martin lächelte.

»Und ich habe nicht die geringste Ahnung, mit wem du sonst noch so schläfst …«, setzte sie nach.

»Mit niemandem, du Idiotin«, lachte Martin. »Ich kann dir gerne meinen Aidstest zeigen, falls dich das beruhigt.«

»Deinen Aids-Test??« JETZT war Nina tatsächlich beunruhigt.

»Ja, den habe ich bei meinem letzten Check-up mal mitmachen lassen«, erklärte Martin.

»Warum?«, fragte Nina besorgt. War er tatsächlich so umtriebig, dass er sich irgendwo angesteckt haben konnte?

»Ich habe vor ein paar Jahren mal eine Bluttransfusion bekommen. Ist aber alles in Ordnung.«

»Ach so«, entfuhr es Nina erleichtert.

»Ansonsten war ich meiner Frau 20 Jahre lang treu, wenn du es genau wissen willst. Einen monogameren Mann als mich wirst du auf diesem Planeten kaum finden!«

»Soso«, lachte Nina, »das hast du letzte Nacht ja eindrucksvoll bewiesen!«

»Schon klar«, sagte Martin beschämt. »Nicht besonders glaubwürdig, oder?«

»Nee!«, prustete Nina.

»Ich fand die Nacht übrigens sehr schön«, sagte Martin mit weicher Stimme. »Hast du nächstes Wochenende schon was vor?«

»Ich weiß noch nicht«, sagte Nina. »Lass uns morgen noch mal sprechen.«

»Ohhkaaaaay?« Martin dehnte das Wort zur skeptischen Frage und klang ein bisschen gekränkt.

»Ich muss jetzt auflegen«, sagte Nina, die keine Lust auf Komplikationen hatte, und beendete das Gespräch.

Sie hatte schon in der Nacht beschlossen, dass der One-Night-Stand mit Martin keine Zugabe oder Fortsetzung haben würde. Sie wollte ganz bestimmt keine Familie auseinanderbringen. Und ein Mann, der seine Frau betrog und einer anderen schwor, dass er niemals jemanden mehr geliebt habe als sie, schien ihr charakterlich auch nicht besonders gefestigt.

Morgen würde sie Martin das per SMS mitteilen.

Apropos SMS: Während sie sich die erste Gabel des leckeren Kuchen-Schlagsahne-Gemisches in den Mund schob und an ihrem Cappuccino nippte, glomm eine Idee in ihr auf. Eine Variante, der »So-kriege-ich-ihn-zurück«-Strategie, die sie bislang noch nicht genutzt hatte:

»Lieber Jan«, tippte sie aufgeregt in das kleine Textfeld, *»ich wollte dir nur sagen, dass ich auch wieder neu liiert bin, bevor du es irgendwie anders erfährst. Es ist Martin, mein Ex-Freund. Liebe Grüße, Nina.«*

Euphorisch tippte sie auf »senden«. Das konnte

ihm nicht egal sein. Er würde bestimmt gleich anrufen – da war sie sicher. Selbst fremdzugehen oder eine Affäre zu haben, war für Männer die eine Sache – eine Frau an einen Rivalen zu verlieren, aber etwas komplett anderes. Das würde Jan bestimmt nicht auf sich sitzen lassen wollen. Sie nicht mehr in der Hinterhand zu haben – leidend und ihm nachtrauernd –, würde ihn eifersüchtig piksen. Würde seine Gefühle für sie wieder wachrütteln. Würde ihn endlich zu ihr zurückbringen.

Zufrieden aß Nina den Kuchen auf.

Piep! Piep! Sie hatte sich nicht geirrt: Schon ploppte eine SMS von ihm auf dem Display auf. So schnell hatte er in den letzten Wochen noch nie reagiert.

»*Das freut mich sehr für dich*«, las Nina zu ihrem großen Entsetzen. »*Und es erleichtert auch meine Situation in gewisser Weise. ☺ Schickst du mir meine Sachen nach – die CDs und meinen Surf-Kram? Das wäre lieb! Ich wünsche dir alles Gute mit Martin, dein Jan.*«

Nina fühlte sich schrecklich. Die Taktik war komplett nach hinten losgegangen! Was sollte sie denn jetzt machen? Schreiben, dass es nur ein Scherz war? Nur eine Provokation? Jedenfalls hatte sie nun wirklich endgültig alle Chancen auf ein Liebes-Comeback vermasselt. Sie verhielt sich so hirnrissig wie eine 14-Jährige, die sich zum ersten Mal verliebt hatte. Was war denn bloß los mit ihr?

28

Auf Sylt weiter auf Jans Rückkehr zu warten, machte nun endgültig keinen Sinn mehr. Und von Martin mit Überraschungsbesuchen und Liebesschwüren bombardiert zu werden, erst recht nicht. Sie würde zu ihrer Mutter auf die Kanaren fliehen – das hatte sie ja sowieso schon vorgehabt.

Desillusioniert tippte Nina auf die Handynummer ihrer Mutter, die das europäische Winterhalbjahr seit ein paar Jahren auf Gomera verbrachte, weil sie Deutschland im Winter »unerträglich« fand. Marleen hatte den 68er-Geist immer noch nicht abgelegt, hing ihren Hippie-Idealen nach, war eine passionierte Barfuß-Geherin und Sich-selbst-ganz-doll-Spürerin.

Sie verabredete sich absichtlich nicht mehr und rief niemanden mehr an, weil sie wusste, dass sie demjenigen sowieso begegnen würde – wenn es denn sein sollte. »Uhrzeit und Tag von Begegnungen bestimmt das Universum!«

»Und wenn du mal eine Pizza bestellen willst?«, hatte Nina sie daraufhin provokant gefragt. »Fliegt die dann einfach so zu dir ins Haus, weil sie spürt, dass du Hunger hast?«

»Sei nicht so doof, Nina«, hatte Marleen beleidigt erwidert. »Du weißt genau, wie ich das meine!«

Natürlich wusste Nina das.

Hoffentlich würde sie heute mal an ihr Telefon gehen. Nina hatte keine Ahnung, wie sie ihr per Schwingung ihre genaue Ankunftszeit mitteilen sollte.

Natürlich nahm ihre Mutter nicht ab. Stattdessen sprang die Mailbox an, auf die Nina ihre Urlaubsplanung sprach. Sie würde in sechs Tagen von Hamburg nach Teneriffa fliegen und dort auf die Fähre nach La Gomera steigen. Die Infos schickte sie auch noch per SMS, doch es war keineswegs sicher, ob Voicemail-Nachricht oder SMS jemals von ihrer Mutter abgehört bzw. gelesen werden würden.

Marleen an das Medium »Handy« heranzuführen, war harte Arbeit gewesen, denn technische Geräte – insbesondere Computer und Mobiltelefone – waren ihr »suspekt«. Alles, was keine Augen, einen Kreislauf oder grüne Blätter hatte, erfüllte sie mit tiefstem Misstrauen. Obwohl Marleen nur 24 Jahre älter war als Nina, lebten sie in puncto technischer Fortschritt auf zwei verschiedenen Planeten. Ein Fernseher kam Marleen nicht ins Haus, weil sie sich nicht »vom kapitalistischen System manipulieren« lassen wollte. Und auch ihr Laptop klappte sie nur äußerst ungerne auf. Ihrem lindgrünen Wahlscheiben-Analog-Telefon mit Schnur hatte sie ewige Liebe geschworen, obwohl sie den Hörer, wenn der Apparat ohrenbetäubend laut klingelte, nur abnahm, wenn sie es gerade »fühlte«.

Um ihr zu ihrem Handy einen emotionalen Zugang zu schaffen, hatte Nina ihr als Klingelton Didgeridoo-Klänge der australischen Aborigines eingerichtet. Da Marleen bei Anrufen dadurch aber oft unkontrollierte Blähungen unterstellt wurden, ersetzte Nina die irritierenden Töne bald durch einen Song von Janis Joplin.

Nun besaß Marleen seit ein paar Jahren ein iPhone – sie konnte ihr Analog-Telefon ja schlecht mit nach Gomera nehmen –, dennoch war sie so gut wie nie zu erreichen. Entweder ließ sie es zu Hause liegen oder vergrub es in den Untiefen ihrer Handtasche. Falls sie das Klingeln per Zufall doch mal hörte, wühlte sie so lange hektisch in ihrer Tasche, dass der Anrufer weg war, wenn sie es endlich gefunden und aus seiner selbstgebatikten Stoffhülle befreit hatte.

Meistens war ihr Handy allerdings versehentlich im »Flugmodus«, sodass es weder klingelte noch Anrufe empfing. »Guck mal, da ist wieder dieses komische Zeichen«, sagte Marleen dann und nahm diesen Umstand als Beweis, dass das doofe Ding auf Krawall aus war. Bekam sie eine SMS, hielt sie das Gerät mit ausgestreckten Armen so weit von sich weg, als wäre es Chucky, die Mörderpuppe, die gleich zubiss – oder sie presste es einen Millimeter vor ihre zusammengekniffenen Augen, um ohne Lesebrille den Text zu entziffern.

Um sicherzugehen, dass Marleen sie auch wirklich in San Sebastian von der Fähre abholen würde, schrieb Nina ihr noch eine E-Mail.

Marleen selbst verfasste E-Mails grundsätzlich in Extrem-Zeitlupe, Buchstabe für Buchstabe. Und bei jedem einzelnen vergewisserte sie sich, ob er auch wirklich auf dem Textfeld erschien. Als sie noch ein veraltetes Programm hatte, das angefangene E-Mails nach fünf Minuten automatisch löschte, statt sie im Ordner »Entwürfe« zu speichern, brach sie regelmäßig in Tränen aus, wenn auf diese Weise plötzlich das Ergebnis ihrer schweißtreibenden Kommunikationsbemühungen für immer verschwunden waren.

Update-Empfehlungen oder Hinweise zur Sicherung von Dateien versetzten sie regelmäßig in Panik. Mit vor Aufregung hochroten Wangen und elektrisiert abstehenden Haaren saß sie dann stocksteif vor dem Bildschirm ihres Powerbooks und wartete auf den nächsten virtuellen Schienbeintritt ihres »Feindes«. Denn schon oft hatte die mit beschlagener Brille praktizierte Bedienung ihres Laptops, bei der sie erst zaghaft und dann immer verzweifelter seltsame Tastenkombinationen drückte, zu eigenartigen Ergebnissen geführt: Sie erlöste etliche bizarre Programmfunktionen aus ihrem Tiefschlaf, schrieb versehentlich einen Glasnudel-Hersteller in Tokio an und verlief sich auf einer brasilianischen Mobilfunk-Website. Ninas Angst, dass sie auf einer ihrer virtuellen Weltreisen versehentlich Trumps Twitter-Account hacken würde, war nicht ganz unberechtigt.

Doch heute passierte ein Wunder: Rund sechs Stunden, nachdem Nina ihr auf Band gesprochen und SMS und E-Mail verschickt hatte, rief Marleen zurück.

»Da ist wieder so eine Meldung auf dem Bildschirm«, rief sie atemlos, ohne Nina zu begrüßen.

»Hallo, Mama«, sagte Nina. »Schön, dass du anrufst!«

»Jaja, hallo, Nini«, entgegnete ihre Mutter zerstreut.

»Was denn für eine Meldung?«, fragte Nina deshalb.

»Moment …« Nina hörte förmlich, wie sie mit der Nase an den Bildschirm stieß, um die kleinen Buchstaben zu entziffern: »Press any key to continue!«

»Ja, und?«

»Wie, und?«

»Warum machst du das nicht?«

»Ich finde den ›any key‹ nicht!«

Nina lachte schallend los. »›Any key‹ bedeutet ›irgendeine Taste‹, Mama. Du musst irgendeine Taste drücken!«

»Irgendeine? Aber welche denn?«

»IRGENDEINE!« Das hatte Nina nun geschrien.

»Ah«, sagte ihre Mutter erlöst. »Es hat funktioniert!« Sie klang, als ob sie in letzter Sekunde den Crash eines Busses an eine Felswand verhindert hätte.

»Hast du meine E-Mail bekommen, Mama?«, fragte Nina.

»Ja, Nini-Bini.« So nannte Marleen sie leider immer noch, und Nina hasste es. »Deshalb hatte ich ja diese Meldung.«

»Und?«, überging Nina den Vorwurf. »Kannst du mich abholen?«

»Ja, klar! Ich freue mich auf dich!«

»Ich mich auch auf dich.« Nina lächelte. »Ich bringe übrigens jemanden mit.«

»Ja?« Ihre Mutter klang positiv überrascht. In ihrer immer noch existenten 68er-WG-Kommunengesinnung konnte man gar nicht genug mit anderen Menschen in Kontakt kommen. Je mehr, desto besser. »Wen denn?«, fragte sie.

Nina ärgerte sich über die Frage, denn offenbar hatte sie vergessen, dass sie seit über zwei Jahren mit Jan zusammenlebte. Aber sie hatte sie ja auch noch nie auf Sylt besucht. Und für sie galt zudem noch die Devise: »Wer zweimal mit demselben pennt, gehört schon zum Establishment«.

»Max«, sagte Nina.

»Max?«, fragte Marleen irritiert. »Äh, hieß dein Freund nicht …?«

»Max ist ein Hund!«

»Ach, Mäxchen – ja, klar! Ich freue mich! Du, ich muss jetzt los, mein Yin-Yoga am Strand beginnt gleich.«

Zack. Ihre Mutter hatte aufgelegt. Manchmal beneidete Nina ihre Mutter um ihre unkomplizierte Lebenseinstellung.

29

»Och, wie schade«, jammerte Margit. »Ich dachte, wir feiern Weihnachten und Silvester zusammen! Ich hatte mich schon so gefreut. Und Klaus auch!« Sie sah ehrlich betrübt aus.

»Das hätte ich auch sehr gerne gemacht, Margit«, sagte Nina. »Aber ich brauche mal einen Tapetenwechsel. Und ein bisschen Sonne auf die Seele.«

»Das ist ja klar, meine Süße«, sagte Margit und streichelte ihre Wange. »Ich wünsche euch ganz viel Spaß!« Sie küsste Max auf die Schnauze, der es sich bereits auf dem Beifahrersitz von Ninas Benz bequem gemacht hatte. »Aber du musst mir versprechen, rechtzeitig zu unserer Hochzeit wieder zurück zu sein!«, forderte sie plötzlich vehement. Klaus und Margit wollten am 14. Februar, Valentinstag, dem Tag der Liebe, heiraten.

»Auf jeden Fall«, lachte Nina. »Schließlich habe ich euch ja quasi verkuppelt – und außerdem bin ich doch Trauzeugin!«

Sie nahm Margit in den Arm und drückte ihr ihren Wohnwagenschlüssel in die Hand.

»Pass gut auf alles auf, Margit! In sechs Wochen bin ich wieder da!«

Sie setzte sich ins Auto, schloss die Tür und warf

den alten Dieselmotor an. Sie winkte noch so lange durch das offene Schiebedach, bis sie auf der Hauptstraße um die Ecke bog.

Der Verladeplatz für den Sylt-Shuttle war zum Glück ziemlich leer, und Nina konnte sofort auf den Zug fahren. Oben – was sie mit dem alten Benz nicht so oft durfte. Nach oben wurden meistens nur die Lkw-großen Angeber-SUVS gewunken, die zu hoch waren, um unten zu stehen.

Ein bisschen wehmütig sah Nina ihre geliebte Insel im Seitenspiegel kleiner werden, als der Autozug sie über den Hindenburgdamm nach Niebüll ratterte. Sie hatte die Füße auf das Armaturenbrett gelegt und ihre Lieblingssong-Playlist auf volle Lautstärke gestellt. Sie freute sich auf Gomera. Wie riet doch der weise Dalai Lama: *»Einmal im Jahr solltest du einen Ort besuchen, an dem du noch nie warst.«* Nina hatte ihre Mutter noch nie in ihrem Kanaren-Exil besucht – sie würde also Neuland betreten.

Am Hamburger »Helmut Schmidt«-Airport war die Menschenmassen-Verladung in ferne Länder, die »Urlaub« hieß, perfekt organisiert: Ferien-Fans ließen ihre Autos auf einem preisgünstigen, sogenanntem »Holiday«-Parkplatz zurück und wurden per Bus-Shuttle zum Terminal transportiert. Auch Nina nutzte den Service und drängelte sich mit Koffer, Max-Transporttasche und zahlreichen anderen Urlaubswilligen in dem überheizten Bus.

Nachdem sie eingecheckt, ihren Koffer aufgegeben und die schweißtreibende Sicherheitskontrolle absolviert hatte, bei der sie den gesamten Inhalt ihrer Handtasche auskippen und außerdem Max durchleuchten lassen musste, ließ sie sich an ihrem Gate erschöpft auf einen der weißen Plastikstühle mit Blick auf die Rollbahn fallen und wartete aufs Boarding.

Ihr war furchtbar heiß. Das T-Shirt klebte an ihrer Brust, und kleine Schweißrinnsale liefen ihr die Schläfen hinunter. Lag das an dem Koffer- und Taschen-Geschleppe oder an ihrer Angst vor dem Flug? Das Flughafen-Gebäude erschien ihr vollkommen überheizt. War sie inzwischen schon so nordisch, dass sie sich bei Temperaturen über 5 Grad wie in der Bio-Sauna fühlte – oder waren das bereits die Anfänge der Wechseljahre? Einige ihrer Freundinnen waren schon Ende 30 mittendrin – und sie war ja bereits 43! Sie hatte auch ihre Tage gar nicht bekommen, fiel ihr voller Schrecken ein.

Das war's dann wohl mit der Familienplanung, dachte sie traurig. Die Entscheidung Kind oder nicht hatte ihr Mutter Natur damit nun abgenommen. Und es dadurch noch unmöglicher gemacht, Jan jemals zurückzugewinnen. Denn der wollte ja unbedingt Kinder …

Mürrisch betrachtete sie Mäxchen, der in seiner Transport-Tasche hingebungsvoll an einem Rinderhaut-Knochen kaute.

»Altersbaby« nannte man Hunde, die für Frauen in den »besten Jahren« zum Kind oder Partner-Ersatz wurden. War es schon so weit? Wurde sie gerade genauso, wie sie nie werden wollte: vermögend, verhärmt, verlassen und mit einem verwöhnten Vieh in der Vuitton-Tasche? Eine ungute V-Alliteration …

Nina kaufte sich am Tresen eines Sandwich-Stores eine eisgekühlte Flasche Mineralwasser, setzte sich wieder und beobachtete eine hochschwangere Mutter mit einem »richtigen« Kind. Das etwa dreijährige Mädchen mit den Pippi-Langstrumpf-Zöpfen hatte sich gerade ihr rosa Blümchenkleid mit dem Inhalt eines Eisbechers vollgekleckert. Entnervt versuchte die Mutter, die klebrige Soße mit einer Serviette abzuwischen.

»Möchtest du noch einen Löffel vom Nachtisch?«, fragte sie das Mädchen, nachdem sie den Aggregatszustand ihres Kindes von »sehr klebrig« in »klebrig« gewandelt hatte.

»Nein!«, antwortete die Kleine barsch.

Die Mutter schaute sie verblüfft an.

»Zwei!«, forderte das Kind – und lachte. Die Mutter auch. »Du Frechdachs!«

Nina musste grinsen.

»Magst du lieber Himbeeren oder Erdbeeren?«, fragte Nina die Kleine.

»Himbeeren!«, antwortete das Mädchen, nachdem es kurz überlegt hatte.

»Aha«, sagte Nina.

»Und Erdbeeren!«

Nina lachte, und auch die Mutter fiel mit ein.

»Ganz schön schlau«, sagte Nina und zwinkerte der hochschwangeren Mutter zu.

»Mama hat ein Baby im Bauch«, erklärte das Mädchen. »Aber ich weiß nicht, wie sie das runtergeschluckt hat!«

Das Boarding wurde freigegeben. Die Mutter stand auf und platzierte das Mädchen in eine etwas klapprig wirkende, rote Schiebe-Karre.

»Sag deinem Vater mal, dass du eine neue Karre

brauchst«, befahl sie ihrer Tochter entnervt, als sie versuchte, die verdrehten Räder der Karre zu richten.

»Warum?«, fragte das Mädchen.

»Weil diese Karre schon so alt ist!«

»Warum ist die alt?«

»Weil sie eben alt ist!«

»Kommt sie dann auch in den Himmel?«

Die Mutter lachte. »Ja, meine Süße! Zu Ur-Oma und dem Hund!«

»Guckt sie dann von oben runter?«

»Ja, die fliegt dann da auch rum!«

Nina grinste, zog ihre online ausgedruckte Bordkarte über den Scanner und trottete anschließend über die Gangway in den Flieger, Mäxchens Tragetasche in der rechten Hand.

Weltweit befanden sich ca. 500 Millionen Frauen in den Wechseljahren und verbreiteten ungehindert Hitzewallungen. Ob die Klimaerwärmung nicht eher damit zusammenhing statt mit den Kuh-Pupsen? Eine völlig neue These, überlegte Nina, die sie mal zur Diskussion stellen sollte. Vielleicht würden dann in jeder Straße öffentliche Abkühlungshäuser für hitzegeplagte Damen errichtet, in denen sie sich wieder auf Normal-Temperatur runterregulieren konnten. So würden die Polkappen wenigstens kalt bleiben, statt beständig vor sich hin zu schmelzen …

Nina hatte einen Platz am Fenster gebucht und wunderte sich bei der Sicherheits-Performance der Stewardessen wieder mal, dass keiner zuhörte. Rechnete denn hier niemand außer ihr mit dem Ernstfall? Würde sie im Absturz-Fall dann über 200 Passagieren zeigen müssen, wie sie die Sauerstoffmaske aufsetzen mussten?

Sie bewunderte die emotionslosen Herren, die, sobald sie ihren Platz eingenommen hatten, Zeitung lasen, auf ihr Laptop, Tablet oder Smartphone starrten und nicht das Geringste zu befürchten schienen. Das würde Nina nie verstehen. Wie konnte man es normal finden, in einem Stahlkoloss mit dem gefühlten Gewicht eines Kreuzfahrtschiffes in 11 Kilometern Höhe durch die Luft zu fliegen? Wie konnte man sich, mit 200 Mitreisenden eingeklemmt wie in einer Sardinenbüchse, jemals wohlfühlen? Fliegen war immer noch eine Tortur für sie – obwohl sie sich immer wieder dazu zwang.

Kurz nach dem Start wurde Nina so übel, dass sie die Kotztüte zückte. Das war ihr, trotz aller Flugangst, noch nie passiert. Ließen ihre Nerven nach? Hatte sie etwas Falsches gegessen?

Die Übelkeit nahm zwar ab, als die Maschine ihre endgültige Flughöhe erreicht hatte, aber ganz legte sie sich nicht.

Sie dachte an ihre letzte Reise auf die Kanaren zurück. Damals hatte Jan neben ihr gesessen – und sie waren nach Fuerteventura geflogen. Wie immer, wenn sie in einem Flugzeug saß, hatte Nina starr vor Angst und in höchster Anspannung den Motoren gelauscht, während er vollkommen entspannt eingeschlafen war. Fühlte er einfach generell nichts?, fragte Nina sich. Hatte er keine Angst beim Surfen und keine Angst im Flieger, weil er auch Angst gar nicht fühlte? Vielleicht war er ja komplett von seinen Gefühlen abgeschnitten – und deshalb neuerdings auch so scheiße im Bett!

Wer nichts fühlte, konnte sich natürlich auch nicht in jemand anders hineinfühlen. War vollkommen unempathisch. Diese Erkenntnis öffnete Nina die Augen für eine völlig neue Sichtweise auf Jan. Denn sie wusste, dass er im Grunde ein ganz Weicher und Sensibler war. In manchen bekifften Zuständen war das durchgebrochen. Und früher hatte er ja auch sehr zärtlich sein können …

30

Aus dem Flugzeugfenster sah Teneriffa aus wie ein getrockneter Kuhfladen. Im Landeanflug staunte Nina, wie grün die Insel im Kontrast zu Fuerteventura oder Lanzarote war. Die Sonne brannte, und sie freute sich, endlich wieder in Licht und Wärme zu sein. Es kam ihr vor, als wäre sie dem Sommer, der Sylt im September verlassen hatte, einfach hinterhergeflogen. Am liebsten würde sie ihn auf dem Rückflug ans Flugzeugheck knoten und ihn wieder mit in den Norden ziehen.

Nachdem sie gelandet war und erfolgreich ihren Koffer vom Gepäckband gezerrt hatte, ließ Nina Max und sich mit dem Taxi zum Hafen von Los Cristianos bringen, wo sie auf die Fähre nach Gomera stieg.

Die Fahrtzeit betrug nur kurze 40 Minuten, und Nina wunderte sich sehr, dass ihre Mutter tatsächlich pünktlich in San Sebastian am Hafen stand und aufgeregt winkte, als die Fähre anlegte. Wie hatte sie das denn geschafft? Hatte sie Ninas Ankunftszeit »erspürt«?

Marleen nahm sie in die Arme und ließ sie erst nach ein paar Minuten wieder los. Über zwei Jahre hatten sie sich nicht gesehen, und Nina freute sich, wie gesund und vital ihre Mutter aussah: Knackbraungebrannt, die mittlerweile mehr weißen als blonden Haare von der Sonne gebleicht – und auch sonst wirkte sie äußerst gut in Schuss. Ihre Überwinterungstaktik schien ihr eindeutig gutzutun.

In Marleens klapprigen, verbeulten, weißen R4 mit der türkisfarbenen Ersatztür fuhren sie auf die andere Seite der Insel nach Valle Gran Rey.

In den 70er-Jahren gab es zum R4 keine Alternative, wenn man als Hippie etwas gelten wollte – und Marleen war die lässigste Renault-Fahrerin von allen. In der Hand die unerlässliche »Lord-Extra«-Kippe, dazu einen wadenlangen Pelzmantel, der stets offen getragen wurde (auch bei Schneetreiben, das es damals ja noch gab), ursprünglich mal weiße Cowboystiefel aus Amsterdam, die mit roter Schuhcreme »individualisiert« worden waren, und Levis-Schlag-Jeans in einer Größe, von der Nina nur träumen konnte. Die junge Marleen hatte eine Figur wie Elle-»The body«-McPherson und dazu das sinnliche Aussehen der Bardot gehabt: wilde, blonde Mähne, Schmollmund und – nach der Scheidung von Ninas Vater – zehn Männer an jedem Finger.

Gut eine Stunde dauerte die Fahrt und führte am Innenrand eines Vulkans in 1500 Metern Höhe durch den Nationalpark Garajonay, einem verwunschenen Urwald, der eigentlich immer in Nebelschwaden hing.

Nina schaute auf riesige Lorbeerbäume, Farne und Flechten – ein Märchenwald wie aus dem Bilderbuch, in dem sicher noch jede Menge Feen, Gnome und Elfen tanzten. »Hier oben ist es immer angenehm kühl, selbst wenn wir unten im Tal 30 Grad haben«, rief Marleen Nina über die Schulter zu, die mit Mäxchen auf dem Rücksitz saß.

Wie grün, üppig und fruchtbar die Landschaft doch im Kontrast zur kargen Schwester-Insel Fuerteventura war, fand Nina. Und leider auch extrem bergig: Oft fiel die Straße neben Nina steil ab und Marleen hatte eine äußerst rasante Fahrweise. Nina wurde schon wieder kotzübel. Von den Kurven? Von der Fähre? Hektisch wies sie Marleen an, bitte sofort anzuhalten, damit sie sich übergeben könne, konnte dann aber doch noch an sich halten.

»Hast du etwas Falsches gegessen?«, fragte ihre Mutter verwundert.

»Vermutlich«, sagte Nina und kauerte sich auf dem Rücksitz wieder neben Max.

Seit über 20 Jahren lebte Marleen in »offener Beziehung« mit Gerd, einem dürren Gestalt-Therapeuten, dem schon früh wesentliche Teile seines Haupthaars ausgegangen waren. Gerd machte mit Marleen artig Ausdruckstanz, trug dazu sogar Ballettschuhe und ließ im Bett – Marleens Worte – regelmäßig die »Sau raus«. Wie der klapprige Kerl es schaffte, ihre vitale Mutter zu deren Zufriedenheit zu beschlafen, war Nina schon immer ein Rätsel gewesen.

Anfangs hatte Nina den schlaksigen, gehemmten Brillenträger mit dem wabbeligen, platten Hintern und dem gebärfreudigen Becken nicht besonders ernst genommen. Ein weiteres seltsames Unikat in der bizarren Männer-Kollektion ihrer Mutter – so what? »Na, biste immer noch hot in love mit Äitsch Äi«, hatte sie ihre Mutter damals oft aufgezogen und damit die englisch ausgesprochenen Buchstaben »h« für »hot« und »a« für »ass« aneinandergereiht. Hot ass – das war selbstverständlich ironisch gemeint, aber Marleen hatte es nicht besonders lustig gefunden.

Doch Äitsch Äi hatte sich erstaunlicherweise fest in

Marleens Leben integriert: Seit acht Jahren war er pensioniert und übernahm Küche und Haushalt, während Marleen ihre Kreativität in großen, abstrakten Ölgemälden auslebte, deren »Message« Nina nie verstand.

In regelmäßigen Abständen ließ Marleen Gerd allein, denn ihre Reiselust war nach wie vor ungebrochen, wogegen er am liebsten auf der Terrasse saß und Gitarre spielte. Im vergangenen Jahr hatte Marleen zum Beispiel die peruanischen Anden bereist. In 5600 Höhenmetern war die Luft so dünn, dass die Reiseteilnehmer trotz Sauerstoffmasken der Reihe nach kollabierten. Nur eine nicht: Marleen! Mit ihren 67 Jahren war sie zwar doppelt so alt wie die meisten anderen Teilnehmer – aber offenbar auch doppelt so fit!

Vielleicht lag das an der gesunden Ernährung, auf die sie schon Wert gelegt hatte, als es noch keinen Bio-Boom gab. Nina erinnerte sich, wie sie als Kind oft starr vor Verzweiflung wurde, angesichts der riesigen Hirsesäcke, die sich in der Speisekammer stapelten. Wer jemals ohne Salz gekochte Hirse mit Sojasoße essen musste, konnte das verstehen …

Marleen hatte ihren Gerd wirklich gut im Griff: Auch heute wartete schon ein gedeckter Tisch auf sie. Es gab einen leckeren, knackfrischen Salat und pikantes Couscous mit Auberginen und veganem Hack.

Gerd begrüßte Nina freudig. »Das ist aber schön, dass du uns mal besuchen kommst, du«, und Nina graute angesichts seines schütteren Haarkranzes, dessen spärliche Reste ihm ab Kopfmitte labbrig bis zu den Schultern hingen, wie extrem dünne, viel zu weich gekochte Spaghetti. Warum schnitt er die Lametta-artigen Fussel nicht einfach ab?

Marleen und Gerd hatten schon vor Jahren eine Finca in La Vizcaina gekauft, einem kleinen Ort in den Bergen in der Nähe von Valle Gran Rey, dem ehemaligen Aussteiger-Paradies. Das weiß getünchte Haus lag idyllisch umgeben von Palmen und Bananen-Plantagen und bot einen herrlichen Blick auf Meer und Tal. Die am Berghang übereinander angelegten Plantagen und Felder sahen aus wie riesige Treppenstufen.

Zum Strand waren es fünf Kilometer bergab, die man mit dem Auto oder Fahrrad in zehn Minuten schaffte, zu Fuß brauchte man allerdings anderthalb Stunden.

Das Haus war in fiesestem 70er-Style eingerichtet, aber das schien die beiden Alt-68er nicht zu stören.

Gerd und Mäxchen schlossen sofort eine intensive Männer-Freundschaft. Der kleine weiße Kerl, der die Reise erstaunlich gut überstanden hatte, richtete sich auf Gerds Schoß umgehend einen Dauerschlafplatz ein, den er offenbar nie wieder verlassen wollte.

Na toll! Alle Männer verließen sie! Eine Wutwelle schoss plötzlich in Nina hoch. »Max, du kleine Ratte«, zischte Nina so aggressiv, dass Gerd erstaunt die Augenbrauen hochzog. Warum war sie bloß so geladen? Erschöpfung? Seelische Überlastung? Ihre Stimmungsschwankungen waren ihr mittlerweile selbst etwas unheimlich …

Außerdem war ihr schon wieder übel. Hätte sie bloß dieses muffige Sandwich auf der Fähre nicht gegessen. Sie eilte auf die Toilette.

»Du bist schwanger, meine Süße«, sagte Marleen ihr auf den Kopf zu, als Nina sich wieder an den Tisch setzte. »Das habe ich schon in San Sebastian gesehen!«

31

In der Nacht tat Nina kein Auge zu. Die Möglichkeit, schwanger zu sein, ließ ihr keine Ruhe. Aber von wem denn? Von Martin? Von Jan? Nina brach schon wieder der Schweiß aus.

Noch am Abend hatte Marleen einen Termin für sie bei »der Naruda« vereinbart. »Die Naruda« hieß eigentlich Simone Bartels, hatte aber mit 56 in irgendeinem Ashram ihren spirituellen Namen angenommen, der von Marleen natürlich sofort begeistert adaptiert worden war. Sie war eine befreundete Kölner Gynäkologin, die nach Gomera ausgewandert war. Ihre Praxis lag in Valle Gran Rey, und Nina hatte sich gleich morgens Marleens schepperigen R4 ausgeliehen, um die fünf Kilometer ins Tal zu brausen.

Narudas Praxis war ganz offensichtlich für esoterische Feinfühlerinnen eingerichtet: Überall hingen gebatikte oder bestickte Tücher, es roch nach Räucherstäbchen, und kitschige, farbüberfrachtete, indische Poster zierten die Wände. Natürlich war das Angebot sowohl ganzheitlich als auch homöopathisch und naturheilkundlich.

Mit einem buddhistischen Lächeln wurde Nina von »der Naruda« empfangen und auf zwei altersschwachen Korbsesseln, die sich gegenüberstanden, zum

Gespräch gebeten. Nachdem Nina ihren Schwangerschaftsverdacht offenbart hatte, wurde das Lächeln auf Narudas Gesicht noch milder, und sie bat Nina auf den Untersuchungsstuhl. Schnell gab sie freudig ihren Befund bekannt: »Das sieht alles sehr gut aus, Nina!« Sie zog sich die Handschuhe aus. »Herzlichen Glückwunsch!«

»Die Naruda« strahlte sie an und sagte, dass sie sich wieder anziehen könnte. »Wenn du das nächste Mal kommst, stelle ich dir deinen Mutterpass aus! Wie schön! Ich freue mich so für dich!« Sie umarmte Nina theatralisch.

»Aber das kann doch gar nicht sein«, stammelte Nina schockiert. »Ich bin doch schon 43! Da wird man doch überhaupt nicht mehr schwanger!«

»Glaubst du auch diese Ammenmärchen?«, lachte Naruda. »In Italien werden die Frauen noch bis weit über 50 schwanger – und niemand spricht darüber, weil es vollkommen normal ist. Ob eine Frau schwanger wird oder nicht, ist total individuell. Jeder Körper ist anders – und hat ein anderes Programm.«

»Aber ist es mit über 40 nicht gefährlich, schwanger zu sein?«

»Nein. Rein körperlich kann eine 40-Jährige genauso problemlos schwanger sein wie eine 30-Jährige.«

»Aber …«

»Was meinst du, wie viele Frauen ein Kind bekommen möchten«, unterbrach Naruda Ninas Gestotter, »und es ihnen nicht gegeben wird! Du solltest dankbar sein und mit dem Wesen kommunizieren. Jedes Baby ist ein Geschenk, ein Wunder.«

Nina fühlte sich nicht gerade, als hätte sie ein Geschenk bekommen, als sie Narudas Praxis verließ. Wie in Trance taumelte sie auf die Straße und ließ sich ins Auto fallen.

Sie war also tatsächlich schwanger! Die Erkenntnis traf sie wie ein Keulenschlag. Wie hatte das passieren können? Konnte es wirklich wahr sein? Sie hatte doch gerade erst die Pille abgesetzt und lag doch altersmäßig schon jenseits jeder Wahrscheinlichkeit. Warum hatte sie bloß der Statistik geglaubt?

Nina startete den Motor.

Wer war der Vater? Martin – aber der Sex mit ihm war doch erst eine Woche her? Konnte man da schon schwanger sein? Nina kannte die Antwort.

Oder Jan? Dann wäre sie aber bereits in der vierten Woche … War ihre Schwangerschaft der Grund für ihre ausbleibenden Tage? Da ihr Ultraschallgerät defekt war, hatte die Naruda nicht genau sagen können, in welcher Woche Nina war.

Und letztlich war es ja auch egal. Fakt war: In ihrem Bauch wuchs ein Kind! Sie war in ihrem Körper nicht mehr alleine – und würde es auch nach der Geburt für den Rest ihres Lebens voraussichtlich nie mehr sein. Das Universum hatte ihr die Entscheidung »Kind oder nicht« abgenommen, denn sie würde es auf jeden Fall bekommen, das war für Nina sofort klar.

Ein Kind in ihrem Leben – was hieße das?

Horrorvisionen von hochschwangeren, restlos entnervten Müttern mit zerzaustem Haar, die trotz dickem Bauch schwere Einkaufstüten schleppten und dazu noch rechts und links ein quengelndes Gör an den Hacken hatten, tauchten vor ihrem geistigen Auge auf.

Viele ihrer Freundinnen hatten sich gegen Kinder entschieden, weil sie sich die Selbstlosigkeit und Aufopferung nicht antun wollten, die zwangsläufig damit verbunden waren. Auch Nina war sich nicht so sicher, ob sie die monströse Aufgabe meistern könnte, nachdem sie sich über vier Jahrzehnte ausschließlich um sich selbst gedreht hatte. Würde sie sich völlig einem anderen Wesen übereignen können? Es schaffen, völlig selbstlos zu werden?

Und würde sie das Dauer-Generve, Trotz-Kämpfe, Zahnungsphasen, Krankheiten und Rotznasen überstehen?

Ein Kind konnte man ja nicht zurückgeben, wenn es einem doch nicht so gut gefiel …

Während sie zurück zur Finca fuhr, malte Nina sich aus, was auf sie zukommen würde – ganz alleine im Wohnwagen: Erst schliefen die kleinen Dinger ja fast noch rund um die Uhr – das würde nicht so schlimm werden. Sie konnten herrlich in dem großen Wohnwagenbett liegen und Nina würde das Kleine regelmäßig stillen. Und dann? Dann ging doch diese Zahnphase los, oder nicht? Wenn sie Zähne bekamen, schrien sie angeblich Tag und Nacht … Nina bekam Angst. Könnte sie die Verantwortung für ein anderes Leben überhaupt übernehmen?

Bei Babs hatte sie ansatzweise mitbekommen, wie hart die ersten Jahre sein konnten: Ihre Kinder hatten beide nie mehr als zwei Stunden am Stück geschlafen und waren bis zu fünf Mal pro Nacht aufgewacht. Babs war damals am Stock gegangen, vom Stillen total abgemagert und hatte heftige Rückenprobleme vom ständigen Babytragen bekommen. Nicht besonders reizvoll, wie Nina fand. Ihr schwebte eigentlich eher ein dauerschlafendes, selig vor sich hin lächelndes Wonneproppen-Baby vor. Irgendetwas Pflegeleichtes eben, das wäre toll!

15 Jahre lang abends nicht mehr weggehen? In ständiger Sorge sein und am Ende allein und ausgelaugt zurückbleiben? Nie mehr durchschlafen? Dauernd erkältet? Keine Minute Ruhe mehr? Überall Babybrei in der Wohnung und an den Klamotten? Und dazu noch diese unglaubliche Brutalität der Geburt, die Komikerin Martina Hill mal treffend als »Stell dir vor, du müsstest eine Melone scheißen« beschrieben hatte.

Nina dachte an ihre Freundinnen mit Kind. Manche würden es immer wieder so machen – manche aber auch nicht. Mutterschaft wurde in ihrem Freundeskreis keineswegs glorifiziert. Und auch sonst lehnten sich Frauen weltweit ja seit Kurzem mittels der »Regretting Motherhood«-Bewegung gegen die Verherrlichung der Mutterschaft auf. In der Studie einer israelischen Soziologin ging es um Mütter, die ihre Mutterschaft bereuten, weil sie zu gar nichts mehr kamen, sich total unfrei fühlten, ihr eigenes Leben komplett aufgeben mussten und chronisch erschöpft waren. Mütter, die öffentlich zugaben, dass sie lieber nicht Mutter geworden wären und ihre Kinder eigentlich doof fanden, waren ein ziemlicher Tabubruch.

Ihre Freundin Miriam zum Beispiel hatte sich im ersten Jahr oft schon morgens mit Rotwein betrunken, um ihre ewig brüllende Tochter nicht aus dem Fenster zu werfen (sie wohnte im fünften Stock). Die zermürbende Wiederholung des ewig gleichen Tagesablaufes aus Schreien, Windeln und Stillen und die Aussichtslosigkeit jeglicher Änderung dessen hatte sie in kürzester Zeit in den Burn-out getrieben. Wenn ihr Mann abends auch noch etwas von ihr wollte, zum Beispiel Sex, fing sie an zu weinen. Sie und ihr Körper konnten und wollten nichts mehr geben. Nach neun Monaten hingen ihre Augenringe tiefer als ihre vom ewigen Stillen gebeutelten Brüste, und die Ehe stand kurz vor der Scheidung.

Eine andere Freundin hatte neulich zugegeben, sich während der Erziehung ihrer beiden Söhne, die sie alleine großgezogen hatte, 20 Jahre lang wie im Gefängnis gefühlt zu haben. Jeden Abend alleine in ihrer Küche – das war wie Einzelhaft gewesen, denn schnell hatten ihre Freundinnen keinen Bock mehr, ihr beim Kindersitten und Trübsalblasen Gesellschaft zu leisten, und gingen sich lieber in hippen Clubs und Restaurants amüsieren. Für eine Beziehung hatte sie weder die Zeit noch die emotionale Kapazität gehabt, und ihre Karriere, die ziemlich vielversprechend begonnen hatte, konnte sie komplett an den Nagel hängen.

Jetzt waren die Söhne aus dem Haus, sie war alleine und ausgelaugt in der leeren Wohnung zurückgeblieben und hatte beruflich total den Anschluss verpasst. Aktuell hatte sie weder die Kraft noch die innere Stärke, ihn wieder aufzunehmen. Ganz schön selbstlos, das Ganze …

Nina parkte vor der Finca und stellte den Motor ab.

Waren Kinder tatsächlich im Wesentlichen »Wellness-Schädlinge, die Mutti im Ich-sein störten«, wie Nina neulich irgendwo gelesen hatte – oder waren sie der Sinn des Lebens, weil erst die selbstlose Verantwortung für ein anderes Wesen wahre Demut schenkte und Herzenswärme und Güte lehrte?

Nina stieg aus und ging auf die Terrasse, wo Marleen sie wissend in die Arme nahm.

»Wie schön, meine Kleine! Ich freu' mich so!« Offenbar hatte »die Naruda« sie sofort angerufen. Mit dem Arztgeheimnis nahm man es hier anscheinend nicht so genau …

Die Mittagssonne brannte, und die mit groben Sandsteinplatten geflieste Terrasse der Finca, von deren Dach eine riesige Bougainvillea ihre roten Dolden hängen ließ, bot angenehm kühlen Schatten. Der kleine Garten, in den man von hier aus blickte, war ein Blütenmeer aus orange-roten Oleanderbüschen, blühenden Kakteen, diversen bunten Blumenstauden sowie Zitronen-, Mandel-, Avocado- und Olivenbäumen. Der wunderschöne Platz mit Panoramablick ins Tal, den ein süßer, köstlicher Duft umgab, war wirklich paradiesisch.

»Setz dich doch! Ich mache uns einen Eistee«, sagte Marleen und pflückte zwei Zitronen vom Baum. »Bei finanziellen Problemen oder Liebeskummer schwören die Gomerianer auf die Heilkraft Citronella Canariensis«, lachte sie. »Dann ist die Frucht bestimmt auch für Schwangerschaften gut.«

Sie verschwand in die Küche und kam kurze Zeit später mit einem Tonkrug zurück, aus dem sie das mit Eiswürfeln gekühlte Getränk in zwei Gläser goss. Gierig trank Nina einen großen Schluck. Es schmeckte herrlich: süß, herb und sauer zugleich – mit einer Geschmacksnuance, die Nina noch nicht kannte. Total erfrischend.

»Mhm, wie lecker«, rief sie begeistert. »Was ist denn da alles drin?«

»Schwarzer Tee, Zitrone, ein bisschen brauner Zucker – und ein paar getrocknete Rosenknospen!«

»Rosenknospen??« Nina hatte bislang nicht gewusst, dass man die auch essen oder trinken konnte.

»Ja, die geben diesen süßlich würzigen, ganz speziellen Geschmack! Wissen die wenigsten«, schmunzelte ihre Mutter stolz und stellte den Tee-Krug auf den Tisch.

»Total super«, fand Nina und nahm noch einen Schluck, dem sie fasziniert nachschmeckte.

Zufrieden seufzend ließ Marleen sich in einen Liegestuhl fallen und lächelte Nina an. »Nun werde ich also doch noch Oma!«

»Wie alt warst du eigentlich, als du mit mir schwanger wurdest, Mama?«, fragte Nina.

»24!«

»Hast du jemals bereut, mich bekommen zu haben?«

»Nein. Noch nie! Du bist das Beste, was mir je passiert ist.« Zärtlich schaute Marleen sie an und nahm ihre Hand.

»Warum?«

»Ach, das kann man nicht beschreiben ... Wenn du ein Kind hast, wirst du Zeuge eines Wunders! Und dadurch ändert sich deine Weltsicht komplett. Das Wunder befreit dich sozusagen aus dem Daseinsmatsch.«

»Daseinsmatsch, wie lustig!« Nina musste grinsen. Hing sie auch darin fest?

»Leider nicht von mir«, gab Marleen zu. »Das hat Gerd neulich irgendwo aufgeschnappt.«

»Warum genau sind Kinder denn für dich ein Wunder?«, hakte Nina nach.

»Weil sie eine komplett reine Seele haben«, sagte Marleen. »Sie sind noch vollkommen authentisch – das ist superspannend. Außerdem liebt dich dein Kind bedingungslos – und du es umgekehrt auch. Eine so intensive Liebe habe ich nie zu einem Mann gefühlt.«

Nina schwieg, denn sie war sich gerade gar nicht so sicher, ob sie Marleen wirklich frei von jeglichen Bedingungen liebte.

»Faszinierend finde ich auch diese unglaubliche Energie, die Kinder haben – und ihr Lachen. So ein richtig freies, fettes, ehrliches Lachen ist das! Erwachsene können so gar nicht mehr lachen.«

»Das stimmt«, bestätigte Nina.

»Wusstest du, dass Kinder rund 400 Mal am Tag lachen – Erwachsene aber nur noch 15 Mal?«, fragte Marleen. »Und dass man für ein Lächeln nur 17 Gesichtsmuskeln aktivieren muss, für ein grimmiges Gesicht aber mehr als doppelt so viele – nämlich 43?«

»Krass«, fand Nina. »Nee, das wusste ich nicht.«

»Wer ist denn der Vater meines Enkels?«, fragte Marleen plötzlich.

Nina verschluckte sich an ihrem Eistee und musste husten.

»Na, dass dich die Frage so aus der Fassung bringt, hätte ich nicht gedacht«, lachte Marleen und klopfte Nina auf den Rücken, bis sie wieder Luft bekam.

»Vater unbekannt?«, hakte Marleen grinsend nach.

»Mhm«, nickte Nina, die immer noch mit Eisteeresten in ihrer Lunge zu kämpfen hatte.

»Wie viele kommen denn in Frage?«

»Mama, also wirklich!« Empört richtete sich Nina in ihrem Stuhl auf. »Was denkst du denn von mir?«

»Nur das Beste«, schmunzelte Marleen. »Deshalb frage ich ja!«

»Entweder Jan oder Martin«, sagte Nina leise.

»Martin??«

»Ja, mein Ex-Freund.«

»Als du 17 warst?« Marleen schaute sie verständnislos an.

»Ja.«

»Aber …?«

»Er hat mich letzte Woche auf Sylt besucht, und wir sind im Bett gelandet«, erklärte Nina genervt.

»Sex mit dem Ex – der Klassiker«, rief Marleen. »Wer wäre dir als Vater denn lieber?«

»Ich weiß es nicht, Mama. Martin ist verheiratet – und Jan neu verliebt. Beides ist doof!«

»Ach, meine Kleine!« Marleen streichelte schon wieder ihre Hand. »Das schaffen wir schon! Dich habe ich schließlich auch alleine großgezogen – und so schlecht bist du ja nicht geworden …«

Sie lächelte Nina an und merkte erst jetzt, dass die weinte.

32

»Es kann sein, dass du Vater wirst, Martin!« Nina hatte all ihren Mut zusammengenommen, um Martin anzurufen und diesen Satz auszusprechen.

Umso verblüffter war sie, als Martin am anderen Ende der Leitung in schallendes Gelächter ausbrach. »Bestimmt nicht, Nina«, lachte er. »Ich habe mich vor fünf Jahren sterilisieren lassen! Meine Familienplanung ist abgeschlossen.«

»Aha …« Nina musste diese Information erst mal verdauen.

»Also hast du auch noch mit jemand anders geschlafen«, sagte Martin. Und klang plötzlich sehr ernst – und sehr enttäuscht.

Nina schwieg.

»Das erklärt dann natürlich auch, warum du dich überhaupt nicht mehr gemeldet hast …« Er klang traurig. Und verbittert. Denn nun hatte Nina ihn zum zweiten Mal verlassen.

»Ich bin auf Gomera«, sagte sie, als wenn das eine Erklärung wäre. Die Erkenntnis, dass das Kind also von Jan war, schockierte sie.

»Ist das Kind von Jan?«, fragte Martin.

»Ja«, sagte Nina.

»Ach so.«

»Wie, ach so?«

»Ich hab' mir schon gedacht, dass ihr wieder zusammenkommen würdet«, sagte er müde.

»Warum?«

»Weil ich es in deinen Augen gesehen habe, als du von ihm erzählt hast.«

Nina schwieg.

»Ich muss jetzt auflegen, Martin«, rief sie plötzlich. »Mach's gut!«

»Du auch, Nina. Pass auf euch auf!«

Nachdenklich hielt Nina das Handy in der Hand, nachdem sie das Gespräch beendet hatten. »Euch!« Martin hatte »euch« gesagt. Sie war jetzt nicht mehr ein Mensch – sondern zwei. In einer Person. Nina plus, sozusagen.

Sie stand auf und ging auf die Terrasse. Es war später Nachmittag. Marleen und Gerd waren zum Einkaufen gefahren. Die tief stehende Sonne hüllte die grünen Berghänge in warmes Licht.

Jan war also der Vater des Kindes. Und nun?

Ein Kind ist die größte Belastungsprobe für eine Beziehung, hieß es häufig. Eine Hürde, an der sogar vollkommen euphorische, glücklich verliebte Paare scheiterten. Wie sollte das dann eine Beziehung aushalten, die sowieso schon schwere Schlagseite hatte bzw. beendet war – so wie ihre zu Jan?

Was verband sie mit ihm? War es nicht schicksalhaft, dass sie ein Kind von ihm erwartete? Bedeutete das, dass sie zusammengehörten? Sie konnte sich ihr immer noch so starkes Gefühl für ihn kaum anders erklären.

Sie hatte schon einige Beziehungen und die dazugehörigen Trennungen durchlebt – aber keine war so schmerzhaft für sie gewesen wie die von Jan. Und keinem anderen Mann hatte sie emotional so nachgehangen.

Sie musste an ihr Gespräch mit Manu im »Casa Bianca« zurückdenken: Sie hatte vollkommen recht, zwei Jahre waren wirklich keine lange Zeit. Aber zählte die Intensität nicht mehr als die Zeitspanne? Gab es Menschen, die man einfach mehr liebte als andere – egal, wie lange man sie kannte?

Hatte Elli in ihrem Testament die Beziehung mit Jan ausbedungen, weil sie wusste, dass sie zusammengehörten? Dass sie zusammen ein Kind kriegen würden? Es kriegten ja angeblich nur diejenigen zusammen Kinder, die genetisch auch wirklich gut zusammenpassten …

Nina setzte sich auf die von der Sonne erwärmte Steinmauer, die die Terrasse begrenzte, ließ ihre Füße baumeln und schaute fragend ins Tal. Aber das wusste auch keine Antwort …

Sanft streichelte sie über ihren Bauch, in dem nun ein neues Leben heranwuchs.

Bislang war ihr Bauch immer eine zu dicke Problemzone gewesen, die man wegtrainieren musste. Nun war er zu einer Baby-Wohnung geworden. Was für ein Ritterschlag!

33

Gerd und Marleen kümmerten sich rührend um sie und die Nachmittage am Strand mit dem schwarzen Sand und dem – im Kontrast zur Nordsee – herrlich warmen Atlantik waren Balsam für ihre Seele.

»Schweinebucht« nannte man den kleinen, von Felshöhlen umgebenen Strand hinter dem Hafen von Valle Gran Rey, in denen die Hippies in den 70ern FKK eingeführt hatten. Oft erwischte Nina sich in fast meditativer Haltung, wie sie einfach nur auf den Atlantik schaute und das Gitarrenspiel der nackten Späthippies genoss, die hier offenbar immer noch hinpilgerten.

Die Schwangerschaftshormone versetzten Nina in einen Zustand ungewohnter Zufriedenheit. Körpereigene Glücksdrogen von Mutter Natur rauschten durch ihre Adern und sorgten dafür, dass die werdende Mama froh und gesund blieb. Eine seltsame, ihr vollkommen unbekannte Ruhe hatte sie erfasst – in der ja bekanntlich die Kraft lag. Wenn sie beim Sonnenuntergang dem orangeroten Feuerball beim Im-Meer-Versinken zuschaute, kam ihr oft ein Bibel-Psalm in den Sinn: *»Der Herr ist mein Hirte, mir wird nichts mangeln. Er weidet mich auf einer grünen Aue und führet mich zum frischen Wasser.«* Der Psalm, von dem sie gar nicht mehr wusste, wo sie ihn aufgeschnappt hatte, entlastete sie wundersam und machte es ihr leicht loszulassen. Es würde schon alles gut werden.

Oft stand sie seitlich vor dem Spiegel und betrachtete fasziniert ihren Bauch: »Schönheit beginnt in dem Moment, in dem du beschließt, du selbst zu sein«, hatte Coco Chanel einst gesagt. Und Nina begann, sich mehr und mehr schön zu finden …

Abends ging sie oft mit Gerd und Marleen in einer der vielen kleinen Tavernen essen, die es am Hafen oder in den Gässchen gab. Der fangfrische Fisch war einfach köstlich, und Nina genoss die exotischen Gerichte der gomerischen Küche, wie Thunfisch mit Banane, gegrillten Tintenfisch oder Kaninchen mit frischem Knoblauch.

Sie fand es immer wieder erstaunlich, dass der Ort noch nicht touristisch überrannt war. Irgendwie schien hier die Zeit stehen geblieben zu sein. Alles wirkte noch genauso unberührt und unschuldig, wie es vermutlich schon in den 70ern gewesen war.

Wenn sie nicht am Strand war oder durch die Bananenhaine spazieren ging, saß Nina stundenlang auf der Terrasse, las oder schlief und versuchte, sich in ihre neue Lebenssituation hineinzufühlen. Sie war dankbar und froh, ihre Rückkehr nach Sylt noch etwas hinausschieben zu können – und selbst wieder ein bisschen Kind zu sein. Doch aufgeschoben war natürlich nicht aufgehoben. In den Morgenstunden wachte Nina oft sorgengeplagt auf und fragte sich, wie ihr Leben nun weitergehen würde. Wie würde sie die Arbeit in der Surfschule mit der Betreuung eines Säuglings kombinieren können? Würde Margit ihr helfen?

Weihnachten unter Palmen, Silvester mit einem wunderschönen Feuerwerk am Hafen – in den drei Wochen, die Nina auf Gomera verbrachte, erholte sie sich bestens. Die Übelkeitsphasen wurden weniger, »die Naruda« war sehr zufrieden mit ihr, und sie fühlte sich fit und vital.

Die Tage vergingen wie im Flug, es war bereits Mitte Januar, als Nina am kleinen, malerischen Hafen von Valle Gran Rey entlangschlenderte. Soeben hatte sie von »der Naruda« erfahren, dass sie ein Mädchen bekommen würde. Sie hatte im Ultraschall die Herztöne des kleinen Wesens in ihrem Bauch betrachten dürfen – und Naruda hatte ihr ihren Mutterpass ausgestellt. Berührt hielt Nina das Dokument in der Hand und kehrte auf einen Café Cortado in die Bar »Casa Maria« an der Uferpromenade ein, einem legendären Hippietreff, direkt am Sandstrand.

Während sie an einem Tisch mit Blick aufs Meer auf den Koffein-Push wartete, fiel ihr Blick auf eine Print-Ausgabe des »Kanarenexpress«, einer deutschsprachigen Online-Zeitung für die Kanarischen Inseln. Irgendjemand hatte sich die Ausgabe ausgedruckt und dann hier liegen gelassen. Nina schnappte sich die DIN-A4-Blätter und blieb an einer Konzert-Ankündigung hängen: Der weltberühmte Pianist Georg Zoudakis war von einer Nobel-Hotel-Kette wegen irgendeines Jubiläums zu einem exklusiven Konzert nach Fuerteventura geladen worden. Der Name des Pianisten rotierte in Ninas Kopf, während sie an ihrem Café nippte: Georg Zoudakis? Georg Zoudakis? War das nicht Ellis einstige große Liebe gewesen? Nina bekam eine Gänsehaut. Ja, klar! Das war der Musiker, in den Elli sich als junges Mädchen verliebt und den sie dann doch nicht geheiratet hatte, weil ihr Vater dagegen war. Als Elli Nina damals von ihm erzählt hatte, hatte Nina sofort seinen Namen gegoogelt. Zoudakis war zwar schon über 80, reiste aber immer noch um die Welt, um Konzerte zu geben.

Ein Leben lang hatte Elli diesem Mann hinterhergetrauert. Das konnte doch kein Zufall sein, dass er zeitgleich mit Nina auf den Kanaren war! Sie musste nach Fuerteventura fliegen, um mit ihm zu sprechen! Erstens würde sie dann noch mehr über Elli und ihr Leben erfahren – und zweitens könnte ihr die Begegnung mit Georg, der Austausch über die nicht-gelebte Liebe zu Elli, vielleicht helfen, eine versöhnliche Einstellung zu Jan zu finden.

So niedlich und »retro« Gomera auch war – Nina mochte die weißen, weiten Strände und das grüne Meer von Fuerteventura deutlich lieber. Vielleicht, weil sie sie an Sylt erinnerten. Nicht umsonst war eine berühmte Sylter Surfer-Familie auf die Insel mit dem »vielen Wind« ausgewandert.

34

Marleen machte angenehm wenig Theater, als Nina ihr mitteilte, dass sie ihren Urlaub auf Fuerteventura fortsetzen wolle. Das Leben so zu nehmen, wie es gerade kam, war wirklich eine der größten Stärken ihrer Mutter.

Gut gelaunt knatterte sie Nina in ihrem R4 einmal quer über die Insel zum kleinen Flughafen in Alajeró. Von hier aus wollte Nina nach Fuerteventura fliegen und hatte sich einen Flug bei »Binter Canarias« mit Zwischenstopp in Teneriffa gebucht.

Ein kurzer Schmerz durchzuckte Nina, als die kleine Maschine abhob, die Insel unter sich ließ und sie ihre Mutter auf dem Parkplatz zum Abschied winken sah. Schade, dass sie so weit voneinander entfernt lebten. Jetzt, wo sie älter wurde – und vor allem auch schwanger war –, hätte sie gerne mehr Zeit mit Marleen und Gerd verbracht. Doch auf Gomera leben wollte sie auf keinen Fall. Sie würde die beiden demnächst mal nach Sylt einladen, beschloss sie, als die kleine Maschine Kurs aufs offene Meer nahm.

Die beiden kurzen Flüge boten ein atemberaubendes Panorama. Das kanarische Insel-Atoll mal in relativ geringer Höhe von oben zu sehen, faszinierte Nina. Das waren ja wirklich alles Vulkane, die jederzeit ausbrechen konnten. Von oben sahen sie aus wie versprengte, mehr oder weniger bewachsene Maulwurfshügel.

Nachdem sie auf dem »Aeropuerto de Fuerteventura« gelandet war, ließ Nina sich per Taxi zum 5-Sterne-Resort bei Jandia im Süden der Insel bringen. Obwohl sie Fuerteventura schon kannte, war sie wieder verblüfft, wie karg die Landschaft im Kontrast zu Gomera war. Hier wuchs ja gar nichts! Es sah aus wie auf dem Mond: kein Gras, kein Baum, kein Strauch weit und breit, als sie die Insel durchquerte. Nur verdorrte Wüstenlandschaft, roter Staub, Sand und Steine.

Der Nobel-Hotel-Komplex lag traumhaft in einer einsamen Lagunenbucht, die mit ihren Palmen und blühenden Bäumen und Büschen wie eine Oase in der Sahara wirkte. Es war nur noch eine Penthouse-Suite im Dachgeschoss frei, die Nina kurzerhand für eine Woche gebucht hatte. Noch hatte sie ja etwas Geld auf dem Konto – und das würde sie jetzt nutzen.

Sie betrat ein Atrium mit extrem hohen Decken. Edle Granitplatten auf dem Boden, angenehme Chill-Musik, weiße Leinensofas und ein spektakulärer Blick auf die Bucht durch riesige Glasfronten unterstrichen das edle Ambiente. Nina checkte ein und machte sich auf den Weg in ihre Suite im 7. Stock.

Die Suite bot einen phantastischen Blick über die Bucht – und einen großen Whirlpool auf der Terrasse. Nina ließ sich juchzend auf das riesige Bett fallen und schaltete den Flachbildschirm an. Was für ein herrlicher Luxus nach den Wochen im kargen Gästezimmer der Finca ihrer Mutter. Die Suite hatte sogar eine kleine Küche …

Es war später Nachmittag, und um sich abzukühlen und den Reisestress und -staub abzuspülen, beschloss Nina, eine Runde im gigantischen Hotel-Pool zu schwimmen.

Die Anlage war einfach großartig. Schade, dass sie mit Jan damals nicht hier gewohnt hatte. Edle Holzliegen standen rund um den Pool, der so groß war wie zwei Fußballfelder. Kellner in weißer Livree servierten frisch gepressten Orangensaft, Kaffee oder Champagner. Überall spendeten Palmen, riesige, blütenreiche Kakteen und andere exotische Bäume und Büsche Schatten. Und während man im Pool seine Runden drehte, glitzerte im Hintergrund das grüne Meer, zu dem eine breite Steintreppe direkt auf den Strand führte.

Da sie von der Reise erschöpft war und keine Lust hatte, sich ins Restaurant zu setzen, ließ Nina sich nach einer ausgiebigen »Rainshower«-Dusche im »Wellness-Bereich« ihrer Suite ein Entrecôte mit Frites aufs Zimmer bringen. Es war wunderschön, auf der Terrasse zu speisen, während die Sonne im Meer versank und Himmel und Meer purpurrot färbte.

In ihrer Minibar gab es kein alkoholfreies Bier, und sie wollte nicht schon wieder den Zimmerservice beauftragen, deshalb machte sie sich nach dem Essen auf den Weg in die Lounge, um einen Drink zu nehmen.

Auch die Lounge mit der gigantischen Fensterfront und spektakulärer Aussicht auf Meer und Pool wurde von der untergehenden Sonne in orangefarbenes Licht getaucht – Kerzen, leise Klaviermusik im Hintergrund und verschiedene, mit hellem Leinenstoff bezogene

Dedon-Sitzgruppen unterstrichen die warme Atmosphäre. Wirklich alles sehr geschmackvoll, freute sich Nina und schlenderte an die Bar, um sich ihr kastriertes Bier zu bestellen und anschließend ein schönes Plätzchen zu suchen.

Ein weißhaariger, ausgesprochen gut aussehender älterer Herr fiel ihr am Tresen auf. Er erinnerte ein bisschen an Johannes Heesters und wirkte, trotz seines offenbar schon etwas fortgeschrittenen Alters, erstaunlich fit und rüstig. Plötzlich erkannte Nina ihn: Das war Georg! Georg Zoudakis, Ellis große Liebe, der hier übermorgen ein Konzert geben würde.

Tapfer nahm Nina all ihren Mut zusammen und sprach ihn an. »Herr Zoudakis?«

»Ja?« Er schaute sie verwundert an und musterte sie intensiv.

»Guten Abend, mein Name ist Nina Mertens«, sagte Nina und reichte ihm ihre Hand, die er annahm und kurz schüttelte. »Ich bin eine Freundin von Elli – Elisabeth Gruber.«

Als Nina Ellis Namen aussprach, zuckte ihr Gegenüber kurz zusammen.

»Ah, ja ...«, sagte er und leerte den letzten Schluck aus seinem Brandy-Schwenker. »Elisabeth ...« Seine Gedanken flossen kurz nach innen, dann fasste er sich.

»Entschuldigen Sie mich, ich bin gleich noch verabredet, aber darf ich Sie vielleicht morgen Abend zum Essen einladen? Eine Freundin von Elli interessiert mich natürlich sehr. Ich würde mich wirklich freuen!«

Nina wunderte sich zwar etwas über die Rasanz ihrer Annäherung, sagte aber erfreut zu, und so verabredeten sie sich für den kommenden Abend um 19 Uhr auf der Terrasse des Hotel-Restaurants.

35

Knallblauer Himmel, klare Luft, fliederfarbene Blüten und ein zahmer Papagei, der von Tisch zu Tisch sprang – die Frühstücksterrasse mit Blick auf den türkis glitzernden Pool schenkte Nina von der ersten Sekunde an gute Laune. Die Kulinarik weniger: Beflissene Servicekräfte servierten Kaffee, der so stark nach Chlor schmeckte, als hätte man ihn aus dem Wasser des Hallenbades Wuppertal-Süd gebrüht. »Das ist überall auf Fuerteventura so, weil die Insel keine Süßwasserquellen hat. Für Frischwasser müssen wir Meerwasser aufbereiten – und dafür wird Chlor verwendet. Aber keine Sorge, Sie können den Kaffee bedenkenlos trinken«, klärte sie eine junge Kellnerin auf. Nina glaubte ihr. Ein bisschen innere Desinfektion würde ja vermutlich nicht schaden.

Nina verbrachte einen chilligen Tag an Strand und Pool, las und schlief viel. Sie war aufgeregt und gespannt auf die Verabredung mit Georg am Abend und freute sich sehr darauf.

Kurz nach 18 Uhr betrat sie die Terrasse mit dem Papagei, die nun für den Abend eingedeckt war. Georg erwartete sie bereits, erhob sich, verbeugte sich formvollendet inklusive angedeutetem Handkuss und rückte ihren Stuhl zurecht. Als sie saß, überreichte er ihr drei lilafarbene Orchideen. Nina war gerührt vom Charme des alten Herrn.

Sie baten um eine Vase für die Blumen, und Georg orderte Champagner als Aperitif. »Für mich bitte nicht«, sagte Nina lächelnd. »Nicht?«, fragte Georg erstaunt. »Sie sind die erste Frau, der ich begegne, die keinen Champagner mag.«

»Ich mag Champagner«, entgegnete Nina. »Ich darf ihn bloß im Moment nicht trinken.«

Georg zog fragend die Augenbrauen hoch. Bevor er auf den Gedanken kommen könnte, sie wäre trockene Alkoholikerin, klärte Nina ihn auf.

»Ich erwarte ein Kind!«

»Ach so«, sagte Georg. »Herzlichen Glückwunsch! Wie schön!«

Der Kellner brachte ungefragt eine Flasche Sancerre, die er in einen silbernen, mit Eiswürfeln gefüllten Kühler stellte. Offenbar war bekannt, dass Herr Zoudakis diesen Wein gerne zum Essen genoss.

Sie bestellten Gazpacho, gegrillte Garnelen, Schwertfischsteak und Salat. Die Sonne stand schon tief, der Himmel war leicht lilafarben, und der Papagei hüpfte unermüdlich plappernd durch die blühenden Kakteen.

Nina musterte Georg genau: Das war also der Mann, den Elli über alles geliebt hatte. Feingliedrige Hände, ein sinnlicher Mund mit immer noch vollen Lippen, warme, weiche, jugendliche Augen. Er fasste das Besteck sehr sanft und ruhig, fast zart, an und aß sehr langsam und kultiviert. Hatte Elli jemals mit ihm geschlafen? Falls nicht, hatte sie vermutlich etwas verpasst …

Nina erzählte ihm, wie sie Elli auf Sylt kennengelernt und was sie zusammen erlebt hatten. Sie schilderte anschaulich, wie sie ihr gemeinsam mit Louis und Max das Schwimmen beigebracht hatte – und erinnerte sich an die Angst, die sie um sie gehabt hatte, als Elli danach eine Lungenentzündung bekam. Sie schwärmte davon, wie sehr sie Elli und ihre weisen Ratschläge geliebt – und wie unkonventionell sie ihre Weltanschauung empfunden hatte. Und die ganze Zeit, während Nina erzählte, spielte ein versonnenes Lächeln um Georgs Mundwinkel.

»Sie haben sie sehr geliebt, oder?«, fragte Nina ihn deshalb etwas irritiert.

Er schaute ihr tief in die Augen und nickte. »Ich liebe sie immer noch!«

Die Version seiner Liebe zu Elli, die er Nina daraufhin offenbarte, war so emotional und aufwühlend, als würde er ein Konzert geben. Georg schilderte, wie sie sich mit 17 kennengelernt hatten. Warum ihr Vater ihn als Schwiegersohn nicht akzeptiert hatte (»ein griechischer Straßenmusikant«) – und wie sein Herz zerbrach, als Elli Anton, den Sohn des Bürgermeisters, heiratete, den sie nicht liebte. Elli zu verlieren, hatte ihn derart verletzt, dass er jahrelang ziellos um die Welt gezogen war, um den Schmerz loszuwerden. Er hatte viele Frauen gehabt, aber nie geheiratet.

»Gab es für Sie denn nie wieder eine Liebe wie die zu Elli?«, fragte Nina ergriffen.

»Nein«, sagte Georg milde und klang dabei seltsamerweise überhaupt nicht verbittert. »Wir waren füreinander bestimmt – und haben es beide sofort gewusst.«

Nina stiegen die Tränen in die Augen.

»Haben Sie denn gar nicht versucht, Elli wiederzusehen, nachdem Anton gestorben war?«

»Doch«, sagte er zu Ninas großem Erstaunen. »Wir haben uns wiedergesehen.«

»Ja?«, fragte sie ungläubig.

»Ja«, sagte er nur knapp – und lächelte.

Nina wollte nicht indiskret sein. Wenn Georg so knapp antwortete, würde es schon seinen Grund haben. Obwohl es sie natürlich brennend interessierte, ob die Liebe der beiden noch mal spät aufgeflammt war …

»Und was haben Sie an Elli so geliebt?«, fragte sie.

»Liebe kann man nicht beschreiben«, sagte er. »Die hängt ja nicht an einzelnen Eigenschaften oder optischen Gesichtspunkten.«

Er drehte verträumt sein Weinglas in der Hand.

»Ich war einfach von der ersten Sekunde an verzaubert von ihr. Es war eine Zärtlichkeit, eine Hingabe zwischen uns, die ich danach nie wieder erlebt habe …«

Nina bekam eine Gänsehaut.

»Obwohl Elli natürlich sehr viele liebenswerte Eigenschaften besaß …«, ergänzte er. »Und eine sehr schöne Frau ist.«

»Ist?«, fragte Nina erstaunt.

»War«, verbesserte Georg sich. »Entschuldigen Sie bitte!«

Er erhob sich plötzlich. »Ich muss mich jetzt leider zurückziehen, um mich auf mein morgiges Konzert vorzubereiten.« Galant hauchte er Nina einen Kuss auf die Hand. »Ich habe den Abend mit Ihnen sehr genossen!«

Nina kam sein Abschied eine Spur zu abrupt vor. Verwirrt blieb sie am Tisch sitzen. Irgendetwas an Georgs Erzählung hatte sie irritiert: Er hatte von Elli so gesprochen, als wäre sie noch am Leben. Genau! Das war es!

Schon wieder beschlich sie der Verdacht, dass Elli noch sehr lebendig sein könnte – und vielleicht auch gerade genau hier auf dieser Insel war. Nina spielte die absurde Vorstellung weiter durch: Wenn sie tatsächlich, aufgrund welcher Umstände auch immer, noch am Leben war – wo wäre sie dann jetzt? Bei Georg auf dem Zimmer?

Während sich der Himmel über ihr immer rosaner färbte, streifte Ninas Blick über den riesigen Pool mit dem klaren, türkisfarbenen Wasser.

Und plötzlich umspielte ein wissendes Lächeln ihre Lippen: Seit sie Elli auf Sylt das Schwimmen beigebracht hatte, war sie vermutlich jeden Tag ins Wasser gegangen. Aber würde jemand wie Elli sich mit dem Pool begnügen, wenn sie das ganze Meer haben konnte?

Nina eilte zur Hoteltreppe, die hinunter zum Strand führte, und erkannte schon von Weitem eine kleine, weißhaarige Gestalt, die sich mit einem Schwimmreifen im grünen, ganz ruhigen Atlantik treiben ließ, während am Horizont die Sonne unterging. Ninas Herz begann zu rasen. War das tatsächlich Elli?? Konnte das wahr sein?

Atemlos vor Vorfreude und Überraschung rannte Nina die Treppe hinunter. Noch hundert Schritte bis zum Ufersaum.

Doch die kleine, weißhaarige Gestalt war weg!

36

Nie hätte sie gedacht, dass sie das Klavierspiel eines Menschen mal zu Tränen rühren würde. Doch nun war es so: Nina saß im Konzertsaal – und ihr liefen die Tränen die Wangen hinunter. So schön, feinsinnig und ergreifend war das Spiel von Georg. Er war wirklich ein ganz besonderer Mann …

Nina hatte den Tag damit verbracht, Elli zu suchen und die Wahrscheinlichkeit abzuwägen, dass sie vielleicht noch am Leben wäre. Was hätte dann ihr Testament für einen Sinn gehabt? Warum hätte sie sich für tot erklären lassen sollen? Sie hätte sich doch auf jeden Fall bei Nina gemeldet, wenn sie noch lebte …

Nina strich das Hirngespinst aus ihrem Kopf und tat es als Wunschdenken ab. Vermutlich spielten ihre Schwangerschaftshormone ihr gerade einen heftigen Streich.

Als Nina Georg nach dem Konzert zu seinem berührenden Spiel gratulierte, erzählte er ihr, dass er noch ein paar Tage zur Erholung im Hotel bleiben wolle, bevor er zu seinem nächsten Konzert auf Mallorca aufbrechen würde.

Sie verabredeten lose, sich vor seiner Abreise auf jeden Fall noch einmal zu treffen.

Die folgenden Tage verbrachte Nina in totaler Entspannung. Sie ruhte sich aus, schwamm in Meer oder Pool, unternahm lange Strand-Spaziergänge mit Max, der mittlerweile gipsfrei war und wieder perfekt rennen konnte.

Immer wieder glaubte sie zwischendurch, Elli irgendwo gesehen zu haben. Wie eine Fata Morgana tauchte ihre kleine Gestalt ab und an in ihrem Blickfeld auf. Oder nur in ihrem Kopf? Nina machte sich allmählich etwas Sorgen um ihren Geisteszustand und konzentrierte sich entschlossen auf die Realität: Sie trug ein Kind im Bauch, das sie vermutlich alleine großziehen würde. Denn mit über 40 war es wahrscheinlicher, auf einem Zebrastreifen von einem Tiger aufgefressen zu werden, als eine neue Liebe zu finden, wie sie gelesen hatte. Mit Kind verschlechterte sich diese sowieso schon düstere Aussicht vermutlich noch mal um das Zehnfache.

www.moms-dads-kids.de nannte sich eine neue Online-Partnervermittlung für Alleinerziehende. Die könnte notfalls ihre letzte Rettung sein …

Nina lag auf einer Liege am Pool, aß eine Banane, als mitten in ihre Zukunftsgedanken plötzlich eine SMS von Jan aufploppte. Sie glaubte zunächst, nicht richtig geguckt zu haben, und setzte sich auf der Liege auf, um besser lesen zu können:

»Ich hab so viel falsch gemacht, Nina«, stand da. *»Ich habe dich so verletzt. Ich glaube, ich hatte eine Art Midlife-Crisis. Ich habe die Sache mit Mila schon vor ein paar Wochen beendet. Ich glaube, es war so etwas wie ein Blackout. Ich habe den Wald vor lauter Bäumen nicht mehr gesehen. Bitte lass uns reden. Du fehlst mir. Fehlst mir sehr!«*

Nina starrte sehr lange sehr fassungslos auf die

Zeilen auf ihrem Handy-Display. War Jan noch ganz dicht? Glaubte er im Ernst, er könnte jetzt mal eben so wieder mit ihr anbändeln, wo ihm die andere Schnalle offenbar langweilig geworden war?

Empört wischte Nina die SMS weg und lehnte sich zurück auf die Liege. Um besser nachdenken zu können, schloss sie die Augen. Das war die SMS, auf die sie monatelang gehofft hatte. Nun war sie da – und was fühlte sie? Angst und Wut! Wut wegen all der Schmerzen, die sie wegen Jan durchlitten hatte. Die Nächte, in denen sie sich vollkommen im Stich gelassen fühlte. Der Schmerz bei der Vorstellung, wie er mit der anderen schlief …

Und Angst vor dem, was er nun von ihr wollte. Wie es weitergehen sollte. Sie wollte auf keinen Fall noch mal so leiden!

»Ich bekomme ein Kind. Ein Mädchen.« Spontan schickte Nina ihre Antwort an Jan. Sie wollte ihn schocken – und absichtlich im Unklaren darüber lassen, wer der Vater war. Er sollte ruhig denken, dass sie von Martin schwanger war. Er sollte endlich auch mal ein bisschen verletzt sein. Es stand immer noch in keinem Verhältnis zu dem, was er ihr angetan hatte.

Es kam keine Antwort …

Am Tag vor seiner Abreise lud Georg Nina zu einem abendlichen Strandspaziergang ein. Während die Sonne immer tiefer sank, schlenderten sie barfuß nebeneinander am grünen Meeressaum entlang. Mäxchen rannte wie ein ferngesteuertes Spielzeugauto unentwegt um sie herum und tapste ab und an mutig in die Fluten. Georg trug einen weißen Leinenanzug, dessen Hosenbeine er hochgekrempelt hatte. Nina hatte sich ein Blumenkleid angezogen, weil Hosen allmählich an ihrem stetig wachsenden Bauch zwickten.

»Wo ist denn eigentlich der Vater des Kindes, das Sie erwarten, meine Liebe?«, fragte Georg unvermittelt, und Nina erzählte ihm von ihrer Beziehungskrise. Es war angenehm, sich den Schmerz von der Seele zu reden – und Georg war ein aufmerksamer Zuhörer. »Wir sind seit vier Monaten getrennt«, schloss Nina ihren Bericht.

Georg lächelte. »Man trennt sich doch nie ganz! Das geht ja gar nicht. Man schafft nur neue Räume.«

Nina schaute ihn verwundert an.

»›Liebe ist die Fähigkeit, den Menschen, die uns wichtig sind, die Freiheit zu lassen, die sie benötigen, um so sein zu können, wie sie sein wollen, unabhängig davon, ob wir uns damit identifizieren können oder nicht‹, hat der große George Bernard Shaw einst geschrieben«, ergänzte Georg.

Nina nickte und dachte daran, wie sehr es sie gekränkt hatte, dass Jan sein Medizinstudium wieder aufnehmen wollte. Und dass sie ihn gerne daran gehindert hätte. Sie wollte ihn so haben, wie er für sie perfekt wäre. Wollte ihn formen.

»Sind Sie sicher, dass Sie ihn wirklich lieben?«, legte Georg den Finger in die Wunde.

Wenn Liebe in der Intensität ihres Schmerzes gemessen wurde – dann: Ja! Nina hatte sich wochenlang so gefühlt, als hätte man ihr etwas tief Verwurzeltes aus dem Leib gerissen. Und die Wunde heilte nicht.

»Woher weiß ich, dass ich ihn liebe, wenn mich so vieles stört?«

»Das müsstest du eigentlich fühlen.« Georg strich

ihr beim Gehen sanft über die Schulter. Galant hatte er von »Sie« auf »Du« gewechselt, was Nina gut gefiel. Siezen war so furchtbar krampfig und förmlich.

»Du kannst auch einfach beschließen, ihn so zu lieben, wie er ist. Bedingungslos. Ihn mit Liebe überschwemmen, ohne Gegenleistung oder Gegen-Gefühle dafür zu verlangen.«

Nina schaute Georg verständnislos an. »Und was habe ich davon?«

»Falsche Frage! Ich werde sie dir trotzdem beantworten: Du wirst dich besser fühlen! Wut, Neid, Eifersucht vergiften die Seele. Liebe heilt.«

»Ommmm«, dachte Nina und bezweifelte, dass sie spirituell schon so weit war.

»Aber ich bin doch total sauer auf ihn. Es hat mich tief verletzt, dass er mich hat sitzen lassen. Dass er sich in eine andere verliebt und sich nicht mehr gemeldet hat!«

»Lieben, ohne verletzt werden zu wollen, ist wie duschen wollen, ohne nass zu werden«, schmunzelte Georg.

»Aber ich kann die Verletzungen, die er mir zugefügt hat, doch nicht einfach aus meinem Gefühlsleben streichen wie doofe Freunde aus der Facebook-Liste!«

»Ich weiß zwar nicht genau, was Facebook ist, aber ich höre raus, dass du dir wünschst, dass er so leiden soll, wie du gelitten hast, oder?«

Nina nickte.

»Dann liebst du ihn nicht – sondern hasst ihn«, sagte Georg.

Nina schaute ihn erstaunt an.

»Wütend zu sein, bedeutet Gift zu trinken und zu

erwarten, dass der andere stirbt«, sagte Georg. »Was ich damit sagen will: Mit Wut und Groll schadet man vor allem einem Menschen – sich selbst!«

Er blickte ihr mit so viel Wärme in die Augen, dass Nina betreten ihren Blick senkte.

»Ich hasse dich – ich liebe dich«, sagte Georg. »Jeweils drei Worte. Aber mit den einen bist du unglücklich, da gefangen – und mit den anderen bist du frei.«

Er hielt inne.

»Es ist immer falsch zu hassen. Aber es ist nie falsch, zu lieben!«

Er machte bewusst eine Pause, um seine Worte wirken zu lassen.

»Als Elli mich damals verlassen und Anton geheiratet hat«, fuhr er fort, »bin ich vor Schmerz fast gestorben. Ich habe sie verflucht und geglaubt, ich könnte nie wieder eine andere Frau lieben. Nie hätte ich gedacht, dass ich ihr verzeihen könnte. Und heute?«

Ein seliges Lächeln huschte über sein Gesicht. Er merkte es zu spät und erschrak sichtlich darüber. Es schien, als ob er sich versehentlich verplappert hätte.

»Schau mich an, Nina …«, er brach den Satz ab. Er wurde verlegen, und Nina meinte zu bemerken, dass er sich verstohlen umschaute.

Mittlerweile waren sie wieder auf der Restaurantterrasse des Hotels angekommen und bestellten sich im angenehm kühlen Schatten einen Café.

Georg verrührte Zucker in seinem Cortado, nahm Ninas Hand und sah sie eindringlich an. »Das ist eine große Chance, glaube mir! Schenke ihm selbstlose Liebe, und erwarte nichts dafür. Kritisiere ihn nicht, verurteile ihn nicht – sondern wünsche ihm Glück und nur das Beste, egal wo er gerade ist und was er gerade macht.«

»Niemals!«, rief Nina empört. »Das kann ich nicht! Ich erwarte ein Kind von ihm, und der Scheißkerl hat mich sitzen gelassen!«

»Verzeihung«, schob sie nach, beschämt über ihren vehementen Ausbruch.

Georg lächelte milde. Nachsichtig. So als wäre sie eine Verrückte, die es sowieso niemals kapieren würde.

Zu Ninas großem Erstaunen zündete sich Georg einen Zigarillo an und blies den Rauch genießerisch in die blütenschwangere Abendluft.

»Liebe muss nicht perfekt sein, sondern echt«, sagte er und schaute ihr tief in die Augen. »Denk doch mal darüber nach, was du an Jan geliebt hast, statt darin festzuhängen, was er dir angetan hat. Dann kommst du vielleicht deinem wirklichen Gefühl für ihn auf die Spur.«

Er erhob sich, um sich zu verabschieden, und auch Nina stand auf. Er nahm ihre Hand in seine rechte und legte seine linke sanft darauf.

»Brauchen ist nicht lieben, Nina! Lass Jan frei, und freue dich, dass es ihm gut geht.«

Nina nickte.

»Er wird es spüren, glaube mir!« Er sah sie eindringlich an.

Aus einem Impuls heraus umarmte Nina ihn plötzlich. »Ich habe mich so gefreut, dich kennenzulernen, Georg!«

Der alte Mann lächelte verlegen.

»Ich mich auch!«

Er wünschte ihr noch viel Freude und Glück in ihrem Leben und machte sich auf den Weg in sein Zimmer.

Würde sie ihn jemals wiedersehen? Schon wieder kullerte eine Träne Ninas Wange hinunter, die allmählich zur Tränen-Rennbahn zu mutieren schien. Jetzt reichte es aber mal mit dem ewigen Abschiednehmen.

37

In den nächsten Tagen dachte Nina viel über die Worte des klugen, alten Pianisten nach. Liebte sie Jan wirklich – wenn sie es schaffte, ihre Verletzungen und seine Entgleisungen auszublenden? Und wenn ja, hatte Georg dann nicht tatsächlich recht: Würde sie ihm dann nicht wünschen, dass es ihm möglichst gut ginge, statt ihn zu verfluchen?

Sie konnte es ja wenigstens mal versuchen! Wenn irgendetwas in ihr Jan gegen jede Vernunft wirklich liebte, würde sie wollen, dass er glücklich war. So wie man es seinen Eltern, seinen Geschwistern – oder seinen Kindern wünschte.

Was hatte sie an ihm geliebt, fragte sie sich. Georg hatte ihr ja geraten, sich dies ins Gedächtnis zu rufen. Sein Mut, fiel ihr ein. Seine Eleganz auf den Wellen, sein Aussehen, dass er ihr Komplize war und das Wunder mit ihr zusammen erlebt hatte. Und dass Elli ihn unbedingt wollte. Ein warmes Gefühl breitete sich in Ninas Innerem aus. Seine grünen Augen, die Zahnlücke, sein unbeschwertes Lachen, sein Geruch …

Die positiven Gedanken an Jan machten sie seltsamerweise tatsächlich ruhiger. Ihr Ärger und ihre Wut verblassten, und sie schaffte es, ab und zu sogar liebevoll an ihn zu denken und ihm alles Gute zu wünschen, wo immer er auch war. Das fühlte sich überraschend gut an. Jedenfalls sehr viel besser als die Wut.

Der Februar brach an, und Nina konnte ihre Abreise nicht länger hinauszögern. Sie hatte Margit versprochen, ihr bei ihren Hochzeitsvorbereitungen zu helfen, und musste deshalb dringend zurück nach Sylt.

»Ah, Signora Mertens, ich habe noch etwas für Sie!«, rief der Concierge ihr aufgeregt hinterher, als sie durch die Lobby zum Taxi schritt, das sie zum Flughafen bringen sollte. Er rannte durch die Halle und wedelte mit einem Briefumschlag.

Nina nahm ihn an und öffnete ihn auf der Rückbank des Taxis. Der Brief war von Georg.

Liebe Nina,

stand da in wunderschöner, altmodischer Handschrift, *diese Zeilen habe ich einst geschrieben, als ich so unglücklich war. Ich möchte sie dir schenken.*

Dein Georg.

Angst vor der Liebe

Mein Verstand mag die Liebe nicht. Sie ist ihm unheimlich, weil er machtlos gegen sie ist. Immer versucht er, meine Welt zu ordnen. Mir das Leben rational zu erklären. Alles ist für ihn erklärbar, nichts ein Wunder. Ein Schmetterling ist eine Mutation der Evolution, ein Tag eine kleinere Einheit der Unendlichkeit. Aber die Liebe, diese chaotische, wilde Naturgewalt – die überschwemmt ihn einfach, bis er hilflos, wie ein Ertrinkender, zwischen den Wogen nach Luft japst.

Mein Bauch liebt die Liebe. Dieses herrliche, unver-

nünftige Gefühl, das wie ein kleines Kind mit den Körperfunktionen spielt: das Herz rast und stolpert, der Magen storniert jede Hungermeldung, und das Gehirn produziert nur noch Kurzschlüsse. Weiche Knie, sinnlose Konversationsversuche, noch sinnlosere rötliche Verfärbungen des Gesichts. Ganz zu schweigen vom Hormon-Laboratorium: Hier werden plötzlich alle körpereigenen Drogen aus dem Schrank geholt, die entweder hysterisch glücklich oder todtraurig machen. Tja, und dann bin da noch ich. Wo immer ich auch sitze (Geist, Charakter, Seele – egal). Und ich denke, dass die Liebe das größte Geschenk ist. Die einzige Möglichkeit, Kontakt aufzunehmen – mit einem anderen Menschen und zugleich mit dem Unfassbaren. Und: Die Liebe ist eine wunderbare Möglichkeit, ein besserer Mensch zu werden. Denn nur wenn du jemanden wirklich liebst, bist du uneigennützig. Un-egoman. Weil du ihm dann nämlich alles gibst, was du hast – auch wenn es dir wehtut. Sogar wenn es dir schadet. Es gibt nur einen Haken bei der Sache – die wirkliche, die wahre Liebe ist eine Bestie (Raubtier)! Wenn du falsch mit ihr umgehst, reißt sie dir das Herz aus dem Leib. Dann kannst du ein Leben lang deine Wunden lecken. Oder du stirbst. Manchmal (merkwürdigerweise) nur innerlich. Und: Die Bestie ist schwer zu finden. Aber du merkst es, wenn du vor ihr stehst. Dein Bauch, deine Intuition merkt es. Die Bestie ist zwar verkleidet als ein ganz normaler Mensch, aber dein Herz spielt verrückt, dein Gefühl. Dein Verstand geht unter. Am besten ist es, du ergibst dich gleich. Wenn sie dich erst mal am Wickel hat, entkommst du ihr sowieso nicht. Sie lauert überall (Kneipe, Supermarkt, Autowaschanlage) und jetzt hat sie dich also erwischt: Dein Verstand ist bereits ertrunken, der kann dir nicht mehr helfen. Dein Körper spielt verrückt, auf den kannst du auch nicht zählen. Also kriegst du eine höllische Angst: Alle Instanzen versagen, und du bist ausgeliefert. Weil du schutzlos bist, ahnst du, dass man dir wehtun könnte. Du kannst die Bestie natürlich erschießen. Den Menschen aus deinem Leben schmeißen. Aber dann hast du vor der nächsten Bestie noch mehr Angst. Besser, du ergibst dich. Dann rüttelt, schüttelt und beutelt dich die Bestie ein paar Mal freundlich – und dann legt sie ihre Maske ab. Dann siehst du plötzlich, dass sie gar keine Bestie ist, sondern eine Blume, die so oft blüht, wie du es möchtest. Wenn du sie pflegst. Wenn du ihr nicht die Luft zum Atmen nimmst und für frisches Wasser sorgst. (Wenn du lernst, ein Bestien-Blumen-Gärtner zu sein – und das ist verdammt schwer!) Je öfter sie blüht, desto tiefer reichen ihre Wurzeln in die Erde. Wenn du deine Sache gut machst, ist sie so stark, dass sie weiterlebt, lange nachdem du gestorben bist …

Mit zitternden Händen steckte Nina den Brief zurück in den Umschlag und schaute ergriffen aus dem Fenster, vor dem die karge Landschaft Fuerteventuras vorbeizog. Schon in ein paar Stunden würde sie wieder auf Sylt sein – im Winter.

»Liebe will riskiert werden«, der Spruch, den sie mal auf einem T-Shirt gelesen hatte, fiel ihr ein. Und eine Song-Zeile von Nena: *»Liebe wird aus Mut gemacht«*.

38

Auf Sylt liefen die Hochzeitsvorbereitungen bereits auf Hochtouren. Es war frostig kalt, und die Insel war von einer dünnen Schneeschicht bedeckt, die aus Dünen und Strand eine weiße Märchenlandschaft gezaubert hatte. Nina liebte Schnee, weil die Welt mit jeder Flocke, die so langsam und sanft fiel, stiller wurde. Und schöner.

Nach ihrer Rückkehr war sie stürmisch von Margit und Klaus begrüßt worden, die sich in heller Aufregung befanden – über Ninas Schwangerschaft fast noch mehr als über ihre eigene Hochzeit. Ausgiebigst wurde ihr Bauch von den beiden beaht und beoht.

Auch Louis war extra früher aus Portugal zurückgekehrt, um das Hochzeitsmenu vor- und zuzubereiten. Er freute sich riesig über Ninas Zustand. »Familie ist das Größte!«, rief er begeistert, nachdem er Nina begrüßt und sich über die kleine Kugel gewundert hatte, die sich mittlerweile deutlich über ihrem Jeansbund abzeichnete.

Mit Hilfe von ein paar Freunden und Louis' Familie arbeiteten die vier fieberhaft an der Wieder-Instandsetzung der Surfschule, in der die Feier und das Essen geplant waren. Es gab jede Menge zu tun: Die Elektro- und Wasserverbindungen mussten aktiviert werden, die Vernagelungen entfernt, das Mobiliar wieder aus dem Lager geholt und die Küchengeräte wieder aufgestellt werden.

Mitten in die immer hektischer werdenden Vorbereitungen platzte eines Abends eine E-Mail von Jan, die Nina atemlos öffnete:

Liebe Nina,
bitte entschuldige, dass ich mich jetzt erst wieder melde, aber ich musste die Nachricht, dass du von Martin ein Kind bekommst, erst mal verdauen. Denn erstens habe ich mir, wie du weißt, selbst ein Kind von dir gewünscht – und zweitens bedeutet es, dass du nun fest gebunden bist und mit jemand anders leben und eine Familie gründen wirst.
Es ist nur traurigerweise tatsächlich so, dass man erst merkt, was man hatte, wenn es weg ist!
Ich vermisse dich jeden Tag. Ich vermisse es, nachts neben dir zu liegen, morgens mit dir aufzuwachen. Ich vermisse deinen Duft, dein Wesen, unser Lachen, dich an meiner Seite. Ich vermisse deine Fröhlichkeit. Du fehlst mir – und das sehr!
Wenn du mich fragtest, was ich mir gewünscht hätte, sage ich dir: Ich hätte mir liebend gerne mit dir die erste warme Frühlingssonne ins Gesicht scheinen lassen und aufgeatmet, dass es wieder Sommer wird.
Ich hätte dich anfassen, küssen und mich dir nah fühlen wollen. Mit dir lachen und Wein trinken. Mit dir nackt im Bett liegen und morgens aufwachen. Deine Hand halten und wissen, dass du mein Leben, meine Gedanken, meine Träume teilst und mich begleitest –

genau wie ich dich. Mich an dich anlehnen können – und dir eine Schulter sein.
Der beste Beweis dafür, wie sehr man jemanden liebt, ist doch, dass man möchte, dass derjenige glücklich ist. Ich möchte, dass du glücklich bist. Und wenn das ohne mich besser geht, dann muss es eben ohne mich sein – so weh es auch tut.
Das Schlimmste daran ist: Ich habe es selbst vermasselt!
Ich wünsche dir viel Glück mit Martin,
dein Jan

Nina war so berührt von Jans Zeilen, dass sie noch lange regungslos auf dem Stuhl sitzen blieb, nachdem sie seine Mail gelesen hatte. Sein Brief bewies, dass er geschafft hatte, was für sie selbst immer noch nur ein Versuch war: Sie freizulassen und dadurch seine bedingungslose Liebe zu beweisen.

Hatte Georg recht gehabt? Hatte er tatsächlich irgendwie gespürt, dass sie aus der Ferne versucht hatte, ihm zu verzeihen?

Und dann war er da, der 14. Februar: Valentinstag, der Tag der Liebe, der Hochzeitstag von Margit und Klaus! In ihrem alten, festlich geschmückten Mercedes fuhr Nina die nicht mehr ganz junge Braut an der Keitumer Kirche vor. Margit, ganz in Weiß, hatte schon seit sechs Uhr morgens durchgehend geheult und sah dementsprechend verquollen aus. Das machte aber nichts, da ihr Ehemann in spe genauso »dicht am Wasser gebaut« war und mit ebenso roten Augen vor dem Altar auf sie wartete.

Wie im Märchen schritt Margit am Arm von Louis

durch die Kirche – ihrem Bräutigam und ihrer Ehe entgegen. »All you need is love« spielte der Organist, und auch Nina heulte vor Rührung wie ein Schlosshund. Sie saß in der ersten Reihe und lauschte atemlos dem ewig gleichen »Willst du«-Ritual. Kurz vor dem Ringe-Tausch meinte sie, einen Blick im Nacken zu spüren, und schaute über ihre Schulter. Und da sah sie ihn – Jan –, der formvollendet im Smoking vor der Eingangstür stand und sie anlächelte. Das Blut schoss ihr in die Wangen, und sie drehte sich schnell wieder um.

Konnte das wahr sein? Wo kam der denn jetzt her? Margit musste ihn eingeladen haben, ohne ihr etwas zu sagen ... Den Rest der Zeremonie bekam Nina kaum mit, zu doll klopfte ihr Herz, zu intensiv spürte sie Jans Blicke im Nacken. Sie wunderte sich, wie aufgewühlt sie plötzlich war. Und was seine Anwesenheit mit ihr machte. Ihr Kopf hatte keine Chance, die Reaktionen ihres Körpers zu beeinflussen. Dass sein Anblick sie derart umhauen würde, hätte sie niemals gedacht. Was bedeutete das?

Nach dem Jawort und einem erfreulich langen Kuss schritt das glückliche Paar Arm in Arm zum Ausgang, und Nina kam nicht umhin, Jan zu begrüßen.

»Hallo, Jan, das ist ja eine Überraschung!« Wie immer, wenn sie nervös war, machte Nina den ersten Schritt. Um Situationen wie diese zu lockern, redete sie stets drauflos, überschwemmte die Verkrampfung mit Worten, statt die Spannung auszuhalten.

Jan lächelte sie an und hauchte ihr einen Kuss auf die Wange. »Hallo, Nina. Ich freue mich auch!«

Nina war überrascht, wie anders er aussah: Seine

Rastalocken waren abgeschnitten, seine knackige Bräune vollkommen verblasst, und wenn sie es richtig erkannte, hatte er sogar einen kleinen Bauchansatz. Seine Gesichtshaut wirkte seltsam wächsern, und er hatte schwarze Schatten unter den Augen. Der Kerl, der ihr gegenüberstand, sah aus wie »irgendjemand«. Die Großstadt tat ihm eindeutig nicht gut.

»Wie geht es dir?«, wollte er wissen. »Oder besser: Wie geht es euch?«

»Gut, danke«, antwortete Nina knapp.

»Ist Martin gar nicht hier?«, erkundigte er sich erstaunt.

»Nein.« Zu einer weiteren Erklärung kam Nina nicht, denn Margit rief nach ihr. Sie war die Chauffeurin des Brautpaares und musste jetzt dringend zu ihrem Auto, um die beiden zur Surfschule zu bringen.

Mit klimpernden Dosen und amtlichem Hupkonzert führte Nina den Auto-Korso an, der nun Richtung Kampen aufbrach. Ihr Herz klopfte weiter wie verrückt. War das normal, dass Mütter vollkommen ausflippten, wenn sie den Vater ihres Kindes sahen?

In der Surfschule hatte Louis sich mit seinem Festmahl wieder selbst übertroffen. Sie saßen an einer langen Tafel, und die Stimmung war ausgelassen. Lachen, trinken, essen, Wein. Jan saß Nina schräg gegenüber und warf ihr immer wieder intensive Blicke zu, die sie mehr berührten, als ihr lieb war.

Nach dem Essen löste sich die Sitzordnung auf, und Jan kam zu ihr.

»Hast du Lust, ein paar Schritte zu gehen?«, fragte er. »Ich brauche dringend etwas frische Luft.«

»Sehr gerne«, sagte Nina und meinte es auch so.

In ihrem Zustand war die sauerstoffarme, überheizte Partyluft schwer zu ertragen. Umso mehr genoss sie die kühle Meeresbrise, die sie draußen gierig einsog. Dick vermummt stapften sie schweigend an den Meeressaum und schlenderten Richtung Kampen. Es war eine eiskalte Nacht mit einem sternenklaren Himmel.

»Ist alles gut mit Martin und dir?«, fragte Jan. Er klang besorgt. Offenbar wunderte er sich, dass Ninas neuer Lover bei einer so wichtigen Feier nicht an ihrer Seite war.

»Ich bin nicht mit Martin zusammen«, antwortete Nina knapp. »Es war nur eine Nacht. Er hat Frau und Kinder.«

Jan schaute sie erstaunt an.

»Ich hab' behauptet, dass wir zusammen sind, weil ich dir wehtun wollte«, ergänzte Nina.

»Verstehe …«, murmelte Jan und schaute zu Boden.

»Was ist damals eigentlich passiert, Jan? Warum hast du mich verlassen?« Die Frage brannte Nina schon lange auf der Seele.

Jan nickte, als hätte er die Frage geahnt. »Du hattest das Geld, und ich fühlte mich total abhängig von dir. Die Angst, dass du mich eines Tages einfach abservieren könntest, hat mich total nervös gemacht«, sagte er. »Das hat mich gedemütigt – und ich wurde aggressiv und bockig wie ein kleines Kind. Die Situation war nicht gut für mich – und natürlich auch nicht für dich.«

»Aber du hast doch in der Surfschule selbst Geld verdient«, wandte Nina ein.

»Schon, aber du bist die Chefin. Die Schule gehört dir. Genau wie der Wohnwagen – und überhaupt alles.

Deshalb wollte ich ja mein Medizinstudium wieder aufnehmen. Ich wollte finanziell unabhängig sein – und dadurch gleichberechtigt. Ich wollte freiwillig mit dir zusammen sein, auf Augenhöhe und einzig aus Liebe – und nicht aus einer wirtschaftlichen Notwendigkeit heraus …«

»Wie läuft das Studium denn?«, lenkte Nina ab.

»Gut. Es scheint zu klappen.«

Nina nahm die Info kommentarlos zur Kenntnis und schaute auf ihre Stiefel, weil sie nicht wusste, wo sie sonst hingucken sollte.

»Außerdem hat mich dein Gespräch mit Steffi und Babs total gekränkt«, fuhr Jan fort. »Nichts ist für einen Mann schlimmer, als mit anhören zu müssen, was für eine Niete er im Bett ist!«

Nina musste lachen. »Ach, Jan, so war das doch gar nicht gemeint!«

»Schon«, widersprach er.

»Und deshalb Mila?«

»Ja, klar! Ich brauchte dringend Bestätigung, sonst hätte ich mir ja gleich den Strick nehmen können.«

»Und warum seid ihr nicht zusammengeblieben?«

»Weil sie für mich immer nur ein Nebenschauplatz war. Das Körperliche alleine reicht doch nicht! Durch Mila habe ich im Grunde erst gemerkt, wie sehr ich dich liebe. Mit dir hat jeder Tag Spaß gemacht – mit ihr war das Leben eher ein Alptraum. Sie hat mich nur terrorisiert, war total depressiv, und ich konnte auch überhaupt nicht mit ihr reden.«

Nina nahm die Info mit großer Befriedigung auf. Es war also doch nicht alles Gold, was 15 Jahre jünger glänzte …

»Was genau liebst du denn an mir?«, wollte sie wissen. Liebe – das Wort war so leicht gesagt. Deshalb schien ihr jetzt, hier und heute genau der richtige Moment, ihm mal explizit auf den Zahn zu fühlen.

»Dein gutes Herz. Deine Großzügigkeit. Deinen Mut. Wie du hinter den Ohren riechst. Wie du nachts schnarchst. Wie du beim Fernsehen lachst. Wie du beim Kochen singst.«

»Du hast bemerkt, dass ich beim Kochen singe?«, unterbrach sie ihn überrascht und blieb stehen.

»Natürlich!«, lachte er und drehte sich zu ihr.

»Wie du in die Wellen springst. Dass du das Meer genauso liebst wie ich. Deinen Kopf – wie du denkst. Deine positive Lebenseinstellung. Deine selbstlose Rücksicht auf mich und deine Achtsamkeit mit allen Dingen, Tieren und Menschen. Die Art, wie du mich berührst. Wie du Verantwortung übernimmst. Die Tiefe deiner Augen. Die Art, wie du Socken stopfst, wie sehr du deine furchtbare Wolldecke liebst.«

Jan atmete durch, senkte den Kopf, nahm ihre Hand und schaute wieder hoch, direkt in ihre Augen.

»Ich liebe es, dich anzugucken, wenn du mit anderen sprichst und dabei manchmal meine Hand nimmst. Ich freue mich, wenn du dich freust, und bin traurig, wenn du traurig bist. Ich fühle eine tiefe, tiefe Verbundenheit mit dir und glaube, wir gehören zusammen!«

»Schon gut, schon gut«, rief Nina beschwichtigend und zog ihn weiter. »Ich glaub's dir ja!« Sie war vollkommen erstaunt, wie viel Jan von ihr gesehen hatte. Und sie hatte immer gedacht, sie wäre ihm egal und er würde sie nur oberflächlich wahrnehmen …

»Ich habe mich in der ganzen Zeit nie für einen anderen Mann interessiert«, gab Nina leise zu.

»Wirklich?«, grinste Jan. »Ich mich auch nicht!«

»Doofkopf!«, rief Nina und schlug zum Spaß nach ihm.

Er wich ihr lachend aus, stoppte dann aber plötzlich und stellte sich vor sie. Er legte ihr die Hände auf die Schultern und sah sie eindringlich an. »Lass es uns bitte noch mal miteinander versuchen, Nina! Ich würde sehr gerne ein guter Papa für Pauline sein.«

»Pauline?«

»Ja, Pauline – deine Tochter!«

»Wie kommst du denn auf Pauline?«, fragte Nina verwundert. »Sie hat doch noch gar keinen Namen!«

»Den Namen fand ich schon immer schön. Hätte ich eine Tochter gehabt, hätte ich sie so nennen wollen.«

»Du HAST eine Tochter, Jan!« Nun war es raus. Die Tränen in ihren Augen ließen den Nachthimmel verschwimmen. Sie konnte Jan nicht ansehen.

Er blieb stehen und strahlte erfreut. »Heißt das, wir versuchen es noch mal, und ich darf ihr Vater sein?«

»Nein, das heißt, dass du ihr Vater BIST, Jan! Pauline ist deine leibliche Tochter!«

»Waaass??«

Ungläubig, ja geradezu fassungslos riss er die Augen auf. Er wurde kalkweiß, und seine Mundwinkel begannen zu zittern.

»Sag, dass das nicht wahr ist!«

»Ist es aber. Das Kind ist von dir.«

»Aber wann …?«

»Als ich dich in Berlin besucht habe.«

»Aber Martin …?«

»Der hat sich vor fünf Jahren sterilisieren lassen!«

»Ninaaaa!« Weinend fiel Jan ihr in die Arme. Schluchzend zuckte sein Kopf an ihrer Schulter. Es dauerte etwas, bis er sich wieder gefangen hatte. Stürmisch küsste er sie auf Stirn und Wangen.

»Ich bin so glücklich!«

Nina lächelte. Dass er sich so derartig freute, rührte sie. Sanft nahm sie sein Gesicht in beide Hände und küsste ihn auf den Mund.

»Und woher soll ich wissen, dass du es wirklich ernst meinst?«, flüsterte sie ihm ins Ohr. »Und nicht nur eine billige Surf-Unterkunft suchst?«

Jan schob sie ein Stück von sich weg und strahlte sie zu ihrer großen Verwunderung bis über beide Ohren an.

»Das ist kein Problem. Das kann ich dir beweisen!«

Er ließ sich auf den Sand sinken, kniete vor ihr nieder und nahm ihre Hand.

»Willst du mich heiraten, Nina?«

»Spinnst du?«, rief sie. »Wir haben uns gegenseitig betrogen, im Bett läuft es nicht – und du willst mich heiraten??«

»Ja. Aus vollem Herzen«, sagte er sehr ernst. »Ich möchte es einfach versuchen! Wir versuchen es einfach, Nina. Und wenn es nicht klappt, machen wir eine WG. Oder gründen eine Patchwork-Family! Das Leben ist bunt – es gibt so viele Möglichkeiten … Ich liebe dich jedenfalls. Das habe ich in den letzten Monaten ganz genau gemerkt.«

»Jetzt komm mal wieder hoch«, sagte Nina verlegen und zog ihn zu sich.

»Ich werde viel, viel mehr im Haushalt helfen, nichts mehr rumliegen lassen, wieder mehr kochen – und meinetwegen auch Max sein doofes Tiefkühlfutter geben.« Er lachte. »Diese Saustall-Phase hatte ich doch auch nur aus Renitenz.«

Nina musste grinsen. »Ach, das ist doch letztlich auch alles nicht so wichtig! Was nützt mir ein sauberer Boden, wenn die Liebe fehlt? Vielleicht war ich auch nur so ordnungssüchtig, weil ich so frustriert war. Mit Kind erübrigt sich das ja jetzt eh.«

»Wir machen eine Paartherapie oder Tantra, damit ich im Bett besser werde und es dir wieder mehr Spaß macht, mit mir zu schlafen«, flüsterte Jan und hielt seine Lippen dabei ganz zart an ihre. »Ich schlafe nämlich sehr gerne mit dir!«

Und dann küsste er sie, und zwar so, wie er sie am Anfang ihrer Liebe geküsst hatte. Ganz weich und berauschend innig. Eben so, wie man mit seinen Lippen jemandem zeigt, dass man ihn sehr liebt und begehrt.

»Küsse lügen nicht«, dachte Nina und schloss die Augen.

Die Nacht, die sie miteinander verbrachten, war ungewöhnlich leidenschaftlich und zärtlich. Es kam Nina so vor, als könnte sie sich erst jetzt wirklich für Jan öffnen – und auch er war wie ausgewechselt. »Nichts muss, genieß einfach, was schön ist«, raunte er ihr ins Ohr, während seine Hand sich sanft wie eine Feder ihren Bauch hinunterstreichelte. Es war sinnlicher Slow Sex, sie hatten endlich wieder einen gemeinsamen Rhythmus, schwammen auf derselben Welle. Nina ließ sich mit geschlossenen Augen treiben. Und genoss, und genoss, und genoss …

»Liebe Liebe«, dachte Nina, bevor sie eine unbekannte Ekstase-Welle überrollte, »jetzt kannst du kommen!«

– ENDE –

»Nothing is impossible, the word itself says: I'm possible!«

(Audrey Hepburn)

Danksagung

Ich danke …

… meiner Mutter Gisela für ihre nie endende Unterstützung und Liebe.

… meinen Schwestern Julia und Lara für das Gleiche.

… der »anderen« Claudia für Millionen Wunder.

… Lini-Bini für ständiges Entzücken und Dauergrinsen in meinem Gesicht. Du bist soooooooo süß!!!

… meiner Cousine Kerstin fürs beinharte »An-mich-Glauben« und das erste Probelesen.

… meinem geliebten Cousin-Bruder Stefan für seine Tapferkeit.

… meinen Tanten Lore, Frauke und Barbara dafür, dass sie meine geliebten Tanten sind.

… meiner geliebten Oma Annemarie.

… meinen Cousinen und Cousins Anja, Jan, Stefan und Nina und deren »besseren Hälften« Christian, Viola, Heike, Olli und Ingo – einfach fürs Da-Sein.

… den zahlreichen Nichten und Neffen »um die Ecke« – Ben, Maria-Fee, Theresa, Antonia, Alena, Julian, Tom, Laurin und Julian No. 2 – genauso.

… Susanna, für Freundschaft, Fairness, Großzügigkeit und Unterstützung.

… meinem großen Vorbild Dora Heldt für ihre Hilfsbereitschaft, Tipps und einmalige Kollegialität.

… meinem nicht minder großen Vorbild Gisa Pauly für ihre supernette »meer liebe auf sylt«-Quote.

… und auch dem dritten großen Vorbild, meiner Kollegin und Freundin Wiebke Lorenz, für Ratschläge, Vermittlungen und Tricks.

… Annette und Heiko, als Kölner Freundschafts-Back-up.

… Veronika und Friedhelm für Weihnachten, Liebe und ihr wundervolles Kind.

… meinen Schwestern Katharina, Alexandra und Friederike und deren Kinder-Horden.

… meiner Lieblingsleserin Renate und Lina-Opa Michael.

… meinen geliebten Freunden Dorothee und Hubertus.

… meinen genauso geliebten Freundinnen Karen, Nicole, Astrid, Julie, Katja, Simone und Kerstin.

… der großartigen Regina Först, genialste Coaching-Frau ever und Herzensfreundin.

… Almut und Richard – wann sehen wir uns endlich mal wieder?

… Julia Eichhorn, der besten Agentin der Welt für ihre Nervenstärke und Geduld. Sie weiß schon, was ich meine. ;-)

… Claudia Winkler vom Ullstein-Verlag für die wie immer großartige, angenehme und produktive Zusammenarbeit.

… Ingola Lammers wieder mal für das tolle Lektorat.

… dem großartigen Dr. Ricciardo von der Kölner Media-Park-Klinik dafür, dass er meinem gebrochenen Fußgelenk wieder auf die Sprünge geholfen hat – im wahrsten Sinne des Wortes.

… Jörg Auf dem Hövel von Rock Lobster Webdesign (www.rocklobsterweb.de) für die geniale Gestaltung und perfekte Wartung meiner website www.claudiathesenfitz.de

… Elke Wenning für die tollen Lesungen im Kursaal Hoch 3.

… Susi Ludwig für Freundschaft und Hilfe.

… Tamara Waeger für Humor, Weisheit und Liebe.

… Karina Lübke für Zukunftsvisionen, baldigen Reichtum und Seelen-Verwandtschaft.

… Constanze Höfinghoff für mentale Unterstützung beim Probelesen.

… Andrea und Axel Kirchner für Freundschaft, Surf-Tipps und köstliche Bewirtung.

… James – mögest du im Hundehimmel von genauso viel Liebe umgeben sein, wie du sie (hoffentlich) hier bei uns erfahren hast. Du fehlst mir so!!!

… Sylt, einfach dafür, dass du da bist!

*»To live is the rarest thing in the world.
Most people just exist.«*

(Oscar Wilde)